TRICK

トリック the novel

蒔田光治/林 誠人
監修:堤 幸彦

角川文庫 12274

目　次

監修———堤　幸彦
脚本———蒔田光治
林　誠人
ノベライズ——百瀬しのぶ

母之泉

TRICK 1

1

一九二二年、アメリカの科学雑誌「サイエンティフィック・アメリカン」は、厳正な審査のもと、本物と認められる心霊現象を最初に見せてくれた霊媒に対して、二五〇〇ドルの賞金を払う、と公表した。審査委員会には、ハーバード大学教授や科学技術者など、そうそうたるメンバーが顔を列《つら》ねていた。

ひとりのスペイン人が、この審査を受けにやってきた。

「私はX線を感じる不思議な目を持っています。この目を使って、金属の箱を透視することができます」

科学者たちは、男に見えないよう、字を書いた紙を金属の箱に入れた。

『CATS　AND　DOGS』

男は背筋を伸ばして立ち、箱に額を当て、中の字を読み取ろうと、しばらくじっとそのままの姿勢でいた後、用意された紙に答えを書く。そして箱が開けられ、紙が取り出される。そこに書かれている文字は、男が読み取ったものと見事に一致した。

科学者たちは驚きの声を上げ、男の顔をまじまじと見つめた。

何かのトリックに違いない……科学者たちは何度もそれを見破ろうと実験を繰り返した。だが、ついに科学者たちの中のひとり、ハーバード大学教授が、「信じられないが、認めざるを得ない。彼は確かに金属を透視する目を持っている」と、この男を本物だと認める発言をしたのだった。

そのとき、ひとりの男が会場の扉を開け、賞金の支払いに待ったをかけた。男の名はハリー・フーディーニ。当時、アメリカで最も名をはせたマジシャンだった。

「もういちど、その実験をやってみせてくれないでしょうか。私は超能力が存在するとはどうしても信じられないのです」

フーディーニの立ち会いのもと、再び実験は行われた。実験の後、フーディーニは科学者たちにこう言った。

「これは単純なトリックです。百回やっても二百回やっても、おそらくみなさんはこのトリックが見破れないでしょう。あなたたちが愚かだからではありません。このトリックが皆さんが想像するよりはるかに単純だからです。それは……」

フーディーニから種を明かされたとき、科学者たちはみな啞然《あぜん》とするばかりだった。

二〇〇〇年、初夏。広大な緑に囲まれた川のほとり。たくさんの人々が風車から教団施設に水を運んでいく。その牧歌的とさえいえる光景を、近くの丘の中腹から満足げに眺めている三人の男女がいた。

真ん中に立ち、豪華な衣装に身を包まれた小柄な初老の女性は『母之泉《ははのいずみ》』教祖の霧島澄子《きりしますみこ》、通称ビッグマザー。その両脇《りょうわき》には銀縁メガネが冷徹な雰囲気をかもしだしている教団幹部の津村俊介《つむらしゅんすけ》と、小柄だが目つきの鋭い女性幹部が立っている。三人のすぐ前にはひとりの若い女性、大森美和子《おおもりみわこ》が立っていた。美しい女性だが、その表情は虚《うつ》ろだった。

「ここには、あなたがいたいだけ、いていいただいていいのですよ。しばらくいるうちに、あなたも生きることの本当の喜びを見いだされることでしょう。財産や名誉などまやかしに過ぎないと気づかれるはずです」

津村は優しい、だが有無を言わせない口調で美和子に言った。

「ビッグマザー、私は……」

言いかけた美和子を制して、澄子は右手をかざした。その動きに合わせ、両端の津村たちは体の前に両手を出し、右と左それぞれの手首と人差し指どうしをくっつけハートのような形をつくり、目を閉じた。その不気味な雰囲気に美和子は一瞬怪訝《けげん》な顔つきになる。

数秒後、澄子は美和子に向かって言った。

「あなたは息子さんを殺しましたね」

「……私の心が読めるのですか？」

「さあ、いらっしゃい。恐れるものなど何もないのですよ」

澄子は微笑《ほほえ》むと両手をハート形にして、津村たちと同じポーズを作った。すると、そのままの姿勢で、澄子の体は徐々に宙に浮いていったのだ……。美和子は目を大きく見開き、慌ててペットボトルの水を飲み干した。

「助けて下さい！　助けて！　私は殺される！」

暇すぎてやることもなく、警官の木下《きのした》がのんびりと鼻毛を切っているだけの田舎の交番に、突然ひとりの男が飛び込んできた。今村《いまむら》と名のるその男はシャツとステテコという下着姿で、頭に白い手ぬぐいをまいている。その格好と、切羽詰まった雰囲気はあまりにチグハグだったが、彼はすっかり怯《おび》えきっていた。木下は今村のために、しぶしぶ本庁から刑事たちを呼び寄せたのだった。

「どういうわけですかの、殺されるっちゅうのは？」

若い刑事の石原達也《いしはらたつや》がきつい広島弁なまりで尋ねる。金髪をオールバックにしているさまは、田舎のヤンキーまるだしだ。

「本庁からわざわざ刑事さんが来てくれたんだ。おめえ、ちゃんと答えなきゃなんねえぞ」

木下が今村にさとすように言ったが、そんなことにはおかまいなく、「おまえ、スーツ買った？」と石原の上司、矢部謙三《やべけんぞう》が尋ねた。

ペッタリと頭に貼《は》りついた変な髪形に、ギョロ目のひょろっとした中年男だ。

「いやあ、兄ィ、駅前で閉店セールやってたもんですけの」

「おまえ、変やろ、これ」

矢部は石原のズボンをにらんで言う。

「ズボン、ちょっと短くない？」

たしかに石原のズボン丈はくるぶしよりだいぶ上で、黒い通勤用ソックスがしっかり見えていた。石原は広島弁、矢部はこてこての関西弁の妙な取り合わせだ。

「母之泉……知ってますか？」

すっかり新しいスーツについて話し込んでいるふたりに、当事者の今村が切り出した。

「母之泉？」

矢部が問い返す。

「あーそれなら今、うちの課でもマークしちょる、いかがわしい集団ですけ。なんでも人里離れた山ン中集まって、風車使うて水汲《く》みよる……」

「ふっと疑問が湧《わ》いたんだが……、そんなとこで水汲みばっかりしとってええんかな？」

標準語と方言が入り交じったわけのわからない言葉遣いをする今村に、矢部が「あんた、どこの人？」とツッコミを入れる。

「あーそれであんた、母之泉抜け出したっちゅうわけじゃの」

「入るのも自由、出るのも自由言われたもんだから、わしは入ったんだ」

今村は教団を抜け出したときのことを話し始めた。

脱出しようとした今村を、教団幹部の津村を先頭にした四人の信者が追いかけてくる。津村が（我々を裏切るだか）と冷徹な口調で言うと、四人はあの両手首と人差し指をくっつけたポーズで、立ちはだかった。（ここを出たものは、ビッグマザーの呪《のろ》いを受け、必ず不幸な死を遂げる）と津村はそう宣告したのだ。

「要するに、逃げ出したものの、恐ろしくなったいうわけじゃの？」

石原がバカにしたように言った。

「何言っとるの、おみゃーさん、えらいことなんだよ……見ちまったんだ」

そう言うと、今村は頭を抱えた。逃げ出す途中の雑木林の中で、宙に浮かぶビッグマザーに出くわし、そのビッグマザーは（なぜ、私を裏切った。戻らねばおまえは死ぬことになりますよ）と言ったという。

「ビッグマザーはよ、あちこち飛び回るんだ。しかも壁なんか、自由に通り抜けちまうんだ！」

胡散臭《うさんくさ》い顔つきで見ている矢部と石原に、今村は唾《つば》を飛ばしながら必死で訴えた。矢部は今村を相手にせず、石原のズボンの裾《すそ》を指差した。

「……おまえ、ズボン短くない？」

奇術師の山田奈緒子《やまだなおこ》は、都内の遊園地の野外ステージでボールを使ったマジックを披露していた。まだ二十三歳と若いだけあって、中国人風にふたつに縛った長い黒髪と、黒いチャイナ服はよく似合っている。両手に金色のボールを持ち、ぱっと放すと、ボールは浮いたままで彼女の手の動きに合わせて体の周りを自由自在に動き回る。

客席にはいびきをかいて眠りこけているおじいさんと、やけに熱心にステージに見入る太った若い男がいるだけだ。いつでもどこでも奈緒子のステージを見逃さないその男、照喜名保《てるきなたもつ》は、ショーが終わると、ビデオを手にし熱烈な拍手をした。

「さて、次はみなさまお待ちかね、浅草マイムのスーパースター、オクラホマミキサーの登場です！」

支配人の小倉《おぐら》が舞台に出てきて、パントマイムショーの紹介をすると、途端に家族連れたちが集まりだし、埋まった客席からは拍手が轟《とどろ》いていた。

「山田くん」

控室に戻ろうと奈緒子が舞台裏を歩いていると、支配人の小倉が声をかけてきた。

小倉はある雑誌記事を開いて見せた。

『物理学界のホープ　超能力霊能力者に挑戦状　日本科学技術大学助教授　上田次郎《うえだじろう》』

「それが？」

「今、注目の若手物理学者だよ。日本科学技術大学出身の超エリートで、見た目もカッコいいよね」

細いフレームのメガネにうっすらとはやした口髭《くちひげ》で不敵なスマイルの上田次郎。年齢は三十代半ばらしい。そんな彼の顔写真を奈緒子は眉間《みけん》にしわをよせて見つめた。

「この物理学者はね、全国の霊能力者に挑戦状を叩《たた》きつけたんだよ。『私は常日頃より超能力や霊能力といわれるものの存在を否定してきました。しかし、いまだにそれを売り物にする者たちがいることを歯がゆく思っています。そこで私は全国の超能力者、霊能力者の皆さんに挑戦します。もしも私の目の前で、この世にたしかに超常現象が存在することを証明できたなら、敗北を認め、謝罪すると同時に、賞金をお支払いいたします』」

小倉は記事の冒頭を読んだ。

「これが何か？」

「鈍いね、君も。賞金が出るんだよ」

「つまり私に、霊能力者のふりをして、この学者の挑戦を受けろっていうことですか？」

「んー、まあ……そういうことだな」

「でも、私、霊能力とかそういうの、信じてませんけど」

「信じてるとか信じてないとかの問題じゃなくて、いいかい？　要するにこの学者さえ騙《だま》せればいいわけだろ？　君の手品がやっと役に立つときがきたってわけだよ。すこしは生活費の足しにもなるだろうし」

「生活費の足しって……私、クビってことですか？」

「ま、早い話、そういうことだ」

小倉は笑ってごまかそうとする。

「来週、フィリピンからオオトカゲが来ることになってね。これがね、ニワトリと闘うんだな。そういう派手なパフォーマンスのショーの方が、お客さん、喜ぶんだな」

「私はオオトカゲより地味ってことですか」

「まあすこしは器用だし、美人だし……でも、それだけじゃお客さん、喜ばないんだな。個性があるとか、話術が巧みとか、セクシーだとか、ま、そういうことがないとね、君。バハハーイ！」

小倉は奈緒子に無理やり雑誌をおしつけると、手を振って控室に消えていった。

奈緒子は生まれたときから、笑ったり、冗談を言ったりするのが苦手だった。練習してもうまくいかない。

奇術道具一式がつまったトランクを抱え、街を歩きながらウインドーに自分の姿を映してみる。ニコッと笑ってみたけれど、困ったような泣き出しそうな顔になってしまう。奈緒子は定期入れを開き、父親の写真を見つめた。そこには舞台衣装の白いタキシードにシルクハットを手にして誇らしげに笑う山田剛三《ごうぞう》の姿があった。

剛三は偉大なマジシャンだった。スポットライトの中で喝采《かっさい》を浴びる手の届かない存在。幼い頃、奈緒子は父親が本当に人と違う魔力を持っていると思っていた。

心の中に思い出が蘇《よみがえ》ってくる。あれはたしか六歳の頃だった。

(いいかい、奈緒子。この中から一枚、好きなカードを取って。それをよく見て憶《おぼ》えるんだよ)

奈緒子は目の前に並んだトランプの中から一枚選んで、剛三に見えないようにその数字を憶えた。ダイヤの5。

(憶えたかい？　よし、じゃあこの中に戻して。好きなだけ切っていいよ)

念入りにカードを切って剛三の手の中に戻す。剛三はテーブルの上にカードを並べ、その中からダイヤの5を取り出した。

「どうしてわかったの？」

「ハハハ、言ったろ？　父さんには奈緒子の心が読めるんだ。だから父さんには嘘《うそ》をついても無駄だぞ」

剛三は嬉《うれ》しそうな顔でそう言ったが、奈緒子はハッと気づいて後ろを振り返る。そこにはガラス戸があり、奈緒子の手元が全部映っていたのだった。

「あー　そうか。お父さんずるい！」

「ハハハ、バレちゃったか」

剛三はふくれっつらの奈緒子を嬉しそうに抱き上げた。いつか剛三をあっと言わせてやる。でもそれがかなう前に剛三は死んだ。奈緒子にとって、永遠に手の届かない存在になってしまった。

『有名マジシャン　訓練中に事故死』

新聞に死亡記事が出るほどの大事故で、危険な脱出トリックを試みて命を落としたのだ。

『……そこで私は全国の超能力者、霊能力者の皆さんに挑戦します。……しかし、ペテンやトリックは私には通用しないのでそのつもりで』

東尾久《ひがしおぐ》にある古くて汚い奇妙な雰囲気のアパートの一室で、奈緒子は雑誌を読み返していた。ファンシーケースに花柄の折りたたみ式ちゃぶ台。アジアンテイスト……といえばきこえがいいが、要するに貧乏なのだ。カエル、金魚、ミドリガメ、ハムスターなどの小動物に、通行手形など日本各地の土産品が飾られ、センスがいいんだか悪いんだかは、見破れない。写真たてに飾られた父の写真と奇術道具が、唯一、奈緒子のアイデンティティを表していた。

「すごい自信よね、この男」

写真の上田は挑戦的にこちらを指さして笑っているのだ。

「山田さん、山田さん！」

大家《おおや》の池田ハルがドアを叩いている。奈緒子はクッションで顔を隠し、息をひそめた。

「いるのわかってんだけどね」

ウサギを抱いたハルは勝手に玄関の鍵《かぎ》を開けて扉の隙間から顔を出した。

「先月と先々月の家賃、今日までって話だったけどね」

「すみません、明日は必ず」

「ああ、そう。払ってもらわないとね、ここ出てってもらわないとならないでしょう？」

「ええ、ですから明日は必ず」

「ネズミとカメ飼ってるでしょ？　動物はダメって言いませんでしたっけ？　ウソばっかりついてると……」

　ハルは続きを言わずに十分に脅しをかけると背中を向けて行ってしまった。

「賞金か……」

　奈緒子はため息をつきながら、手元の雑誌に視線を落とした。


　翌日、雑誌を手に日本科学技術大学にやってきた奈緒子は、棟の前でガードマンに尋ねた。

「すみません、上田先生の研究室、どちらでしょうか」

「何の用？」

「この記事見て来たんですけど……」

「ああ、霊能力者の方？　だったら向こうだ。いやあ、今日は朝からたいへんなんだよ。変なヤツばっかり来て」

　そう言ったガードマンの後ろを、黒装束の格好をした女性が横切っていった。

　たしかに待合室はたいへんな騒ぎだった。空中浮遊のつもりなのか、座禅を組んだままの姿勢で飛び跳ねている人、ギター片手に歌っているヒッピー風の人、蛇を首に巻いている人、数珠《じゅず》を手に念仏を唱えている修行者風の人……。一張羅の白いスーツを着てきた奈緒子は、完全に浮いていたけれど、こんな中では浮いている方が光栄だ。

「ぜんっぜん、ダメだ」

「あんなヤツ呪《のろ》ってやる！」

順番がくると研究室に入っていっては、彼らは悪態をつきながら次々と出てくる。どうやら誰も上田には認められていないらしい。

奈緒子は緊張で体をこわばらせながら椅子《いす》に座って順番を待っていた。ふと窓の外を見ると、追っかけの照喜名が能天気に手を振ってくれていた。


「どうぞ」

呼ばれた奈緒子は研究室の中に入った。机の上には書物が積み上げられている。こちらに背中を向けていた上田らしき人物は、くるりと椅子を回転させて振り返ると、その手にはなぜかわらびもちを持っていた。白いシャツとベージュのチノパン。夏だというのに濃いグレーのベストを着ている。座っていても、かなり長身なのがわかる。上田は奈緒子を上から下まで疑《うたぐ》り深い目でじっと眺め、わらび餅を食べながら言った。

「超能力者と称してここに来たのはあなたが十人目です。みんな私をがっかりさせる人ばかりでしたね。これ以上時間を無駄にしたくない。あなた、本当に超能力者なんですか？」

「私は本物です」

上田の机の前の椅子に腰かけた奈緒子は、とりあえず自信満々を装い、すかさず言った。

「封筒、ありますか？」

「何をする気です？」

「壁抜け」

くいっと眉毛《まゆげ》を上げて、見下すような目つきをし、上田に負けないくらい不敵な表情を奈緒子は作ってみせる。上田はカチンときたようで、奈緒子の作戦は当たった。

「百円玉と封筒を用意してください」

上田はポケットをごそごそとかき回し、百円玉を机の上にころんと転がした。それから机の引き出しを開けて、封筒を探すが見つからない。が、ふと目の前の机の上に置かれた一枚の封筒に気づいて、奈緒子に差し出した。

「ではこの百円玉に印をつけてください」

上田は黒い油性マジックでひらがなで「う」という文字を書いた。奈緒子はそれを受け取ると封筒の中に入れ、上田に差し出した。「百円玉が入っているのを確認してください」

上田は封筒の上から何度も何度も百円玉の感触を確かめる。

「ではここに、しっかりと封をしてください」

上田はスティックのりでしっかりと封をした。

「私は封筒を破らずに、中から百円玉を取り出すことができます。よく見ててください」

奈緒子は封筒を左手で持ち、顔の高さに掲げ、目をつぶって何度か首を回した。

「百円玉は消えました」

そう言ってカッターで封筒の端を切った。

「たしかめてください」

上田が封筒の中を開いてのぞきこんでも、ふっと息を吹き込んでも、上下を逆さにしても、百円玉は出てこない。

「あなたの百円玉はここにあります」

奈緒子が右手を開いて「う」と書かれた百円玉を見せた。

「……ここに三十万円の小切手がある」

しばしの沈黙の後、上田は『300,000』と書かれたサイン入りの小切手をドンと机の上に置いた。

「えっ？　じゃあ……」一瞬きょとんとしてから、思わずニヤリとして奈緒子が手を伸ばすと、「待ちなさい」と上田が小切手を取り上げた。

「実はね。今のはテストでもなんでもなかったんだ。本当のテストはこれからだ。霧島澄子という女性を知ってますか？」

「霧島澄子？」

「十年前、『母之泉』という教団を開いた女性だ。通称、ビッグマザー」

上田はそう言って『聖水が私を癒《いや》す』という霧島澄子が書いた本や、新聞・雑誌の切り抜きなどを出してきた。

「彼女は様々な奇跡を人前で引き起こし、信者を増やしている。読心術、未来予知、空中遊泳。彼女がインチキだという証拠を見つけてきてほしい」

「はい？」

「うちの大学の事務長の娘さんが、この霧島澄子に心酔してしまったんだ。彼女は『母之泉』に行ったきり家に帰ってきてないんだよ。……それだけじゃない。父親に財産の生前分与を申し出た。ビッグマザーに寄進でもするつもりだろう。娘さんを、そこから連れ戻してきてほしいんだ。もし君が本物の霊能力者なら、霧島澄子を打ち負かすことなどわけないはずだろう？　それが今回のテストだよ」

「あなたが、自分でやればいいじゃないですか」

奈緒子は呆《あき》れて、手にとって見ていた新聞の切り抜きの束を机の上に置いた。

「無論、それがいちばん早いことはわかってる。でもね、僕はそんな雑事にかまけている暇はないんだよ」

上田は『雑事』を『ざっつじ』と強調して言った。雑事ならなおさら自分でやればいい。

「お断りします」

「え？」

「テストだとかなんだとか偉そうなこと言って、ようするにあなたは自分で霧島澄子のインチキを見破る自信がないんじゃないですか」

「バカなことを……」

「失礼します」

「待ってくれよ！」

立ち上がって背を向けた奈緒子に上田は追いすがってきた。

「僕はあと四日で死ぬかもしれないんだ。娘の美和子さんを取り戻してくれと頼まれた僕は、霧島澄子を訪ねた。だが信者たちでは埒《らち》があかない。『ここにはご自分の意志でお越しになっているのです』と教団幹部とかに言われ、『どうぞこれをお飲みになってください。そうしてみればわかりますので』とペットボトルに入った母之泉の水を勧められる始末だ。だが、次の日、霧島澄子の方から僕の研究室を訪ねてきたんだ。そして『残念ですが、私の霊能力は本物です。どうしても私の力を嘘《うそ》だと言うのなら、あなたに呪いをかけてさしあげましょう。これからあなたの周りで恐ろしいことが起こりはじめます。放っておけば十日後にあなたは死ぬ』と言うんだ。もちろん『なーにバカなこと言ってるんだよ』と取り合わなかった。でも実際その日から、僕の周囲で奇妙な現象が起こり始めた。授業を終え、研究室に戻ってくると、霧島澄子が宙に浮いて僕を見下ろしていたんだ。どう思うよ？　どうやって宙に浮くんだ？」

「その後、彼女はどうなったんですか？」

「その後？」

「スーっと消えたのか、それとものこのこ歩いて出て行ったのか」

「さあ、そこまでは見てなかった。僕も暇じゃないんでね」

「どうして？　そこが大事なところじゃないですか。あ、まさか気絶しちゃったとか？」

「なーに言ってんだ、君は。失礼だな。とにかく僕が目を覚ましたときにはもう彼女はいなかった」

「それ気絶してたんじゃないですか」

「あ……」

「こんなもので人の心を自由にできると思ったら大間違いです」

奈緒子は机の上の小切手を取り上げ、びりびりに破って言い放った。

「四日後、あなたがどうなってるか、草葉の陰から楽しみにしていますから」

草葉の陰は俺の方だろう……と思いながら、上田は奈緒子の出ていく姿を見送るだけだった。


「……まずいか、やっぱ明日、返しに行こ」

アパートに戻った奈緒子は、上田のサイン入りの小切手をじっと見つめながら呟《つぶや》いた。びりびりにしたのはニセの小切手。もちろん基本的な手品の技だ。

小切手をたんすの引き出しに入れ、ちらっと写真たての父親の写真を見る。すると、プルルル……と電話が鳴った。

「もしもし？　あ、お母さん……」

「ああ、とくに用ってわけじゃないんだけどね。どうしてるかなって思って」

長野の母親からだ。母の山田《やまだ》里見《さとみ》は書道塾を開いていて、子どもたちを家に集めて教えている。いつも着物姿で背筋をピンと伸ばして、毅然《きぜん》としている。

「仕事、うまくいってる？」

「いってるよ。今日なんかね、デパートで手品の実演販売頼まれたの。これがもう大うけでさあ」

「そう。あの……マンションでストーカーとかそういうのにあってない？」

「大丈夫、オートロックだから」

と答えた矢先、同じアパートのバングラデシュ人、ジャーミーくんが台所の窓から顔を出し、大声で「包丁いーっぽん、さらしに巻いてー」などと歌い出した。

「誰かいるの？」

「え？　ああ、テレビよ、テレビ」

慌てて受話器を押さえ、「ビークワイエット！」と言ってみたが一向に通じない。

「壊れちゃったのかしら、このテレビ……」

「大丈夫よ、奈緒子の声ちゃんと聞こえてるから」

「ねえ、お母さん……お父さんの話聞かせて」

「どうしたの、急に？」

「お父さんが死んだの、本当に事故なの？　だって、そのときの話、お母さん全然してくれないから、なぜかなーってずっと思ってたの」

「誰にだって、思い出したくないことはあるのよ。わかるでしょ？　とにかく気をつけなさいよ。あなた本当にぼんやりしてるんだから」

「大丈夫よ、心配性なんだから」

母はいつだって父のことを語りたがらない。奈緒子がむくれている隙《すき》に、里見は素早く電話を切った。

「……じゃあね」

電話を切った後、里見は剛三が死んだ日のことを思い出していた。波打ち際で全身びしょ濡《ぬ》れになって倒れる剛三を抱きかかえる里見……。

「あなた、あなた……しっかりして」

「里見、俺《おれ》が間違ってた……」

その光景は、何度も何度も里見の脳裏に浮かぶのだった。

一方、奈緒子は里見の苦悩など知る由もなく、アパートの部屋でマッチ棒の塔を作っていた。と、突然、部屋全体が揺れだした。

「地震?」

安普請なので、震度3ぐらいの地震でも大震災のように揺れる。積み上げていたマッチ棒は、テーブルの上にばらばらと崩れた。

「おまえ、何しとん?」

「兄ィ、わしは学がないけん。こないば、学士さんがいるところは……」

刑事のくせに大学におじけづいている石原を無視して、矢部はずんずんと日本科学技術大学のキャンパスの中に入っていった。

「実はね。先生にひとつお聞きしたいことがあるんですよ。笑われるような話かもしらんのですけど」

矢部たちも上田の研究室を訪ねてきたのだ。矢部は上田に向かって切り出した。

「何ですか？」

「地震をばですね。人工的に起こすことって可能なんでしょうか？」

「地震を？　なんでまた？」

「いやあ、我々は小さなことからコツコツとつぶしていかなくちゃいけないんですよ。よく言うでしょ？　刑事はカタツムリ。牛鍋《ぎゅうなべ》と書いてカタツムリ」

「牛……鍋？」

この男が言っているのは、『蝸牛《かたつむり》』のことか、と上田はひとり納得した。

「ゆうべ、関東一帯に大きい地震あったでしょ？　あのときね、落ちてきた蛍光灯で頭かち割って、死んだ男がおるんですよ」

「そりゃただの事故でしょ」

「いや、その死んだ人間っちゅうのが母之泉から逃げてきてる元信者じゃけえのう」

「母之泉？」

石原の説明に、上田は突然深刻な顔になる。

「素人考えかもしれませんけど、教団の信者全員で地面踏み鳴らしたら、地震ぐらい起こせるんとちゃいますか？」

「いや、それはけっして素人考えじゃありませんよ。それ以下です。あり得ません」

「そうですよねえ……いや、私じゃなく、こいつが考えたんですけどね。すんません、お忙しいところ……」

「地震……バッカな」

矢部が石原をひっぱって研究室を出て行った後で、上田はひとりごちた。そして、何気なく振り返ると、研究室の隅に霧島澄子が浮いているのが目に入った。

上田は椅子《いす》に腰掛けたままの姿勢で、白目をむいて気絶した。


奈緒子が買い物から帰ってくると、アパートのそばで、照喜名が待っていた。何をするわけでもないから放っておいてるが、これは立派なストーカー行為だ。でも、それより奈緒子が気になったのは、アパートの階段のところで大家のハルがウサギを抱いて涼んでいることだった。思わずUターンしかけると、ハルは「お待ちですよ」と気安く声をかけた。

いったい誰が待ってるっていうの？　奈緒子は慌てて階段を駆け上がって部屋に戻ると、玄関口にはタクシーの運転手が履くようなドライバーズサンダルがあった。目線を部屋の中に移すと、上田が自前のわらびもちを食べている。

「上田さん！　なんでこんなところにいるんですか！」

「うん……大家さんが入れてくれたんだよ。散らかっててすいませんねえって。いい人だね、あの人。あ、洗濯物、入れといたから」

「ちょ、ちょっとどうしてこういうことするんですか！」

下着がついたままの小物干しが畳の上に置かれている。

「雨、降りそうだったから」

「降ってませんよ」

「降りそうだっていうことは、降ってないってことなんだよ。それにもう乾いてた」

「何しに来たんですか？」

「話せば長くなる……お茶でいいか。あ、いい、いい、僕がやるから」

そう言って上田は食器棚の中から勝手に急須《きゅうす》を出そうとするので、奈緒子は食器棚と上田の間に立ちはだかった。奈緒子は長身の上田の顎《あご》の下から睨《にら》みつける。

「出てってください。警察呼びますよ」

「引き出しの中の小切手、あれ、僕のだよね？」

「まちがえて持ってきちゃったんです。今日返そうと思ってました」

「ああ、さっき大家さんに払っといたよ。先月と先々月の分だって」

「なんで払うんですか！」

「なんで払わないんだ。期限過ぎてるだろう」

「別にあなたに言われなくても……とにかく出てってください」

「いいかい、君のダメなところはね。そうやって論理的に話ができないところだ。今の君にはどう考えても三つの選択肢しかない。第一は今すぐ僕に金を返す。第二は僕の言うとおりにする。何を言われようと」

上田は手馴《てな》れた様子で魔法瓶と急須をとりだしてお茶の準備をはじめている。

「第三は？」

「金を返し、なおかつ僕の言うとおりにする」

「……言うとおりにって何すればいいんですか？」

「これから母之泉に行って、霧島澄子と対決してもらいたい」


一時間後、奈緒子は上田の運転する車で、母之泉の教団施設のある湖畔の村を目指して走っていた。途中まで追いすがってきた照喜名の姿がバックミラーに映っていたけれど、さすがに諦《あきら》めたようだ。上田の車は一九六六年型のトヨタのパブリカ。しかも、背もたれには、数珠《じゅず》のシートカバーがかけてある。そして、ドライバーズサンダル。二十数年前はファミリーカーとして大人気だったとかなんだとかって蘊蓄《うんちく》を語ってうるさい。彼なりのこだわりが随所に見られる車はどんどん山奥に入っていった。

「そんなに心配することないよ。僕も一緒だから」

上田は気を遣ったつもりなのか、奈緒子に話しかけた。

「心配してるんじゃなくて、怒ってるんですよ」

奈緒子はいつもの淡々とした、なんの感情もこめない口調で続けた。

「……上田次郎か。平凡な名前。弱虫だし、意味なくデカいし……えんがちょ切ーった」

「それ、僕を傷つけてるつもりかな」

「……上田さんって頭悪いですよね。頭良かったら、私が封筒から百円玉を抜き取った方法、わかるはずですもんね」

奈緒子はまっすぐ前を向いたまま視線を合わせようとしない。上田が驚いて言った。

「えっ、君あれ超能力だって」

「あー、あーあ」

奈緒子は呆《あき》れてわざとらしく大きなため息をついて、思い切り上田をバカにした。

「あれは、ただの封筒に穴があいていただけです」

近くのドライブインでお茶を飲みながら、向かいの席で玉子丼を頬張《ほおば》っている上田に奈緒子は種明かしを始めることにした。

「しかし……封筒には何の仕掛けもなかった。第一あれは僕の部屋にあったものだ」

「いいえ、あの封筒は私が科技大の生協で買って用意しておいたものです。あなたが封筒を探して机の引き出しを引っかき回している間に、こっそり机の上に置いておいたんです。私は呪《じゅ》文《もん》を唱えるふりをしてその穴から百円玉を抜き出した。穴の開いている部分は、私が封筒の中身をたしかめるために、切ってしまった。封筒の仕掛けの証拠はその段階でなくなる。封筒も百円玉も、調べても無駄だったんです」

「しかしそれじゃひとつ納得できないことがある。僕が机の上や身の回りを整然と整理しておく人間だったらどうする？　君は自分の用意した封筒をこっそり置くなんてこと、できなかったはずだ」

「そのときはまた別の手品を用意してました……えへへへへ」

呆気にとられる上田に奈緒子は気分が良くなってしてやったりの高笑いをした。


「こんにちは」

「こんにちは」

奈緒子と上田が教団の本部に入っていこうとすると、風車の建物からおけで水を運び出している人たちが声をかけていく。

「楽しそうじゃないですか。何運んでるんでしょうかね」

奈緒子は上田の顔を見上げて言った。並んで歩くと、奈緒子の背は上田の二の腕ぐらいまでしかない。

「……水」

「水？　あ、ほんとだー」

これが噂《うわさ》の『聖水』ってやつなんだろう。

「これはこれは……誰かと思えば上田先生。よほどここがお好きなようですね」

振り返って水を運んでいる人たちを観察していると、本部から津村が出てきた。わざとらしく丁寧に話す東北弁まじりの言葉が、えらく神経を逆なでする。

「霧島澄子さんにお会いしたい。私は彼女のペテンを暴くためにここに来たのです」

「どうでしょう、先生。しばらくここで私どもと生活をともになさっては。批判するのはそれからでも遅くはないでしょう。それこそが学者としての公正な態度ではないですか」

「ずいぶんと自信がおありなんですねぇ」

「ビッグマザーに呪《のろ》いを解いていただかないかぎり、あなたはあと三日の命だということをお忘れなきように」

津村は十分に上田をびびらせてから、そばにいた女性信者の木田《きだ》知世《ともよ》に声をかけた。

「……ゲストルームを用意してさしあげて。まもなくビッグマザーがはじめての方たちに接見してくださいます」

「母屋の方にお越しください」

ふたりは木田に勧められるまま、母屋へと続く廊下を歩いていった。窓から建物の中をのぞいてみると、広いホールのような場所で信者たちが数人で作業をしているのが見えた。テーブルの上にペットボトルを並べ、口のところに漏斗《じょうご》を挿し、ひしゃくで水を入れている。

「さ、どうぞ中にお入りください。みなさん、それぞれ悩みを抱え、ビッグマザーに会いにここに見えた方々です。あ、したっけこれね、これは体を清めるお飲み物なんだわ。いいかい、いいかい？　必ずひと息で飲んでね、はい」

木田はふたりに一本ずつペットボトルをくれた。


案内された部屋は広い畳の部屋で、何人かの信者たちがいくつかのテーブルに分かれて座っていた。みんな一様に暗い顔をしている。それぞれがペットボトルを捧《ささ》げ持ち、祈るようにして飲み干しているさまは、実に異様な光景だった。

上田は大きな鞄《かばん》から携帯用の検査試薬を取り出すと、慣れた手つきで聖水に浸した。

「pHは6・6。無色透明、常温で液体。ということは……水かもしれないが、それ以外のものかもしれない……捨ててくる」

上田の言ってることはよくわからないが、気味が悪くなった奈緒子は、信者たちの目を盗んで、窓からペットボトルの中身を捨て、上田と一緒に美和子を捜すことにした。

建物のあちこちをのぞいて回って、ようやくふたりは美和子が小さな印刷機のようなもので、ペットボトルに貼《は》り付けるラベルを作る作業を繰り返しているのを見つけた。若くてきれいなのに表情がなく、髪を無造作に束ね、地味な格好をしているのがもったいない。

「美和子さん……美和子さん」

上田は小声で美和子を呼び、誰もいない倉庫のような部屋に呼び出した。奈緒子は遠くから、そっとふたりのやりとりを見ていた。

「日本科技大の上田です。あなたを連れ戻しに来ました。みんな心配しています」

「父に頼まれたのですね。でしたら伝えてください。私は帰りません」

「美和子さん……」

「私はここに来て初めて心の平安を得ることができました。ここでは人を疑ったり、傷つけあったりする必要などないのです」

「あなたは霧島澄子に騙《だま》されているだけだ」

「ビッグマザーのお力は本物です。あの方に会えば、あなたにもそれが分かるはずです」

美和子は上田をまっすぐ見つめると、彼を残し、さっさと作業に戻っていった。


奈緒子と上田は、仕方なく信者たちのいる部屋に戻った。彼らは相変わらず暗い顔で座っていて、とくに変わった様子はない。

「お入りください」

ふたりで顔を見合わせて躊躇《ちゅうちょ》していると、背後に近づいてきていた津村が言った。

「ただ今より、ビッグマザーがみなさんに接見してくださいます」

津村のひとことで、信者たちはおおーっと声を上げて立ち上がった。

「おっかあさまー」

津村が指をハート形にしたポーズで節をつけて唱えながら歩く。信者たちもそれに続いて声を上げ、後をぞろぞろとついていく。ふたりはどう見てもいかがわしくて怪しい雰囲気のその行列の最後尾についていくと、そのまま廊下を歩いていき外に出た。外はもうすっかり夜の帳《とばり》が下りていた。

垂れ幕で仕切られた場所には、かがり火が焚《た》かれ、『母之泉読心の儀』と書かれている。

津村に導かれ入っていった一同は、それぞれ順番に正座をしていく。

「えー、今、お配りした紙にみなさんが今日ここでビッグマザーに相談したいと思ってる悩み事や願い事をお書きください。で、封をしてください。けっして、自分以外の人間に見られないように」

みんな、いっせいに筆を手にし、一心不乱に思いを文字にしている。奈緒子はあまりのバカバカしさについついあくびをしてしまったが、隣の席の上田はけっこう真剣に書いている。

「でも、心が読めるのに、なんでこんなもの書かせるんですかね」

話しかけてみたが返事がない。何の疑問も抱かないところをみると、上田はやっぱり頭が悪いと、奈緒子は確信した。

「心を込めてお書きください。これはビッグマザーにお会いする前に、みなさんが今一度自分の気持ちを見つめなおすための手書きでございます」

奈緒子の声が聞こえたのか、津村が大声で呼びかける。

『早くペテンを認めなさい』

奈緒子が上田の紙をのぞくと、そう書いてあった。

「字はきれいですね」

「小学校のときな、書道を習ってたんだ。県の大会で最優秀賞をとったこともある。『うずまき』という大きな字だった。もっともピアノとそろばんでは全国大会までいったことがある」

「どういううちに住んでたんですか？」

　そんなことを話していると、津村が祈りだし、信者がかけ声とも呪文《じゅもん》ともつかない声を上げた。

「おっかあさまー」

　霧島澄子が現れた。想像したよりも平凡なおばさんだったが、スモークが焚かれ、スポットライトも当てるなど過剰な演出をしている。結婚披露宴の入場じゃないんだから……と、奈緒子は思わずツッコミをいれたくなるが、信者たちはみな例のポーズをして、興奮と感動に包まれている。

「伝わってきますよ、みなさんの迷いが、苦しみが。でもね、ここに来たからにはもう何も心配はいりません」

　澄子がそう言うと、両側から封筒を載せたトレーを持った女性が現れた。そのひとりは美和子だ。澄子はその中からまずひとつの封筒を取り上げた。

「太田《おおた》久子《ひさこ》さん」

「はい！」

「あなたは今、重い病に苦しんでますね。体中の皮膚を突き刺す痛み……あなたによって苦しめられた人たちが今、あなたを苦しめている」

澄子は封筒を開封せず、何かを感じ取ろうとするように表面をそっとなでながら言った。

「何もかもすべてお見通しなんですね。私は夫の母親を……」

久子は前に歩み出て泣き崩れた。

「よいのですよ、あなたはお姑《しゅうとめ》さんにひどい目に遭わされた憎しみから、彼女を苦しめた」

「ああ……」

「でも、あなたは罪を悔いている。心は文字に表れる。あなたは救われますよ。安岡郁恵《やすおかいくえ》さん」

「はい」

「旦那《だんな》さんの暴力に耐えかねて、あなたは何度も家を逃げ出した」

「そうです。そのとおりです！」

「苦しみで文字が乱れている。流しなさい。山田奈緒子さん……金がどんどん貯まりますように……この世にはね、お金では買えない幸せもあるのですよ」

上田に「当たりか？」と聞かれて、奈緒子はうなずいた。

「私をペテン師と呼ぶ人は大勢います。そう、あなたの言うとおりですよ、上田次郎さん」

澄子は上田の封筒を取り上げながら言った。上田は驚きと悔しさの入り交じった表情を浮かべている。

「……まあ、きれいな字だこと。『早くペテンを認めなさい』あーはっはっは」

澄子は付近の山々にこだまするような高笑いをした。

「いったいどうなってるんだ。霧島澄子には封筒の中身を盗み見る時間なんてなかったはずなのに……」

ふたりは美和子を連れて、トイレでこっそりと話をした。上田は悔しそうな顔で髪の毛をかきむしっている。

「ビッグマザーはたしかに人の心が読めるんです」

美和子はきっぱりと言い切った。

「軍事衛星。あれなら十センチ四方のものまで読み取れる！」

「曇ってても大丈夫なんですか？」

「いや……」

物事を自分の持っている知識の方向からしか考えることができない上田に、奈緒子が呆《あき》れてため息をつくと、上田がかみついてきた。

「じゃあ、君は信じるのかよ、ビッグマザーの力を」

「いえ、そんな難しいしかけを使わなくてもあれはできるんです。たぶん、最初の太田久子さんの悩みを当てたのは単純な推理だったと思います。太田さんはこの暑さで長袖《ながそで》の上着を着ていた。だから皮膚に病気を抱えているんじゃないかって推測するのは簡単なんです。コールドリーディングっていって、イカサマ占い師なんかが使うやり方です」

「でもそれ以外の人たちは？　全員の悩みをあんなに完璧《かんぺき》に推理するなんて不可能です」

美和子が奈緒子につっかかる。

「憶《おぼ》えていますか？　ビッグマザーは太田さんの悩みを言い当てた後、それをたしかめようとして封筒の中の手紙を見ましたよね。あれは実は太田久子さんのものじゃなくて、次の安岡郁恵さんの封筒だったんです。ビッグマザーは太田久子さんの封筒の中身をたしかめるふりをして、次の安岡郁恵さんの封筒の中身を読んでいたんです。だから安岡さんが書いた内容が正確に分かった。あとはこれを順番に繰り返していけばいいんです。ようするに、何人かいる中のひとりだけ推理ができれば、あとは全員の悩みを言い当てることができるんですよ。ワン・アヘッド・システムっていって、昔から大道芸人たちがよく使っていた手です」

「やっぱり、やっぱりなあ……まあ、そんなことじゃないかと思ってたよ」

驚きを隠しながら解説を聞いていた上田が調子のいいことを言うので、奈緒子は睨《にら》み付けてやった。すると美和子が口を開いた。

「私はそんな話信じません。どこにそんな証拠があるんですか？　私は罪深い身です。ここで一生かけてそれを償うつもりです。私は、幼い息子を殺しました。私がこの世で犯した数え切れない罪のせいで息子は病にかかって死んだんです」

「あなたのせいじゃない」

「いいえ。私のせいです。お金や見栄や、そんなくだらないことに私が心をかまけていたから……神が私に罰をくだそうと息子の命を奪っていったんです」

「よく考えてください。そんなバカな神様がどこにいます？」

「息子を失ってからの生活は地獄でした。ビッグマザーは私の苦しみをすべてわかってくださったんです」

「それなら明日、私がビッグマザーのインチキを証明します」

奈緒子が自信に満ちた声で言った。

「もういちど、同じことをやってもらうんです。今度は絶対に当たらないはずですよ」

「そんな簡単に霧島澄子がボロ出すんだろうか」

上田はシャワーを浴びながら、奈緒子に話しかけた。上田に割り当てられたゲストルームの部屋にはシャワーがなかったので、奈緒子の部屋に来てるのだ。ガラス戸に上田の裸が映っているので、奈緒子は目を逸《そ》らしていた。

「たぶん、調子が悪いとか邪念を感じるとか言い訳するんじゃないかと思います。超能力者って、手品師と違って言い訳できるからずるいんですよ」

「もし当てられたとしたら……」

シャワーを使う音が止んで、タオルをしぼる音がする。

「もし当てられたとしたら、今度こそあの教祖の力は本物だということになる。たぶん君もただじゃすまないぞ」

がらっと戸が開いて、タオルを腰に巻いた上田が出てきた。奈緒子は顔をそむける。

「こんなことに巻き込んじゃって、申し訳ないと思ってる」

「……なんで出てくるんですか？　でも、今さら謝られても引き返せないですよ」

「だから言うんだが」

「私の父はよくこんなことを言ってました。いいかい、奈緒子、この世には奇跡なんか存在しないんだよ。どんな不思議なことも、そこには必ずタネがある……父は生きてた頃、何人もの超能力者のインチキを暴いていったんです。まるでフーディーニみたいに」

「フーディーニ？　何語だ？」

「X線の目を持つ男の話、聞いたことありますか？」

「……ど忘れした」

パンツ一丁の上田からあくまで目を逸らしたまま、奈緒子はとりあえず話を続けた。

「昔、そういう人がいたんですよ。字を書いた紙を金属の箱の中に入れて、それを透視するんです。いろんな学者がテストして、彼の力は本物だっていったんです。そこへフーディーニっていう奇術師が現れて、ひとりだけそのトリックを見破ったんです」

「どんなトリックだった？」

「答え聞いたら、上田さんきっと怒りますよ」

「ふうーん」

「その金属の箱にはね、蓋《ふた》の下に小さな隙間《すきま》があったんですよ。男はそこから中をのぞいていたんです」

「そんなバカな……」

「ね、みんなそう思ってひっかかっちゃったんですよ。上田さん、早く出て行ってください。ここは私の部屋です」

上田はでっかい白のブリーフ姿で出て行った。ほっとして奈緒子がふり向くと、上田が服を全部忘れていた。気づかないのか、上田が戻って来る気配はなかった。

「服！」


『人生8転び9起き』

『布教は1汗2笑3情け』

『6でなし6でなし8でも無ければ9でもない』

『6な人間に8は無し』

『100年の幸福も1日の労働より』

『339労し33泣かされる』

翌日。こんな標語もどきが書かれた半紙があちこちの壁に貼《は》られている広い部屋に通された。お香のようなものも薫かれている。壇上には霧島澄子が座っていて『心の扉への導き』と書かれた半紙がある。これが今日の儀式名らしい。

「ええ、ゆうべは、みなさん実に不思議な体験をなさったことと思います。ええ、本日はより深く、ビッグマザーがみなさまの悩みを聞いてくれます。まず目の前にある母之泉をお飲みください」

「待ってください」

奈緒子は津村の言葉を遮って、しっかり封をした封筒を掲げた。

「もういちど私の悩みを当ててください」

「進行の妨害はおやめください」

「待ちなさい、津村。あなたは私を疑い、挑戦しようとしておられるのですね。おやめなさい、愚かなことは……。このままではあなたのいちばん大切な人に不幸が訪れるのですよ。それでもいいのですか？」

ちょっとひるんだが、もう後にはひけない。奈緒子は小さくうなずいた。

「仕方ありません……」

澄子は奈緒子の手から封筒を受け取り、開封せずに上から数回手で撫《な》でた。

「読めましたよ、あなたの心が。本当に、言ってもいいのですか？」

「あ、や……はい」

「『私は……』！」

澄子は大きな声で、奈緒子の悩みを読み上げた。

2

「『私は貧乳で困っています』と書いてありますね」

澄子が奈緒子の悩みを大声で言い当てると、その場の空気が止まったように部屋中が静まり返った。

「はあ？　貧乳？」

上田は驚いて奈緒子の胸元を見る。

「『私は貧乳で困っています……』」

「……当たってるよ」

封筒を開けて中身を読み上げようとする澄子から、奈緒子は慌てて半紙を取り上げた。

信者たち一同から感嘆の声が上がる。

「流しましょ」

澄子は勝ち誇ったように言った。

「みなさん、貧乳はさておき、再開いたしましょ。『私は夜尿症で困っています』」

「参りました！」

屈辱に震えている奈緒子のことはとりあえず「流し」て、澄子はまた次々と信者の悩みを当てていった。

「これでビッグマザーの力が本物であるとお分かりいただけたと思います。帰ったら父にお伝えください。私は戻りませんと」

儀式が終わった後、美和子はいぶかしげに封筒を透かし見る奈緒子と上田にそう言って、母之泉が入ったペットボトルの水を飲みながら部屋を出て行った。

「やっぱり彼女は本物の霊能力者だったんだ。ということは……僕はあと二日で死ぬのか」

「そんなはずありません」

「でも現に彼女は封筒の中身を……」

「きっと何かしかけがあるはずです。私たち、何かを見落としてるんですよ」

上田はぶるぶる震えながら鼻をすすっている。呪《のろ》いが真実になるのを恐れているのだ。

「泣いてる？」

「バカなことを言うな。僕は子どものころから泣いたことはいちどもないんだぞ」

そう言いながらもハンカチで目じりを拭《ぬぐ》っている。

「……でも誰なんだろう。大切な人が不幸になるって」

「僕じゃないのか？」

「だって君、友だちとか恋人とかいないんだろ？　貧乳だし……へへへ」

上田は最後の言葉をかみしめるように言うと、バカにするように笑った。

「何言ってるんですか？　いますよ、けっこう。それに上田さんじゃないと思います。私、上田さんのこと大切だと思ったこと、ありません」

「……じゃあ、お母さんとか？」

「母が住んでるのは長野の方ですし……第一ビッグマザーがそのこと知ってるはずないですし……何か、感じませんか？」

奈緒子は部屋の中にかすかな匂《にお》いを感じ取って、鼻をくんくんと動かした。

「儀式は終わったべさー！」

木田が数人の信者を引き連れて入ってくる。

「退出してくんないと困るんでないか」

「すみません。もうちょっと……」

「ご退出ください！」

奈緒子たちは木田たちに追い立てられるように、部屋を追い出された。

ちょうどそのころ、長野の里見はいつもと同じように書道教室を終え、生徒の子どもたちを送り出したところだった。ふと、若い男のかげに気付いた。

「は？」

「あら、瀬田君《せた》、どうしたの？」

奈緒子の幼なじみの瀬田一彦《かずひこ》が玄関口にやって来た。近所で診療所をしているのだが、奈緒子に気があるらしく、しょっちゅう遊びにくるのだ。

「往診の途中なんですよ。鬼頭《きとう》さんの分家の方の奥さんが急病だって」

「あらたいへん、それじゃ急がなくっちゃ……何してるの？」

瀬田は玄関先に、どっかりと腰を下ろしている。

「大丈夫ですよ、いつもそうやって何ともないんだから……奈緒子、よく電話あるんですか？」

「ううん、ここのとこなんとも」

「冷たいなあ……お母さんからもはっきり言ってください。村に戻って村の中でお婿さんを見つけなさいって……今度私、父親の地盤を引き継いで立候補することに相成りました」

「私ね、あなたのお母さんじゃないんだけど……悪いけどね、奈緒子、瀬田君に興味ないみたいよ」

「だからこそこうしてお母さんのお力をお借りしたいと思ってるんじゃありませんか」

「くだらないこと言ってないで早く行きなさい。瀬田先生。あ、傘持ってった方がいいわよ」

「雨なんか降ってないじゃないですか」

「いいから、その傘持っていきなさい」

瀬田が家を出てしばらく自転車を走らせていると、急に雨が降ってきた。里見はこんなふうに、ちょっと先のことを当てることが昔からあった。

瀬田が出て行った後で、里見は子どもたちの作品の整理をしていた。重なり合った半紙の中の三枚……『日本一』の『一』と、『夕暮れ』の『夕』、『ヒグマ』の『ヒ』が偶然に組み合わさって『死』という文字を作っている。

里見は顔をこわばらせ、これから来るべき何かを予感していた……。

「気にすることないのよ、赤ちゃん産めばね。だんだん大きくなるから」

「最初はねー、部屋を暗くしておけば大丈夫よ。それにうちの息子だったら全然そんなこと気にしないから。これ、うちの息子の写真。どうかしら？　いい息子なんだけど……」

廊下ですれ違いざまに、女性信者たちは奈緒子に声をかける。奈緒子は思わず持っていたかごで胸元を隠した。

「腹が立つと思いませんか？　あのビッグマザーの勝ち誇ったような顔。人に恥かかせといて」

「恥かくようなこと書くからだろう」

「絶対当たるはずないと思ったから……背水の陣でのぞまなきゃ、と思ったから。貧乳、水虫、魚の目、どれにするか迷ったんですけど……ん？　匂い……」

啞然《あぜん》としている上田はさておき、奈緒子は廊下に薫かれているお香の前で立ち止まった。

「そうだ、匂いですよ。お香に混じってなんか変な匂いがしたんですよ。つんとした」

「つんとした？　待てよ」

廊下の向こうから儀式に使った道具や封筒の束を持った信者たちが歩いてくる。

「あの封筒を調べてみたい」


上田は見張りの信者がお茶を飲みに外に出たのをきっかけに、倉庫の中に忍び込んだ。

「急げ！」

奈緒子は奥の棚に積んであった封筒の束を見つけた。今朝の儀式で澄子が読み取ったものだ。もう二度と思い出したくない、例の悩みを書いたものもある。

「なるほど、そういうことか」

上田は別の棚からアルコールの瓶を取り出して蓋《ふた》を開けると、手で瓶の口を扇《あお》いでみる。

「あ、この匂いですよ。私、たしかにこの匂いをかぎました」

「アルコールだよ。見ててごらん」

上田は自分の指にアルコールをすこししめらせ、封筒の上からなぞった。

「ほら、『貧乳』。アルコールはね、揮発性が高いんだ。すぐに乾いてしまい、跡が残らない……あ、『貧乳』ももう消えた」

なんでわざわざ「貧乳」のところを透かして見るかね、この男は……と言いたいところを奈緒子はぐっと我慢する。

「問題はあの教祖がどうやってアルコールを封筒につけたかだ」

「それなら方法はあります。手の中に小さい袋を隠しておけばいいんです」

「袋?」

「ええ、よく手品でやるじゃないですか? グラスの飲みものを何もないはずの手の中に注ぐの。袋にあらかじめアルコールを仕込んでおく。ビッグマザーは封筒の表面を何度も撫《な》でていました。それは中身を読み取ろうとしていたんじゃなくて、アルコールをなすりつけていたんじゃないでしょうか」

「なすりつけていたのか……」

美和子は調理室でパンの生地《きじ》をこねていた。もうひとりの女性信者と一緒に生地を叩《たた》きつけている。

「美和子さん、美和子さん……!」

奈緒子たちは彼女を誰もいない小さな部屋に呼び出した。

「ほら、これがインチキの証拠です」

上田は美和子の前でアルコールを封筒の表面につけて、中の文字を透かして見せた。奈緒子の封筒を使ってやってるので、また『貧乳』という文字が浮かび上がってくる。

「……私には信じられません」

「もしビッグマザーが本当に人の心を読めるんだったら、どうしてこんな小細工をする必要があるんですか？」

「ビッグマザーの力はそれだけじゃないんです」

美和子は不思議な体験を話し出した。まだ在家の信者だったとき、宙に浮いている澄子に、「あなたの家の生垣の裏を見てごらんなさい。息子さんがあなたに伝えようとしたものが残されているはずです」と言われたという。そこには『お誕生日おめでとう』と書かれた美和子の息子の描いた絵が出てきて、思わず泣き崩れてしまったことがあったのだ。

「それ、本当に息子さんが描いたものなんですか？　この教団の人たちが仕込んでいたものじゃありませんか？」

「見ればわかります。これは息子の絵です。それにほらこの猫、これはたしかにうちで飼ってたミーです」

美和子はポケットから絵を取り出した。

「ねえ、美和子さん、あなたが信じている神様はあなたに何をしてくれましたか？　あなたが犯した罪を罰するためにあなたから息子さんを奪った。なぜそんな無意味なことをするんです？　あなたに直接罰を与えればすむ話じゃないですか。あなたは罪を悔いて家には戻らないと言う。でもあなたはそうすることによって、あなたを大切に思ってるすべての人を悲しませることになるんですよ。それが罪の償いですか？　さ、帰りましょう」

上田のやさしい呼びかけにも、美和子は激しく首を振った。

「ダメです、それは。あなたたちにも迷惑がかかります。あなたたちはわかってないんです。ここを出て、無事だった人は誰もいません。必ず呪《のろ》いがおとずれる。つい最近もここを逃げ出した人が事故に遭って……夜、寝てる間に地震で落下物が頭の上に落ちてきて」

「そういえばそうだ」

途端に上田の表情がくもる。

「あのね、上田さん。全部逆なんじゃないですか。ビッグマザーが地震を起こしたんじゃなくて、たまたま地震があったから地震のせいにみせかけて、その人は殺された。そういうことですよ、美和子さん」

だが、美和子は相変わらず目を逸《そ》らしたままだ。

「そうだ。息子さんに聞いてみたらいいじゃないですか」

奈緒子は美和子に提案した。

「亡くなった息子さんが、今でもあなたを恨んでいるかどうか、ちゃんと聞いてみればいいじゃないですか。聞いてみましたか？」

「どうやって……？」

「これ、天国とこの世を結ぶ郵便袋なんです」

美和子は『こうちゃんへ　こんなママを許してね』と手紙を書いて、その封筒に入れ、封をすると、奈緒子の方へと差し出した。

「ナガシマ、シゲオ……」

奈緒子は適当な呪文《じゅもん》を唱えながら、封筒にてのひらをかざし、何度かぐるぐると回してみる。

「開けてみてください。タネなんかありませんよ。私はいちども封筒に触れてませんからね、どうぞ」

はさみを渡すと、美和子は自分で封筒を開封する。すると中から、

『ママ、ぼくはしあわせだよ。だからママもしあわせになってね』

と、子どもの文字で書かれた一枚の紙が出てきた。

「息子さんから返事がきているようですね」

美和子はそれをにぎりしめたまま涙ぐむ。上田はすぐに美和子の手から封筒を取り上げて、念入りにチェックを始めた。

「なるほど！　中が二重になってるんだ……」

のりで封をした方から開けてみると、美和子がさっき書いた手紙が出てくる。はさみで上から切ってしまうと、こちら側は開かないのだ。

「いつも持ち歩いてんのか？　こんなもの」

「いいえ、さっき作ったんです。これ、同じ封筒が二枚あれば簡単に作れるんですよ」

「何なんですか……あなたたちは」

美和子は裏切られた思いで奈緒子に便箋《びんせん》を突っ返してきた。

「奇跡なんていくらでも作り出せるんです。ビッグマザーがやってることだって同じなん

ですよ」

「心配しないで。何があろうと僕があなたを守ります。帰りましょう、僕と。ね」

「ダメです……」

「美和子さん」

「ダメって言ったらダメなんです……」

激しく首を振る美和子のみぞおちに、奈緒子は一撃を加えて気絶させた。

「大丈夫か、ほら、吐いちゃえ、吐いちゃえ。飲みすぎだろう……」

美和子をおぶった上田が廊下を走る。奈緒子もわざとらしく背中をさすってあげたりしながら一緒に走る。

「どこに行かれるのですか？」

あともうすこしで建物の外に出られるというところで、津村に呼び止められた。足を止めて振り返ると、津村が信者を四人ほど従えて立っている。

「ちょっとコンビニに」

「二十キロ四方ありません。……困りますな、勝手に外出されては。すぐにお部屋に」

「……そうですよね、私もいろいろ考えたんですけど、あの、こういうのどうですかね。

アッチョー！　アチョ、アチョー！」

上田は拳《こぶし》をくりだし、あっという間に信者たちをなぎ倒していった。

「こら、待てー！」

美和子を後部座席に詰め込むと、上田のトヨタパブリカは発進した。教団施設の外に出て県道を走り出したのはいいが、すぐにバンに乗った津村たちが追ってくる。

「上田さん、強いじゃないですか。強いなら強いって言ってくださいよ」

「通信講座で空手をやっていた。ブルース・リーについて論文を書いた事もある」

「……はあ」

バックミラーに津村たちの車が映っている。上田はドライバーズサンダルを履いた足でアクセルを踏み込み、グイーンと加速すると、カーブをビュンビュン曲がった。

「すごい！　すごいハンドルさばき！」

「運転で俺《おれ》にかなう人間はいない。シューマッハには俺が運転を教えたんだ」

「へえ」

「君も早く忘れることだ」

「何をですか？」

「貧乳」

「……とっくに忘れてましたよ！」

「それならいいんだ。とにかく貧乳貧乳とくよくよ考えるのは絶対にまちがってる」

「ここは……？」

後部座席の美和子が目を覚ました。

「もう母之泉の外ですよ」

「降ろしてください！　逃げるなんて無理です！」

「本当はあなたも気づいてたんじゃないですか？　あんなところにいても無意味なこと」

上田が核心をついた発言をする。

「……本当はずっと逃げ出したかった。でも怖くてそんな自分の気持ちに気づかないふりをしていた。でもね、振り返ってごらんなさい。いったい誰があなたを追いかけてきます？」

「もう既に来てますけど」

奈緒子の一言で、自分の言葉に酔っていた上田は慌ててハンドルを握りしめた。津村たちは窓から顔を出して、ほとんどハコ乗り状態で「待てー！」と追いすがってきている。

「ベルヌーイの定理を知っているか？　こういうカーブの多い道では、最適なダウンフォースを得ることが不可欠だ。奴《やつ》らにはそれだけの知識がねえんだよ！　ははは……」

「……上田さん、ガソリンないですよ」

高笑いをしていた上田の顔が凍りついたと同時に車は停止した。数十メートル後ろから、教団の車が迫ってくる。奈緒子たちは慌てて車から降りて走り出した。津村たちも車を停め、走って追いかけてくる。三人は転がるようにして県道から雑木林に入り、険しい山道をひたすら走った。どれくらい走っただろう……気がつくと濃い霧が立ち込める林の中の一軒家に出ていた。わらぶき屋根の、昔ながらの民家だ。

「すいませーん、誰かいますか？　開けてください！」

奈緒子が扉をドンドン叩《たた》くと窓からマタギのような初老の男、青木正吾《あおきしょうご》が顔を出した。

「追われてるんです。助けてください。お願いします！」

青木は三人を訝《いぶか》しげに見るとピシャンと窓を閉めた。

「ジジィ……！」

上田が舌打ちをしたかと思うと、玄関が開いて、青木が三人を手招きする。でも、安心したのもつかの間、ドンドンと扉を叩く津村の声が聞こえてきた。

「すみません、開けてください！」

「そっちに隠れて！」

三人が奥へ隠れたのを確認すると、青木は猟銃を手にして出て行った。

「うちの信者が外部の者にさらわれました。どうやらこっちの方に逃げ込んだようなんです。誰かここに来ませんでしたか？」

「誰も来てないよ」

「隠すとためになりませんよ」

「隠してないよ」

「とぼけるのもいいかげんに……」

次の瞬間、青木は猟銃を津村の鼻先に突きつけた。

「ここには誰も来てない。探すならほかを当たってくれ」

青木は玄関を閉めると、猟銃を掲げたまま、奥の部屋に戻ってきた。

「とりあえずは大丈夫だ。しばらくここにいなさい」

「すいません、あの私たちは……」

自分の方に向けられた銃口を手でつかんで脇《わき》によけ、上田が切り出した。

「母之泉から逃げてきたんだろう。今まであんたたちのような人が何人もここに来ましたから。警察に言っても相手にはしてくれません。彼らは信者の間のもめごとには口を出さないことにしているんだ。俺も、母之泉には恨みがある……」

青木は座って話し始めた。

「俺も母之泉に家族をとられたひとりだ。私の場合は息子だった。私は必死で家に戻るよう息子を説得した。最後に息子はわかってくれた。息子はあの山を出てこの家に帰ってきた」

「息子さんは、今どうしてるんですか？」

奈緒子が尋ねると、青木はしばらく沈黙した。

「……戻ってすぐ死んだ。不可思議な病に冒されて」

それを聞いた途端、美和子の顔が、みるみるうちに蒼《あお》ざめていった。

「あいつら、まだ外にいる」

窓の外に、津村の顔が見え隠れする。この家の周りを見張っているようだ。

「今夜はここに泊まっていったほうがいい。大丈夫、いくら奴らでも無理やり押し入ってくるようなことはしない。自ら法を犯すようなまねはせんだろう。土間と台所は自由に使っていいから……あまりきれいな部屋とは言いがたいがしばらくの辛抱だ。明日になれば逃げ出すチャンスも訪れる」

「あの……」

「うちでとれた白いちじく茶、飲みなさい」

青木は美和子の問いかけを遮った。

「今までにも何人かここに逃げてきた人たちがいたって、さっきおっしゃいましたよね」

「ええ」

「みんなうまく逃げられたんでしょうか？」

「……ああ」と、青木は声を落とした。

「嘘《うそ》。どうしてあなたにそんなことがわかるんですか？　たとえここは逃げられたとしても、ビッグマザーの呪《のろ》いから逃げることはできない」

「そんなことはありません」

「現にあなたの息子さんだって……！」

美和子は興奮してテーブルを叩いた。

「落ち着いて、美和子さん。僕がついてますよ。いいですか、よく聞いてください。僕もあの教祖に呪いをかけられたんです。もし、彼女の力が本物なら、僕は明後日《あさって》には死ぬ。でも僕は、呪いなど恐れたことはただのいちどだってないんですよ」

嘘つけ……奈緒子はそう言いたくなったけど、上田は自分の言葉に酔うタイプらしい。

「あなたはひとりじゃないんだ」

上田は美和子の顔をのぞきこむようにして、やさしく呟《つぶや》いた。ここまでくると、呆《あき》れてしまって、ツッコミを入れる気にもならなかった。

「ねえ、上田さん。警察が相手にしてくれないってことは、あいつらのインチキをはっきり暴かないかぎり、私たち助からないってことですよね。だっていつまでも逃げ続けるわけにはいかないじゃないですか」

よっぽど疲れたのだろう。美和子は大いびきをかいて寝てしまった。熊の毛皮をかけて眠っている横で、奈緒子たちは番をしながら話し込んでいた。外では青木が猟銃を手に見回ってくれている。

「ビッグマザーは自分の許《もと》を逃げ出した者には必ず呪いが訪れるといっている。つまり美和子さんにも近いうちに呪いは訪れる。訪れなければあいつらとしても格好がつかない。呪いに見せかける何らかのしかけを使って、必ず美和子さんを襲うはず」

「……君は美和子さんをおとりにしようとしてるのか？」

「おとりって……」

「だってそうだろ？　いくら何でも、そんな……」

「上田さん、美和子さんのこと、好きでしょ？　下心があるでしょ？」

「何、バカなこと言ってる」

「あなたはひとりじゃない。僕が必ずあなたを守る……えへへへへ！」

奈緒子は上田の真似をした後で、また例の笑いをする。

「誰だ、おまえ……？」

「これは親切で忠告するんですけど、上田さん、嘘ついてるときね、黒目がすこしだけ大きくなるんです。だから目を見てれば上田さんが何考えてるのかがすぐわかるんです」

「あり得ない……黒目が大きくなるのは暗いところに入ったときだけだ」

「証明してあげましょうか？　私が上田さんの目を見て嘘を見破れるってこと」

「これは、何の変哲もない普通のトランプです」

奈緒子はトランプを取り出して、シャッシャッと切ると上田の方に差し出した。

「好きなカードを一枚選んでください」

「またくだらない手品だろ？」

「まさか。第一、手品だったら上田さん、タネを見破ったらいいじゃないですか」

上田はしぶしぶ一枚抜き取った。ダイヤの8。

「それをよく憶《おぼ》えてくださいね。憶えましたか？　じゃあ中に戻してください」

「手品だったら許さないぞ」

「好きなだけ切ってください」

上田はニヤリとして丹念にカードを切った。

「これからカードを一枚ずつめくっていきます。上田さんはカードを見ててください。私は上田さんの目を見て憶えたカードを当ててみます」

「ようするに無表情でいればいいってわけだ」

奈緒子は52枚のカードを上から順番に上田に見せ、ダイヤの8のときに「これ?」と尋ねた。上田はぷるぷると怒りに震えた。

「……なんでだよ!」

「言ったじゃないですか。黒目がすこしだけ大きくなるって。ね、わかったらこれから私に逆らわない。私に嘘つかない。私が命じたことは全部やる。いいな?」

「……ちょっと待って」

トランプをしまおうとすると、上田が奈緒子の手を押さえる。

「何も隠してないですよ」

「チェックさせてもらうよ」

「嘘! 開いてますよ」

「嘘」思わず真に受けて焦る上田に奈緒子は小憎らしい顔で笑った。

「じゃ、ほな行こか」

「兄ィ、ちぃと待ってくださいよ。まずいんじゃないですけのう？」

「なんで？」

「わしら、刑事じゃって言うんですけ？」

「言わなおまえ、話聞けないやないけ」

「じゃけん……それ言うたらわしら生きて帰れんかもしれんけんの。わしら捜査で来てるっちゅうことは、あいつら悪いヤッらだって疑ってるってことじゃけえの。のう？」

「ほな今日はこのくらいで勘弁したろっか」

「そうしましょう」

教団施設にやってきた矢部と石原が、ギアをバックに入れようとすると、車の周りはすでに数十人の信者に囲まれていた。

「あはは、僕らエドモンド大学の鉱物研究会なんです。石原くん、石はあっちだ」

「行こう、矢部くん」

「迷子の迷子のこねこちゃん……あなたのおうちはどこですか？」

両手でハート形のポーズを作った信者たちがいっせいに歌いだした。

「あの、下がるんで歌やめてください……」

矢部と石原がどんなに頼んでも、信者たちは歌い続けていた。

「もしもし、お母さん？」

「ああ、奈緒子……どうしたの？」

「そっち、何か変わったことない？」

「どうして？」

「ううん、ならいいの。それより寝るときはちゃんと鍵《かぎ》かけてよ」

「何言ってんのよ。それよりあなた今どこにいるの？　うちじゃないでしょ？」

「私は大丈夫。それよりお母さんこそ気をつけてね」

「奈緒子……」

里見は受話器を耳にしながら、いやな汗を額にいっぱいかき、具合悪そうにしていた。

そんなことも知らずに、奈緒子は受話器を置いた。

眠りから覚め、廊下を歩いていた美和子は、ふと、不思議な胸騒ぎがして足を止めた。

雨戸の隙間《すきま》から裏庭を見ると、澄子が宙に浮いて美和子を見つめている。

「逃げても無駄だ。おまえは今夜死ぬ」

「キャー！」

悲鳴を上げ、美和子はその場にバッタリと倒れた。

「気がつきましたか？　いったい何があったんです？」

美和子がようやく意識を取り戻した。廊下で倒れているのを発見した上田が、囲炉裏端まで抱きかかえてきたのだ。ぐつぐつと鍋《なべ》が煮える音がし、夕食の準備が進んでいる。

「ビッグマザーが……ビッグマザーがそこに……！」

「夢でも見たんでしょう。誰もこの家に入った人間はいません」

「私、たしかに見たんです！」

「よかった、気がついたようだな。心配いらないよ。雉汁《きじじる》でも食べて元気を出して」

青木が具沢山の汁を運んでくる。

「さっき見事な雉を撃ち落としてね。どうだ？　いい匂《にお》いでしょ？　遠慮することはない。どうぞどうぞ」

強烈な匂いに顔を背けたくなったが、奈緒子と美和子は断りきれずに箸《はし》をつけた。

「僕はベジタリアンなんで野菜のとこだけ」

「男ならガバッといかんと。日本の国鳥だ、食え食え。俺は外を見張ってるから、誰か入ってくれば真っ先に気づく。何、心配することなんかない」

青木が出て行ったので、上田はこっそりとお椀《わん》を置いた。

お腹が空いていた奈緒子は「うん、まずい……これ」と言いながらもぱくぱくと食べた。

美和子は途中までしか食べずに、不安げに立ち上がって外を見ている。

「ねえ、美和子さん。青木さんもああ言ってるし、安心してください。今夜は私もずっといっしょにいるし」

青ざめる美和子に連れ添おうとした上田に奈緒子はきっぱりと言った。

「上田さん、あなたは外にいてください」

「どーも、すんずれいしました。所用でちょんべっと外していたもんですから」

矢部と石原が教団施設で信者たちに食事の歓待を受けていると、津村が戻ってきた。

「いや、調査なら調査って言ってくれればよろしいのに。私どもは後ろめたいことなどいっさいしておりません。まあこういうところですから、あいにく酒というわけにはいきませんが、おひとつどうぞ」

「いえ、とんでもない。今仕事中ですから」

「この水、水割りに合うけん、ちいとばかりいただいてもええかの？」

「ああ、どうぞどうぞ。一リットルでも二リットルでも一トンでも」

津村のつまらない冗談に信者たちがいっせいに笑う。

「いやね、あのたいした話やないんですけど、ここを脱《ぬ》け出した人たちがみんな不幸な死に方をするという噂《うわさ》を耳にしたもんですからね」

「ああ、そんですよ」

津村は作り笑顔のままあっさりと言った。

「そういう運命をたどる方が多い、と私たちも聞いております。とはいってもね、私たちがどうこうしたわけでもねえですからね。すべては神の思《おぼ》し召しですから」

津村が言うと、信者たちがいっせいに例のポーズをとった。

「おっかあさまあ――」

信者たちの祈りは夕暮れの山々に響きわたっていった。


「おい」

ちゃぶ台でうとうとしていると、障子越しに廊下の上田が話しかけてきた。怯《おび》えていた美和子はコトンと寝てしまった。奈緒子は見張りのために起きていようと思っているのだが、どうもさっきから体がだるい。

「どうしたんですか？」

「どうしたもこうしたもねえよ。たいへんなことに気がついたんだ」

上田はガラッと戸を開けた。

「騙《だま》したな。君は僕の心なんか読み取っていない。嘘《うそ》をつくと黒目が大きくなるというのも嘘だ。タネはこのトランプにあった。一見この模様は上下対称に見えるが、よく見るとそうじゃない。これだ！」

上田はトランプの中央にあるベンツのエンブレムのような模様を指す。たしかに、点対称だが線対称ではなく、向きがあるのだ。

「君はあらかじめこのトランプの向きを全部揃《そろ》えておいた。そして僕に一枚引かせ憶《おぼ》えさせる。その隙に君はトランプを手の中で逆向きに持ち替える。そして僕の方に差し出し、カードを戻させた。僕が憶えたトランプだけは上下が逆さまになっている。いくら切ってもこれは変わらない。君は僕の目を見ていたわけじゃない。カードの裏の模様を見ていたんだ。逆さまになったカードが出てきたら、それが僕の憶えたカードだったというわけだ」

「まあ、上田さんがそう思いたいなら私はかまわないですけど。それで上田さんのプライドが満足するなら」

「悔しいなら悔しいって言えよ！」

「別に」

奈緒子はそっぽを向いた。上田はにやにやしながら言った。

「ふーん、じゃあこうしよう。もういちどさっきと同じテストをやってみようぜ。もし今度当たったら、そのときは認めてやるぜ」

ふたりはさっきと同じ事をした。でも、トランプの裏の模様を見たと言わせないために、上田がカードを戻すと、奈緒子はパーッとちゃぶ台の上にトランプを表向きに並べた。

「これ？」とハートの3をとり出した。

「なんでだー!?」

「メガネに映ってた」

「もういちどだ」メガネを外すと、上田はこりずに言った。

「もういちどやっても当たると思いますけど」

「どうして?」

「企業秘密」奈緒子はなんだかとてもだるくて、つき合うのがやっとだった。

それから数時間経って、だいぶ夜明けも近づいてきた。

奈緒子はどうも体がおかしい。

「上田さん、起きてますか?　眠っちゃわないように話をしてもいいですか?」

「無理に思い出さない方がいいぞ」

「何をですか?」

「貧乳」

「……上田さんにもあるんですか、悩み」上田のしつこさに奈緒子も呆《あき》れ気味だ。

「ないよ」

「大き過ぎるとか?　ほら、大き過ぎるといざというとき、いろいろ不便なことも多いじゃないですか」

「何故《なぜ》知ってんだよ?　いつ見た?　そうか、シャワーから出たときか……そういう趣味かよ?　見てないようで見てたんだ。デカくて何が悪いんだ。男はみんな憧《あこが》れるんだぞ」

「何言ってるんですか?　背ですよ、背」

「……教祖は来ると思うか?」突然、上田は話題をすりかえた。

「来ますよ、今晩」

「でもどうやってここに入る？　どう考えても僕にはできるとは思えない」

「上田さん、最初に私の手品を見たときもそう言ってましたね」

「……言ってないよ」

上田は右手で顎鬚《あごひげ》のあたりをさすった。

「上田さん、顎に手をやる癖がありますよね。私が何で上田さんの嘘を見破れるか知りたくないですか？　嘘をつくときに、指がこう……」

上田が障子越しにじっと続きを待っているのだが、奈緒子は何も言わない。

「……おい？　嘘つくときはなんだ？　その先を言え……寝たのか？」

奈緒子はいつのまにかちゃぶ台につっぷして眠っていた。


「はっ！」

里見は布団から飛び起きた。また剛三の死の間際の風景が頭をよぎる。

（あなた、あなた……）

（……私は間違っていた……この世には……いるんだよ……本物の……霊能力者が……）

そのとき、暗闇《くらやみ》の中から迫ってくる何かの気配が里見を襲った。

「美和子さん、美和子さん……」

気がつくともう明るくなっていた。奈緒子はとりあえず美和子を起こそうと声をかける。

「美和子さん、おはようございます。美和子さん……？」

横向きに寝ている美和子の腕をつかんでみると、もう既に冷たくなっていた……。

「キャー！」

奈緒子は両手で頰《ほお》を覆い、悲鳴を上げる。

「どうした？」

上田が部屋に入ってきて美和子の瞳孔《どうこう》や脈を確かめた。

「どうしました？」

青木も飛んでくる。

「……死んでる」


「いやいやいや、これはどうも……こんなとこでお会いできるとは、これも何かの縁ですね」

「山田奈緒子と申します」

矢部たちが到着した。上田の顔を見るなり親しげに手をとって挨拶《あいさつ》しているので、奈緒子も右手を差し出してみたが、黙殺される。

「しかし今回はとんだ災難でしたね。ま、私どもとしては先生のような方がそばにおられると助かります」

矢部、石原と上田、奈緒子の四人は現場検証のために青木の家に入っていった。

「上田先生はずっとここにいた。窓も鍵《かぎ》がかかっていた。つまり誰かが外から入ってくるのは不可能だというわけですね」

「はい」

「美和子さんは殺されたんです。母之泉の人たちに……」

「あんた誰？」

「第一発見者ですばい。被害者と一緒にこの部屋に寝ちょったとです」

矢部の質問に所轄の警官が答える。

「一緒に寝てた？　で、気づかなかった」

「すみません」

「手、出してみて」

素直に手を出すと、矢部は奈緒子の両手にガチャリと手錠をはめた。

「ちょ、ちょちょちょっと……」

「おまえが犯人や。名前と年齢と職業……」

「すでに聞いてあります。山田奈緒子、二十三歳。職業は手品師」

「手品師？」

警官の言葉を聞いて、矢部がこぼれ落ちそうなギョロ目で奈緒子を凝視する。

「マジシャンです」

「なら、なおさらおまえが犯人じゃ！」

「違いますよ、私が犯人なわけないじゃないですか。な、上田」

「気安く呼ぶな。おまえこの方が誰や思うてんねん？　あ、おまえそれ外せるんやないか？　世紀の大脱出とかいうのテレビで見たことあんど」

「無理ですよ、これ、本物じゃないですか」

「普段は偽物使うのか。人騙《だま》しとんのやないか、おまえ。署に連行せい」

「兄ィ、まだ証拠が何も……」

「そうですよ」と上田が割って入る。

「先生、黙っといてください。吐かせりゃええんです、吐かせりゃ」

「矢部さん、ちょっと」

　矢部は鑑識員に呼ばれて隣の部屋に行き、何やら話してから戻ってきた。

「犯人はおまえやない。彼女は自殺です。死体から毒物を飲んだ形跡が見つかりました。布団の下から、薬の瓶が出てきました。割烹着《かっぽうぎ》のポケットから遺書が見つかりました。彼女は母之泉から逃げ出したことを相当悔いていたらしいですね」

「そんなはずはありません。彼女は殺されたんですよ」

「おまえにかい？」

　矢部は奈緒子を一瞥《いちべつ》すると引き揚げようとした。あわてて奈緒子が呼び止めた。

「あ、これ、手錠……」

「はずしてええぞ」

「だから、はずせないんですよ」

「芸のないやっちゃな、おまえは……」

矢部はしぶしぶ手錠の鍵を取り出した。

「おめえたちのせいだ。おめえたちが彼女を死に追いやったんだ」

青木の家から出ると、津村たちが待ち構えていた。

「あなたたち、いったい何をしたの？　美和子さんに何をしたの？」

奈緒子は津村の胸ぐらをつかんだが、逆に突き飛ばされてしまう。

「いいよ、人生というのはな」

上田が諭そうとするのを振り切り、警官や矢部の忠告も振り切り、奈緒子は青木の家にずかずかと入っていった。「一分」と上田も奈緒子に続き、家に上がっていった。

「あいつらが美和子さんを殺した。どうやって……どうやって……？」

囲炉裏端を見渡しながら、奈緒子は自問自答を繰り返す。そして、突然あることを思い出した。

3

「あのとき、私は急な眠気に襲われた。私と美和子さんだけが眠ってしまった……」

奈緒子は昨晩のできごとを順番に思い出しながら、家の中を歩き回った。そして台所に行き、流しのところでふと足を止める。蛇口からはぽたぽたと水が滴《したた》り落ちている。奈緒子はじっくりと考えごとをしながら、栓をひねって水を止めた。

「おい、手品師、何やっとんじゃ？」

矢部と石原が入ってきた。

「おまえ、金田一《きんだいち》かい？」

つべこべ言う矢部に奈緒子がざるを投げつけると矢部のぺったりした頭にざるは見事にのっかってしまった。奈緒子が裏庭に出ると、そこにも流しがあり、水道がある。奈緒子はその蛇口から滴っている水をじっと見つめ、再び家の中へと入っていった。長身なのでいちいち梁《はり》に頭を打ちながら、上田も慌てて後を追いかける。

奈緒子は、昨日は入ることのなかった青木の部屋へと進んでいく。その部屋の一角には低いたんすがおいてあり、木彫りの熊が飾ってある。その後ろは窓でもないのにカーテンが閉めてあり、よくよく見ると不自然な空間だ。奈緒子は近づいていき、さっとカーテンをひいた。

「おっかあさま……」

後ろからついてきた上田が思わず声を上げる。ビッグマザーの肖像が飾ってあったのだ。

「気を落とさないことだ。あんたのせいじゃない」

庭で石原たちの事情聴取を受けていた青木が、奈緒子の顔を見るなり気の毒そうに声をかけると、「たぁーっ！」と奈緒子は気合を込めて青木を殴り飛ばした。

「おい、おまえどういうつもりや？」

驚いた矢部が奈緒子を問いただす。

「あいつらとグルだったんですね。私たちを助けるふりをして、あなたは美和子さんを殺す手助けをした」

「何を言うかと思えば……」

「とぼけても無駄です。もう見つけたんです。あなたの部屋にビッグマザーの肖像があるのを」

「あれは昔、息子が飾っていたのをそのままにしていただけだ。そんなもので私を疑うなんて」

「それだけじゃありません。ゆうべ、私と美和子さんはなぜか急な眠気に襲われて眠ってしまった。でも上田さんだけは眠くならなかった。上田さんは、ベジタリアンを騙《かた》った食わず嫌いなので、あなたが出してくれた雉汁《きじじる》を食べなかったから」

「私が雉汁に睡眠薬でも入れたと？　ん？　じゃあ仮にあんたの言うとおり、あいつらとグルだったとしよう。でも彼女はゆうべあんたといっしょにずっとあの部屋にいたじゃないか。誰も部屋には入ってない。そこの上田さんがちゃんと認めてる。ねえ？」

「部屋に入らなくても、あなたたちは美和子さんを殺すことができたんです」

奈緒子はくるっと振り返る。するとそこで話を聞いていた母之泉の関係者たちがさっと目を逸《そ》らし、庭から出て行こうとした。

「おまえら待て！　逃げるのか？」

「逃げる？」

顔を歪《ゆが》ませながら津村が戻ってくる。奈緒子は思わず叫んだ。

「おまえらがやったこと、全部お見通しだ！」

「はあーん。それはおもしろい。ぜひお伺いしたいもんですね。どうやったら私たちに大森美和子が殺せたっていうんですか？」

「ねえ、上田さん。上田さん、ゆうべ部屋に入った人間は誰もいないって言いましたよね？　でも逆に出てった人はいたんじゃないですか？　美和子さんとか……」

「ああ、たしかに彼女はいちど起きて部屋から出てきたよ」

「そして、そのあと美和子さんは何をしましたか？　水道の水を飲んだんじゃないですか？」

「うん……」

上田は昨夜の美和子の様子を思い出す。

（どうしたんですか？）

（なんだか喉《のど》がかわいて……雉汁のせいでしょうか？）

そうして彼女は水道の水を一杯飲んで、上田に会釈するとそのまま部屋に戻って行った

……それが美和子を見た最後になったのだ。

「毒物は水道の水に仕込まれていたんです」

「じゃあ犯人は水道局ですか?」

とぼけたことを言う津村を無視して、奈緒子は美和子殺害の謎《なぞ》を解き明かした。

「ゆうべ、青木さんが出してくれた雑汁のせいで、私と美和子さんは眠ってしまった。そのあと、あなたたちは青木さんの手引きで中に入った。そして、庭の水道の蛇口を外し、そこから毒を入れる。毒は水道管の中を広がっていく。裏と部屋の中の水道管は繋《つな》がっている」

「……エントロピーの法則か」

上田がうなずいている。

「科学ではすべては説明できない」

津村はあくまでもとりあわない。

「水を飲んだ美和子さんはおそらくそのまま布団に倒れこんで……。あとは死体を見つけたときのどさくさにまぎれて、青木さんが遺書と毒の入った薬瓶を置いておく」

「なるほど……水道に入れた毒は外の蛇口を開けっ放しにしておけば全部流れてしまう。証拠は残らない」

上田もようやく頭が働いてきたようだ。

「それはずいぶんと都合のいいお話ですね。大森美和子さんがもし水を飲まなかったらどうします？　あるいは大森さんでなく、これや、上田さんが飲んでしまったとしたら？」

津村が「これ」と指さしたのは目の前の奈緒子のことだ。

「私が死んだとしても、呪《のろ》いが訪れたと言い張ることはできる。ましてや呪いのかかった上田さんは死んで当たり前」

「どう思います？　刑事さん」

「いや、まあ今のところ自殺ということで……」

「それじゃ困るんですがね。これだけの屈辱を受けたんです。もういちど母之泉までお越しいただけませんでしょうか。そこでじっくりと話し合おうでないですか。どうします？」

「わかりました。行きましょう」

美和子が殺されたとあっては、もう後戻りすることはできない。奈緒子は勝気な瞳《ひとみ》を津村に向けた。

「おい、書道教室はどうした？　先生は？」

瀬田が山田家の門をくぐると、庭で子どもたちがめんこやケンケンをして遊んでいた。

「おう、瀬田。先生、いないみたいなんだよ」

「うるせえ、投票しねえぞ」

「呼び捨てにすんなよ」

「すんません」

子どもに毒づかれながらも、瀬田はとりあえず様子を見るために中に入る。里見の姿はどこにもなく、代わりにテーブルの上には例の「日本一」「夕暮れ」「ヒグマ」の三枚の作品が「死」という文字をかたどるように重ね合わせて置かれていた。

「あなたたちは、ひとりの人間を死に追いやったのですよ。そしてその責任を私たちに押し付けようとしている。自分のやっていることがわかっているのですか？」

教団に到着すると、赤い毛氈《もうせん》の敷かれた場所に座った澄子が待ち構えていた。その周りを、津村を中心とした信者たちがぐるっと囲んで立っている。

「事実を明らかにしたいだけです」

澄子の前に上田と座らされた奈緒子は、貫禄《かんろく》に圧倒されながらも冷静に応対しようとする。

「証拠も何もありゃしない」

「ビッグマザーでもそんな言い訳するんですか？　お白洲《しらす》の下手人みたいですね」

「本気で私を非難するのなら、あなたもそれ相応のものを賭《か》けてもらわないと」

「それ相応のもの？」

「あなたの人差し指とか」

「母親にギャンブルは禁止されています」

「だまらっしゃい！」

澄子は突然厳しい口調になった。

「あなたは手品師でしたね。でしたら手品師にとって命ともいえるその指を私にくださ い」

「待ってくださいよ、お母さん。こちらのお母さんがダメだって言ってるんですから。うちのお母さんも……」

「だまらっしゃい！」

澄子は上田もぴしゃりとはねつける。

「私はあなたの心を読むことができます。今からそれを証明してみせましょう。心の中にふたけたの数字を思い浮かべてください。どんな数字でもかまいません。思い浮かべたら、私に見えないように紙に書いてください。私はその数字を当ててごらんにいれます。はずれたら私は信者たち全員の前で権威を失うことになる。母之泉はバラバラになるでしょう。けれども、もし当てることができたら、そのときはあなたの右手の人差し指をいただきたく思います。どうしますか？」

「……まさか、やる気じゃないだろうな」

「いいですよ」

あっさりと挑戦を受ける奈緒子に上田は心配そうに顔を見た。

「バカ……やめとけ、おまえ。お母さんどうするんだ？　もしあっちのお母さんの力が本物だったら」

「本物のはずありません」

上田が必死で止めたが、奈緒子はきっぱりと宣言した。

「さ、その紙に書いてください。私から見えないように。調べるならどうぞ。隠しカメラも鏡もありませんけど」

澄子は奈緒子に筆と半紙を渡す。

「おっかあさまーっ」

「おっかあさまーっ」

信者たちがまたあのハート形のポーズをとり、全員で祈りを唱えだした。異様な雰囲気の中、奈緒子はいちど立ち上がって部屋を点検しようとしたが、本当に何のしかけもなさそうなので、すぐに座り直して心に数字を思い浮かべた。奈緒子の机の前には小さなついたてがあったが、さらに手で隠して澄子に見えないように「74」と書く。

奈緒子が書き上げて顔を上げると、木田が下足番のような木の札を持って澄子に差し出した。澄子はその中からふたつの札を取り、自分の前の台に並べて置く。

「ではいいですか。あなたが思った数字の一の位を教えてください」

「四です」

奈緒子が言い終えると同時に澄子は右側の札をひっくり返した。「四」という漢数字が書かれている。

「おおーっ」

信者たちから感嘆の声が上がる。

「では、十の位を」

「……七」

緊迫した空気の中で奈緒子が呟《つぶや》くと、澄子は微《かす》かに口元を緩ませた。

「あなた……奈緒子を守って……」

里見は村の外れにあるほこらに、息も絶え絶えになりながら辿《たど》り着いた。右手で心臓をおさえ、脂汗を流して地べたを這《は》うようにして、ようやくここまで来たのだ。

（……この世には……いるんだよ……本物の……霊能力者が……）

剛三の臨終の言葉が里見の頭の中でぐるぐると回っていた。

「大当たりーっ」

信者が声を揃《そろ》えて言った。澄子がひっくり返したもうひとつの札には「七」という数字が書かれていたのだ。

「約束どおりいただきますよ」

津村はしてやったりという表情を浮かべている。

「指、いただきます」

「いただきます」

澄子の言葉に信者たちが続く。日直当番の号令でこれから給食でも食べ始めそうな感じだが、それどころではない。奈緒子は思わず右手の人差し指を隠して後ずさった。津村たちはずんずんと奈緒子に近づいてくる。

「ハハハハハ。いただきますだって」

突然、上田が立ち上がって高笑いをした。一瞬圧倒された津村たちの隙《すき》をつき、上田は空手の技を浴びせる。

「逃げろ！」

上田は窓から飛び出した。奈緒子も後を追い、縁の下に逃げ込む。ログハウス風の建物なので、案外床下は広い。奈緒子はちんまりと体育座りをしている上田の横に座った。

「待てーっ！」

信者たちは気づかずに通り過ぎていった。

「……強いのはわかりましたよ。強いならどうして逃げるんですか？　トリックがわかったならはっきりとそれを言ってやればいいんですよ」

奈緒子に言われた上田は外に向かって大声を出した。

「ハハハハハ。どうだ、まいったかー！」

「……実は、何にもわかってないんですね」

「ただ、ひとつ気になったことがあった。君に数字を書かせる前に、ビッグマザーが言った言葉だ。憶《おぼ》えているか？　ビッグマザーは君に、部屋の中を調べてもらいたかったんじゃないか？」

「何のためにですか？」

「うーん、わからない。ただ何かそんな気がしたんだよ」

「絶対何かトリックがあるはずです」

「おや、こんなところにいたんですか」

ぎょっとして声の方を見ると、津村たちが縁の下をのぞきこんでいた。

「はいっ」

木田が音頭をとる。

「逃げられなーい」

周りを囲んだ信者たちがいっせいに声を上げた。

「のう、兄ィ、あのふたりがこのまま殺されたら、わしら警察としちゃ大問題になるのう」

教団施設の外で待機している石原は車を磨きながら矢部に尋ねた。相変わらず、ズボンの丈は短い。

「せやけどどうやって助け出すねん？　俺《おれ》らだけじゃ無理やろ？　どや？　おまえひとり

でいってみるか？」

「なんでわしひとり？　のう、兄ィ、本庁から応援呼んでつかあせえよ」

「そやけどな。応援呼んで踏み込んだらみんなでニコニコ手巻き寿司《ずし》パーティやったり流しそうめんしてたりしてみぃ？　俺ら大恥かくことになるねんぞ……あの風車なんや？」

矢部は青空に向かって聳《そび》え立っている風車を指さした。

「風の力使《つこ》うて地下水汲《く》み上げてるだけじゃけえ。あいつら、その水汲み上げてペットボトル入れて売りさばいとるんじゃぃ。あの風車は言うなら聖なる水が湧《わ》き出す泉っちゅうわけじゃの……それより兄ィ、あのふたり、どないするつもりじゃけのう？」

「飯にしよっか……」

矢部はそう言って車の中に引き揚げてしまった。その直後に奈緒子と上田が信者たちに囲まれて建物から出てきたことにも気づかずに、石原は車を発進させた。奈緒子たちは津村たちにロープで両腕を縛られ、追い立てられるように納屋に放り込まれた。津村はふたりを納屋の中の螺旋《らせん》階段の手すりに繋《つな》ぎ止める。

「もうすぐ断指式の準備が整います。『断る指の式』と書いて『断指式』。おめーらの悪名は、流しませぬ！」

津村は冷酷な顔に笑みを浮かべ、踵《きびす》を返そうとした。

「待ってくれ！　彼女だけは助けてやってくれないか。彼女は僕が無理やりここに連れて来たんだよ。もしどうしてもというなら、代わりに僕の命をくれてやるから」

「上田さん……」

「この方の代わりにあなたの命？　とくに問題ありません。かまいませんよ、私たちは。ハハハハハ……断首式か？　ギロチンあったっけか？」

津村たちはあざ笑うようにして出て行った。

「上田さん……どうして？」

奈緒子は上田の顔をのぞきこんだ。

「俺にも世間体というものがあるだろ」

上田は顔面蒼白《そうはく》になっている。

「悪人相手に見栄張ってどうするんですか？　あいつら、惜しい人を亡くしたとは思ってくれませんよ……泣いてるんですか？」

「泣いてねえよ！　赤ん坊のときですら俺は泣かなかった……なあ、最後に君に知っておいてほしいことがあるんだ。僕はそれほど巨根というわけではないんだ。君は勘違いしているかもしれないが……」

「上田さん、巨根だったんですか？」

「違う。僕は優秀な物理学者なんだ。それを今証明したい。四桁《けた》の四則演算なら僕は暗算でたちどころに答えを出してみせる。問題を出してくれ」

俺だの僕だの、上田は一人称を使い分けながら話す。

「５６４３かける３２８９は？」

「1855 9827。驚いたか？」

「合ってるかどうかわからないので……暗算できて楽しいか？」

「知識は人間を無限の高みに導いてくれる。あんまり人をバカにするとバチが当たるぞ、って現に今当たっている……」

「そんなことないですよ」

奈緒子はいつのまにか自分のロープを解いていて、パッと外に出ていった。

「山田奈緒子さん？　ね？」

自分のロープも外してくれと、上田は目で懇願する。

「知識は入試問題は解いてくれるけど、ロープは解いてくれない」

「いいか？　ロープが偶数回交わっていたら、そのロープは決して引っ張ってはいけない。これはな、トポロジーの問題っていうんだ」

「あのね、上田さん、縛られるとき、手首をこうやってやってたでしょ？」

奈緒子は両手首の内側をくっつける。

「こうやって、手首を上に向けて、両手をふたつ並べて縛られておけば、あとでこうやって手首を内側に回したときにここに隙間ができる。だから簡単にほどけるんですよ」

「ふっ、それもトポロジーだ。きわめて低次元のな……」

「はい、オッケーです」

「ほどけたのか？」

「切ったんです」

奈緒子はそこら辺にあった鎌をかかげた。

納屋を脱出したふたりは、先ほどの読心術の謎《なぞ》を解くために、座敷に戻ることにした。断首式の準備をしている信者たちに見つからないよう、こっそりと敷地内の林の中をしゃがんで歩く。夏のぎらつく太陽と草の匂《にお》いがふたりをむわっと包み込んでくる。

「上田さん、本当は私があんなこと言い出さなければ、とっくに逃げられたのにって思ってるんじゃないですか？」

「何を言ってる？　君を置いて逃げられるわけないだろう……何？」

上田はじっと自分の顔をのぞきこんでいる奈緒子に尋ねた。

「言ったでしょう？　上田さん、嘘《うそ》つくと黒目が大きくなるからすぐわかるって」

思わず顎《あご》に当てていた指に気づいてはっとする。でも奈緒子はゆうべの話を憶えていないようだ。

「君、ゆうべ話したこと、憶えてないのか？　いや、憶えてないならいいんだ……私はアメリカ人です。どうだ、僕は嘘をついているか？」

上田はそう言いながら顎に手を当てた。

「嘘」

「私は東京都武蔵村山市《むさしむらやま》の出身です」

今度は別の形にした手を顎に当ててみる。

「嘘」

「私は山田奈緒子さんを本気で助けようとした」

「嘘」

「……おかしいな、わからなくなってきたぞ」

上田は思わず親指で顎をさする。

「あ、今の本当。指の形で嘘か本当か見分けてると思ってたんですか？　はずれ！」

そんなことを言いながら、ふたりは先ほどの座敷についた。上田は部屋に貼《は》り巡らされた格言の書かれた半紙を見回す。


『1日6杯より良い水は健康の源』

『21世紀の扉を開くのはあなた』

『目指せ8月29日集会3000人』

『339労し33泣かされる』

『1日5回真摯《しんし》な祈り』

『そうだ5656しよう』

『6な人間に8は無し』

『心と身体《からだ》を清める9つの効能』

数十枚の格言を見ていた上田は、突然何かひらめいたらしい。

「……君は霧島澄子から何でもいいからひとつ数字を思い浮かべろと言われた。君はどうやってその数字を考えた？　できるだけ無作為な数字を選ぼうとしたはずだ。なるべく規則性のない、いきあたりばったりの数字を」

「ええ……」

「だが無作為に選ぼうとすればするほど、人は無意識のうちにいくつかの数字を排除してしまう。たとえば33とか55。ぞろ目になるような数字は選ばない。それからもうひとつ、どこかで見たような数字も、選ばない」

奈緒子もピンときて、半紙を見回す。

「ビッグマザーは君に部屋を調べるよう、それとなく促した。部屋には数字が書かれたものがいろいろとある。否応《いやおう》なしに君はそれらを目にする。知らず知らずのうちに、君の中に数字がインプットされていく。君は無意識のうちにそれらの数字を排除する。残りは限られる。君が選ぶ可能性がある組み合わせは4と7」

たしかにこの部屋に貼ってある格言の中には、4と7を使ったものはない。

「しかも向こうは二枚の札を用意して、君の答えに合わせてそれをひっくり返した。どっちが十の位でどっちが一の位でもかまわない。当たる確率は二倍になる。これが、ビッグマザーが君の思った数字を当てたトリックだよ」

「……そうでしょうか？」

　奈緒子は上田の解説を遮った。

「4と7が選ばれる可能性は高かったかもしれませんけど、でも完全じゃない。ビッグマザーがそんなリスクを冒すでしょうか？」

「間違いない。これが正解だ。フェルマーの名にかけて！」

「……誰かきますよ」

　上田がニッと得意げに笑いかけた途端、座敷に近づいてくる足音が聞こえてきた。ふたりは慌ててついたての後ろに隠れこむ。

「僕は今からビッグマザーに会いに行く。今、見つけたトリックを彼女につきつける。もし三十分経っても僕が戻らなかったら……」

「私だけ逃げます」

「警察に連絡してくれ」

　ふたりは同時に口を開いた。

　赤いジャージ姿の木田が屈強な信者を従えて座敷に入ってくるのを、上田はドアの前で待ち構えていた。

「こんなとこで何してんだ、てめえ」

「ビッグマザーにお会いしたい。さきほどの読心術のトリックがわかったのさ」

　即座に男たちが上田を取り押さえようとしたが、木田が両手で通せんぼするようにして制す。

「いいけどさあー。あんた、逃げ出したり、会いたいと言ったり、また逃げ出したり。どっちかに決めればええべさ。このデカ男！」

木田たちに先導されて廊下を歩いていく途中、鏡があった。ふと思い立ち、上田は立ち止まってみる。

「私は上田次郎です……私は上田次郎じゃない」

「……あんた、上田さんだべさ」

「静かに！　私はアメリカ人です。私はアメリカ人じゃない……そうか、そういうことか。私は釈由美子《しゃくゆみこ》が嫌いだ。私は釈由美子が好きだ……鼻だ。嘘をつくと鼻が動く。そうか。ハハハハハ！」

上田は高らかに笑って「ノープロブレム！」と言うと、また歩き出した。木田は廊下をまっすぐ突き当たりまで進み、足を止めた。

「あれ？　どこ行く気ですか？　これ、風呂場《ふろば》じゃないですか。こんなところにビッグマザーがいるんですか？」

風呂場の前に案内された上田は、不審に思い木田の方を振り返った。そして振り向きざまに棒で殴られ、ばったりと倒れた。

その晩は満月だった。どれくらい隠れていただろうか。奈緒子は月光に照らされ、青暗く光る座敷の物陰から出てきた。上田はまだ戻ってこなかったが、逃げようにも逃げられず、警察に連絡するにも手段がなかった。

「あんただけでも逃げなさい」

心臓が止まるほど驚いて声の方を見ると、そこには青木の姿があった。いつも澄子が座るための椅子《いす》に腰かけている。青木は「静かに」というジェスチャーで奈緒子を制す。

「上田さんはどこにいるんですか？」

「ビッグマザーは本物の霊能力者だ」

「みんなくだらないトリックに騙《だま》されているだけです」

「いいか。たしかにどんな奇跡も手品のトリックで説明できる。だがそれが何になる？ビッグマザーがトリックを使ったという証拠はどこにもない」

「だからあなたは息子さんや美和子さんを見殺しにしたんですか？」

「そうしなければ私が殺されていた。ここはね、あんたが思ってるよりずうーっとおそろしいとこなんだよ」

「何か知ってるんですね。ビッグマザーは何を企《たくら》んでるんです？　青木さん、話して……」

青木は立ち上がって奈緒子の顔を正面から見据えた。

「上田さんはもうすぐ死ぬ。あんたが殺すことになる」

「私が？　どうして？」

奈緒子が尋ねた途端、青木は膝《ひざ》から崩れ落ちた。

「青木さん？」

見ると、青木の首に吹き矢のようなものが刺さっている。毒針だ。奈緒子は慌てて座敷を飛び出した。


「お待ちしておりましたよ」

奈緒子が怒りに震えながら儀式の場所まで来ると、火がごうごうと焚《た》かれ、澄子が待ち構えていた。両脇《りょうわき》に信者たちがずらーっと整列している。奈緒子は背筋をピンと伸ばし、真っ向から澄子を睨《にら》みつけた。

「上田さんはどこですか？　どうして青木さんまで！」

「青木は私たちを裏切ろうとしました。死ぬのは当然です。神が罰を与えたのです」

「……みんななぜ黙ってるんです？　こんな人をどうして許しておくんですか？」

奈緒子が問いかけても、津村を始めとした信者たちは無表情のまま行儀よく立っている。

「見なさい」

澄子のひとこえで、儀式の場所を四角く仕切ってあった垂れ幕の一カ所がめくられた。

奈緒子が目にしたのは、巫女《みこ》の装束を着せられ、宙に浮いてもがいている上田の姿だった。

「上田さん……」

「これもトリックですか？」

挑発的な物言いをする澄子に、奈緒子はつかつかと近寄った。

「ガラスのトリックでしょう？　見えているのはガラスに映った上田さん。本物の上田さんじゃありません。こんなもの百年も前の奇術のトリックです」

「そうでしょうか？」

澄子はにっこりと笑うと津村に目で合図をした。津村は猟銃を手に奈緒子に駆け寄ってくる。

「もしこれがガラスのマジックだと言うなら、その猟銃で撃ってみなさい」

津村は無理やり奈緒子に銃を持たせ、銃口を上田の方に向けた。

「うわあー！　撃つな！　撃たないでくれ！」

上田は手をばたばたと動かし、奈緒子に懇願する。

「ぼうすいみょーう……」

それと同時に信者たちが例のポーズでいっせいに呪文《じゅもん》を唱え始めた。

「撃てーっ！　私をインチキだと言うのなら、撃てばよい。撃てーっ！」

信者たちと同じポーズをした澄子が大声で命令する。

「う、撃たないでくれーっ！　マジックなんかじゃないんだ……」

上田は今にも泣きそうな顔で、銃を構えた奈緒子に訴えてくる。すっかり闇《やみ》に閉ざされた辺りの山々に、信者たちの呪文と上田の声がこだました……。

「ぼうすいみょう……ぼうすいみょう……」

里見は熱に浮かされながら、小さく寝言を呟《つぶや》いていた。はっと目を開けると、目の前には瀬田がいる。

「気がつきましたか？　だいぶよくなりました。一時はどうなるかと思いましたよ。すごい熱を出してほこらで倒れているのを村の人が見つけてくれたんです。あんなところでなにをしてたんですか？」

瀬田に問われても、里見には答えるだけの体力が残っていなかった。


「さあー撃てーっ！」

信者たちの唱える呪文が響き渡る中、澄子は腹の底から太い声を出し、奈緒子に命令する。

「やめろ、撃たないでくれ！」

「上田さん、後ろに誰かいるんですね？　脅されているんですね？」

「違う！　本当なんだ！　撃たないでくれ！」

あんたが殺すことになる……先ほど青木に言われた不吉な予言が奈緒子の脳裏をかすめる。上田はわざとらしいほどに鼻をひくひくと動かしている。

「撃っちゃダメだ、やめろー、撃つなよ！」

上田はまた鼻を何度も動かす。

奈緒子は思い切ってひきがねを引いた……。

銃声が轟《とどろ》いた瞬間、ガシャガシャガシャーンと音がして、宙に浮いていた上田の姿が粉々になる。ガラスが割れたのだ。

「見てください。やはりただのガラスのマジックです。奇跡なんてひとつも起こってないんですよ」

「幹部のみなさん、部屋に戻って。今日の集会はおしまいです」

慌てふためいた津村が、信者たちを帰そうとする。

「ちょっと待ってください！」

奈緒子は津村を突き飛ばして歩いていくと「えいっ」と鏡の正面にある垂れ幕をはがした。

「見てください、これが空中浮遊の正体です！」

そこには黒い棒で背中と脇腹を支えられ、宙に浮いている上田がいた。黒子《くろご》の格好をした信者が大八車に取りつけられた黒い棒を支えている。上田はトリックを見破った奈緒子の顔を見て晴れ晴れとした笑顔を浮かべ、地面に降りてきた。

「……違う、これは違うんだ、みんな！」

信者たちにそう言いながら、津村は吹き矢の筒をくわえ、奈緒子の方を向いた。

「おやめなさい、津村！」

澄子が厳しい声で制する。

「いつかはこうなる運命だったのですよ。もう終わりにしましょう」

「ビッグマザー、何を言うんです」

「母之泉を守るために、私たちは今までどれだけの罪を犯しました？　あなたたちの私利私欲のため。信者のことなどどうでもよかった」

「何をバカなことを……うっ、放せ、このっ！」

　今度は怒りに震えながら澄子に吹き矢を向けた津村は、上田に押さえ込まれる。

「放せ！　この女の言ったことはでたらめだ。俺《おれ》も今気づいた。俺もこの女に騙されてたんだ！」

「津村。流しましょう。私たちの人生……」

　そう言った途端、澄子の口元をつつーっとひとすじの血が流れる。倒れこむ澄子の手から緑色の小瓶が落ちて、赤い毛氈《もうせん》の上を転がってゆく。毒を含んだのだ。

「早く！　誰か医者を！」

「は、はいーっ！」

　呆然《ぼうぜん》として動かない信者たちの中から木田が転がり出るようにして走っていった。

「どうして……どうしてこんなことを？」

　がっくりと崩れ落ちている澄子を奈緒子が抱え起こす。苦しい息の下から澄子が言った。

「あなたは……ひとつだけ間違ってますよ」

「え、何……？」

「私が人の心を読めるといったのは本当なの……この世にはね、そういう不思議な力を持った人間がいるものなのよ……母之泉ができるずーっと昔、私は何もかも失って自殺にまで失敗した。でも目を覚ましたとき、自分に不思議な力がそなわっているのに気づいたの……ただ黙っているだけで、私はいろいろな人たちの気持ちを感じ取ることができた……いっしょになって苦しんだり悲しんだりしてあげることで、その人たちはみんな癒《いや》された気持ちになって帰っていった。でも、あるとき噂《うわさ》を聞きつけた津村が、私のところにやってきて『あんたの力はこんな小せえところに閉じ込めといちゃいけねえ。世の中には救いを求めているもっと大勢の人たちがいるんです』と……」

澄子は息も絶え絶えになりながら、奈緒子に抱かれて話し続ける。

「ここいらはね、もともと青木の土地だったの。津村は青木を説得してここに大きな風車を造り、私をビッグマザーという名の霊能力者にしたてあげた……彼らが作った母之泉は日に日に大きくなっていった……」

「なんでそんな奴《やつ》らの言いなりに……」

「愚かだったのよ。小さなてのひらで救える人間なんてたかが知れてる……こんな大勢の人たちをしあわせにすることなんかできない」

そう言って澄子は目を閉じると、奈緒子の頰《ほお》をそっと撫《な》でた。

「あなたの記憶が見える。あなたの心の闇が見える……幼いあなたは湖のそばにいる。水辺にはお父さんとお母さん……」

奈緒子の心の中に、ひとつの情景が浮かんでくる。湖の波打ち際でずぶ濡《ぬ》れになった父を母が抱き起こし、泣き叫ぶ……まだ小学生の奈緒子は近くまで寄れずに数メートル手前で立ち尽くしてしまう。背後から父の弟子たちがふたり駆け寄ってきて「先生！　先生！」と悲鳴をあげる……。

「もっと近づいてごらんなさい……あなたは見たはずよ……そこで何があったか……あなたのお父さんはね、殺されたのですよ。本物の力を持った霊能力者に……その人に闘いを挑んで殺されたの」

「どこにいるんですか？　その人は？」奈緒子は顔色を変えた。

「いずれ現れますよ、その人は。あなたもその人に殺され……る……」

澄子は小さく「うっ」とうめくと前かがみに倒れて絶命した。奈緒子は涙を流しながら澄子の亡骸《なきがら》をぎゅっと抱きしめる……。

「まもなく警察が来ます。この人たちの犯した罪はやがて全部明らかになる。さあ、みなさんここを出ましょう」

上田が諭したが、信者たちは跪《ひざまず》いて祈りのポーズをして動かない。中には涙を流して泣いている者もいる。

「……目を覚ましてくださいよ。ビッグマザーなんていなかったんです。こいつらが作り出した幻影だったんですよ。どうしてだ……」

「ハハハ……アーハッハッハ……」

力なくうなだれる上田を見て、津村は心からおかしそうに笑い出した。

翌朝、警察が到着した。早朝の県道では、運び出される澄子の遺体を見た信者たちが泣き崩れている。

「いやあ、先生お見事、お見事。水道管をね、念のために調べたら微量の毒物が検出されたんです。エントロピーの法則、物理学の勝利ですね」

ロープが張り巡らされた施設の中から出てきた矢部が、上田に近寄ってきて握手をする。

上田と奈緒子は無表情のままそれに応じた。

「正しいことをしたつもりか？」

手錠をかけられ、まさにパトカーに乗せられようとしている津村が奈緒子たちに問いかける。

「見ろ、何も変わっちゃいない。ビッグマザーを失ったあいつらに何が残る？　希望も救いもない人生が待っているだけだ」

津村は跪いたり、抱き合ったりしながら泣いている信者たちを顎《あご》で示した。

「本当にあいつらを救おうとしたのはどっちだ？　おめえたちか？　俺たちか？」

「ほら、来い。ビックリマザーは死んだんだ」

わざとなのかビッグマザーを言い間違って矢部が津村の背中を押す。

「母之泉は永遠だー！　すぐに戻ってくるぞー！　水を汲《く》め、水をー！」

津村は信者たちにメッセージを残してパトカーに乗り込んでいった。奈緒子と上田は信者たちの泣き声の轟く県道にぽつりと残される。

「YOU……人生はな……」

上田は奈緒子の肩にやさしく手を置いたが、奈緒子はうつむいて何かを考え込んでいる。

「上田さん……本物の霊能力者って、いると思いますか……？」

「そんなこと気にしてんのか？　あれは彼女の負け惜しみだ」


ジリリリリーン、ジリリリリーン。黒電話が鳴り響く。

「奈緒子かしら？」

里見は布団から起き上がった。

「僕が出ます。お母さんは無理しない方がいい」

「奈緒子だったら私は何でもないって伝えてね。余計な心配させたくないから」

「わかってますよ……もしもし？　あー奈緒子？　お母さん？　別に普段といっしょだけど。そんなことよりね、奈緒子。僕、今度オヤジの地盤をついで立候補することになっ……あ、ちょっと……もしもし？」

母の安否を確認すると、
奈緒子は、ほっとして電話を切ったのだ。

「お母さんって、よく見ると奈緒子ちゃんに似てますよね」

布団に起き上がり、お茶を口にしていた里見は、縁側《えんがわ》で爪《つめ》を切っている瀬田に向かって、

「そう？」

悠然と微笑《ほほえ》んだ。

「ずっと、不思議に思っていたことがあったんです。お母さんと奈緒子って変な風に通い合ってましたよね。お母さんが機嫌が悪いと奈緒子も機嫌が悪い。お母さんが風邪をひくと奈緒子も風邪をひく。お母さんが怪我《けが》をすると奈緒子も怪我をする……」

「何言ってるの、そんなことあるわけないじゃないですか？」

「そうですかあ？」

「まあそりゃね、一緒に住んでれば風邪ぐらいうつることもあるかもしれませんけど」

「住んでないじゃないですか、今は……そういえば奈緒子も鼻声でしたよ」

「……えへへへへ！」

端整な顔を突然崩して笑う里見を、瀬田は目を丸くして見ていた。

「すみませーん、乗せてってくださーい！」

県道を歩きながら、奈緒子は教団本部を去るパトカーを止めようとした。だが、パトカーはサイレンを鳴らして走り去ってしまった。教団本部にはもう一台も残っていない。

「大丈夫だよ、ちゃーんと僕の車で送ってってやるよ。な」

上田は山道に乗り捨てられたトヨタパブリカのドアを開ける。

「ガソリン、なかったですよね、それ」


「あれ？　ここ……」

「YOUの家」

目を覚ますと奈緒子の部屋で、上田がテーブルの上でマッチ棒を積み重ねていた。

「ええっ、まさかあそこからここまで上田さんがおぶって？」

「そんなわけないだろ？　駅からここまで歩いてくる途中で君は眠ってしまったんだ。歩くことがいかに脳の動きを活発にするかを僕が説いているまさにそのときに」

「ああ、そうか……そうですよね、すいません」

「しかし、君が僕の送ったサインに気づいてくれて本当によかった」

「サイン？」

「ほら、僕が宙に浮かされて大芝居をうったときだよ。僕は思い切り鼻を動かして、それが嘘《うそ》であることを君に伝えようとしたんだ」

「……何言ってんですか？」

「じゃあ君はどうやってあれがガラスに映った僕だと？」

「時計をしている手が、左右逆だったんです」あ然とする上田を放って奈緒子は続けた。

「上田さんはね、一生私に嘘つけないんですよ」

「まあいい。二度と会うこともないんだからな。インチキ超能力とも、君のクソ手品とも」

「はい。じゃ」

奈緒子がそっぽを向くと上田は立ち上がった。そして台所ののれんの間から顔をニュッと出してひとこと告げていく。

「貧乳のことは早く忘れた方がいいぞ」

「巨根の弊害に比べれば小さな問題だ」

「……バーカ！」

悪態をついてアパートを出て行った上田を、階段の外に立っていた照喜名が上田の股間《こかん》にショックをうけながら、見送っていた。

すべてが夢のようだった……ずっと着たきりの服も着替えなくてはいけない。でも奈緒子にはそれ以上に気にかかっていることがあった。父の死の謎《なぞ》……澄子はたしかに父は殺された、と言った。そして、父を殺した霊能力者に、奈緒子もまた殺されるのだと……。

まるごと消えた村

TRICK 2

1

巨大な建物を一瞬にして消す——それはあらゆるマジシャンにとって究極の夢であった。フランスの有名な奇術師、ロベール・クレマンがエッフェル塔を消して見せたのは一九八〇年代初頭のことである。

本当にパリの象徴は消えてしまうのか？

エッフェル塔前のシャイヨ宮に造られた観客席で、誰もが固唾《かたず》を呑《の》んで見守る中、クレマンが合図を送る。観客席の目の前に建つ二本の鉄柱の間に吊《つ》られた暗幕がするすると引き上げられていった。

観客の目からはエッフェル塔は隠れてしまう。

一瞬の後、幕は再び引き下げられた。向こうに見えていたはずのエッフェル塔は忽然《こつぜん》と消えていた。

「まあ、私たちのエッフェル塔が本当に消えてしまったわ！」

「バカな！　あんな巨大なものがどうやって？」

どよめく観客席を、クレマンは得意げに見回した。

以来、マジシャンたちはさまざまな消失現象に挑んだ。飛行機が、自由の女神が、レインボーブリッジが……次々と消されていった。

そこには心理学という名の巧妙なトリックが潜んでいる。

だが本当にそれがすべてだろうか……。


警官と村の男たちで構成された捜索隊が、闇《やみ》の雑木林を進んでいく。消防団のはっぴをきた男を先頭に、おのおの、手には懐中電灯やランタン、そして何者かが現れたときに闘うための棒などを持ち、木々をかきわけて用心深く歩いていった。

「なんまいだぶなんまいだぶ……悪霊退散……」

いちばん後ろからは南無阿弥陀仏《なむあみだぶつ》を唱える僧侶《そうりよ》がついてくる。

「行くぞ！」

とある民家の前で、捜索隊員たちが止まった。先頭の男は全員の顔を見渡し、みんなが頷《うなず》くのを確認してから玄関の引き戸をすっと開ける。

そこには誰もいない。誰もいないのだが、食卓の前のテレビは点《つ》いているし、おかずや御飯は食器に盛られて、ちゃぶ台に並んでいる。台所ではコンロの火さえ点けっぱなしで、お湯がぐらぐらと沸き立っている。

そう、たしかに今しがたまで住人はいたのだ。普通に生活を送っていたのだ。だが、家中をくまなく捜しても、その姿はどこにも見当たらない。

「誰かいたか？」

「いんや、いなかったねー」

「こっちもいねー。台所で火が点けっぱなしになっとった」

「料理の途中で、それが起こったちゅうことか？」

「そんなバカな話あるかねえ？」

家から飛び出してきた捜索隊員たちは、林の中を捜し回っていた別の隊員たちと落ち合い、報告しあう。

「シーッ、何か聞こえないか……」

耳をすますと、ガサガサ、ガサガサと不気味な音が聞こえてくる。辺りは細く背の高い杉木立に囲まれていて、灯りで照らしても闇の中には何も見えないのだが、僧侶の唱える南無阿弥陀仏に交じって、何かが蠢《うごめ》くような、耳鳴りのような音が聞こえてくる。隊員たちはみんなで体を寄せ合って恐怖に震えた。

「出ましょう。やっぱり何かあるんだよ、この村……」

そのとき、不意に音が止み、辺りは静寂に包まれた。僧侶の声だけが響きわたっている。

「あ……あれ……！」

辺りを見回していた男が指す方を全員で見ると、そこには怪しい光がさしていた。

「引いてみー」

都内の居酒屋では、矢部が石原を相手にカードマジックを披露していた。琉球《りゅうきゅう》料理の居酒屋で、BGMは『ハイサイおじさん』だ。

広げたカードから一枚引くと、矢部は両手を動かして何やら呪文《じゅもん》のようなものを唱える。

「クラブの9やな」

「合っちょるけの！　兄ィ、人は見かけによらんのう」

「ばーか！　実はな、これ全部クラブの9やねん。ええか、おまえな。これから店の公衆電話で、俺《おれ》の携帯に電話せえ」

矢部に命じられ、石原は面倒くさそうに立ち上がり、電話をかけた。

「もしもし、で、わしは何をすればええけのう？」

「何もせんでええ。このまま繋《つな》ぎっぱなしにしとけ。ほんならな、この携帯からどこへ電話をかけようとおまえに繋がる。おまえは何を聞かれてもクラブの9て言うねんぞ。クラブの9や。わかったな？」

矢部が電話を切ったとき「おまたせしました」と女性店員が料理を持って現れた。店の従業員が揃《そろ》いで着ている沖縄の紺がすり風の装束がよく似合っているその店員は山田奈緒子。売れないとはいえ手品師なので手先は器用なのか、料理を運ぶ手つきもなかなかだ。

「あ、おまえあのときの！」

矢部はわざとらしく奈緒子を指さす。

「ヤギ汁です」

矢部の顔を見た奈緒子は一瞬固まったが、無視してお椀《わん》を置くと立ち去ろうとした。

「偶然やなー。こんなところで会うなんて。おまえここでバイトしてんのか？　おう、ほんならおまえ、手品師の道はあきらめたのか？」

「ご注文はおそろいですか？」

「まあええからここへ座れって」

無理やり奈緒子の腕をつかみ、自分の向かい側に座らせる。

「おまえな、超能力は存在せえへん言うたやろ？　実はつい最近な、俺は自分にテレパシーがあることに気がついたんや。電話越しに人に念を送ることができるんや。今からそれを証明したる……びびっとんのか？　このインチキ野郎！」

矢部はいやがる奈緒子を挑発し、無理やりトランプを一枚引かせた。

「クラブの9やな。珍しいカードやな。ほんなら今からこん中から好きな人を選べ、な？　で、俺がその人に念を送っておまえが今引いたカードを当てさせてみせるから」

矢部が自分のアドレス帳を渡すと、奈緒子は立ち上がって公衆電話に向かおうとする。

「どこ行くんや？　これを使うたらええやろ？　店の人に迷惑やろ、おまえは！　ほら、好きな奴《やつ》選んでええぞ」

「じゃあ、鬼って書いてある伊藤《いとう》公安《きみやす》課長」

名前の脇《わき》に赤いボールペンで鬼の絵が落書きされている伊藤を選ぶ。

「公安《こうあん》や。伊藤公安《こうあん》課長や……03-34……君がかけてくれ」

矢部は公衆電話の石原に目配せをした。

「……もしもし、伊藤公安《きみやす》さんですか？　矢部っていう刑事が今から念を送るって言ってるんですけど」

「公安《こうあん》や、公安。あ、課長、実は私、突然自分にテレパシーの能力があることに気がつきましてね。今からあるトランプのイメージをテレパシーで送ります。あなたの頭にイメージが届いたらそれが何か教えてください。いいですか、いきますよ……よっしゃ」

矢部は自分の思念を送るようなポーズをしてから、奈緒子に携帯を手渡した。

「もしもし……さて、私が引いたカードは何でしょうか？……なんか、すっごく怒ってますけど」

奈緒子は携帯を耳から遠ざけ、矢部につき返す。矢部が目を丸くして石原の方を見ると、手で×マークを作っていた。

「途中で番号間違えたんで、一回切ってかけ直したんですけど……」

奈緒子は悪びれずに言う。

「……課長？　いえ、けっしてそんなつもりでは……イタズラなどとんでもない……」

矢部は真っ青になり、携帯に向かってぺこぺこと頭を下げた。

「お忙しいところをすみません。警視庁公安課長の伊藤と申します。彼は、熊越《くまごえ》署の大槻《おおつき》です。実は、マスコミにはまだ発表していませんが、我々は今、とても不可思議な事件に直面しております」

日本科学技術大学の上田の研究室に、警視庁の刑事が所轄の警官を伴ってやってきた。

「不可思議な事件？」

「村が丸ごとひとつ消えてしまったんです」

「は？」

「ある日、突然村から人が消えてしまったんです。ぱっと……それこそ蒸発したように」

「……午後から、授業がありますので」

直感的にこの件には関わりたくないと思った上田は席を外そうとする。

「事件が起きたのは宝女子《ほうめご》という小さな村です。三日前、定年で辞めた人間の代わりに、新しく前田《まえだ》という男が駐在所の警官として赴任したんです。平和な村で、それまで事件などめったに起こりませんでした。ところがその日、村に到着したばかりの前田からおかしな電話があったんです」

大槻は、立ち上がりかけた上田に三日前の出来事を説明し始めた。小太りで人のよさそうな、いかにも県警のおまわりさんといった風情の男だ。

（もしもし、今日、宝女子村に赴任した前田です）

（ご苦労さん、いいところだんべ？）

（それが……変なんです。誰もいないんです、この村。人っ子ひとり見当たりません）

（何、寝ぼけたこと言ってる？　もっとよく捜してみろ！）

「……しばらくして、もういちど電話がありました」

（たいへんです！　この村は呪《のろ》われている！）

（おい、何言ってんだ？　前田？　前田？）

（……とにかく今からそっちに行きます）


「署にたどり着いたとき、前田はショックで口もきけない状態でした。何か言い知れぬ力が彼にも働いたのか……。とにかく村人全員が消えてしまったのは事実のようでした。その日から村のどの家に電話しても応答がありませんでした」

「そこで我々は捜索隊を派遣したのです。しかし、誰一人戻ってはきませんでした。彼らもまた消えてしまったのです」

　伊藤が大槻の話を引き継ぐ。

「そろそろ授業が……」

「物理学者としてのお立場から、先生の方で何か可能性は考えられないでしょうか？」

　立ち上がった上田を引きとめようと、伊藤も立ち上がる。

「……ひとつだけ、あります」

上田は左手を出し、子どもが手でピストルの形を作るときのように三本の指を曲げた。親指が上を向き、人差し指が前、中指が右方向を指している。

「フレミングの左手の法則です。親指が力。人差し指が磁界。中指が電流。宝女子村のある地域は、地底に溶岩流が流れていて、磁場が発生する可能性があります。これが磁場の向きとすれば……」

上田は右手の人差し指で左手の人差し指を指す。

「もし近くを高圧線などが通っていて、こちら向きに巨大な電流が流れたとすれば」

今度は中指を示し、最後に上を向けた親指を指して言う。

「当然こちら向きに力が生ずる」

「なるほど！　それで村人全員が空に舞い上がってしまったと！　さすが学者先生！」

「でも、それだったら人だけじゃなく、皿とか鍋《なべ》とか、全部消えてないとおかしいんじゃないですか？」

伊藤はほめてくれたが、大槻に鋭い指摘を受けた上田は「ビューティフルサンデー」を歌ってごまかした。

「彼が村から逃げてきた警官の前田です」

上田はふたりに連れられて熊越署の一室にやってきた。まだ若く、精悍《せいかん》な印象の若者だが、真っ暗にした部屋の隅で膝《ひざ》を抱え、「村に戻ってはいけない。行けばみんな殺される

「……」と呟《つぶや》きながら怯《おび》えきっている。

「話しなさい、前田。私たちにした、あの話を……」

伊藤はそっと前田に近づき、肩をそっと揺すった。


夕暮れ、奈緒子は東尾久に戻ってきた。

アパートの前まで歩いてくると、また大家のハルが階段の下で夕涼みをしていた。奈緒子はさりげなく踵《きびす》を返して、顔を合わせないようにする。すると、

「山田、山田、またまたお待ちかねですよ」

ハルは奈緒子を呼び止めた。

「上田！」

奈緒子がダッと階段を上がって部屋に入ると、予想通り、ちゃぶ台でお茶を淹《い》れている上田がいる。

「隣の部屋のバングラデシュから来たジャーミーくん、彼なかなかいい若者だよね。家族に仕送りしながら毎月きちんきちんと家賃払ってるんだって？　日本の歌を知りたがってたんで、いくつか教えといた」

「用がないなら帰ってください」

奈緒子は上田の向かい側に座る。

「用があるから来たんだ」

「じゃあなおさら帰ってください」

「お茶どうぞ……本物の霊能力者の話、聞きたくないか？」

霊能力者、という言葉にひるんだ奈緒子にすかさず上田は資料の入ったファイルを渡した。

『テレビで大人気　ミラクル三井《みつい》　霊能力・消失現象大研究』などと書かれた切り抜きがたくさん入っている。化粧をした男の顔写真が載っていて、それがミラクル三井だ。

「本物の霊能力者……嘘《うそ》くせー」

奈緒子は思わず眉間《みけん》にしわを寄せて、記事から目を逸《そ》らした。

「前田という警官は、この男が宝女子村の人たちを消してしまったと言っている。その日、駐在所に赴任したばかりの前田は、村人が誰一人いないのに気づいてあちこち捜し回った。そしてこの男と出会った」

上田は前田から聞いた話をそのまま奈緒子に伝えた。

村人を捜していた前田は、とある大きな民家の前に立っているミラクル三井を見つけた。雑木林の中の民家にそぐわぬ……つばのひろいソンブレロ風の羽つき帽子に、袖《そで》にフリルがついた白いシャツと白いズボン……怪しいメキシコ人みたいな格好をしている。そしてその上には金色のマントを着て、中年男なのに化粧をした顔で前田を見下ろすように立っていた。

「この男には、どんなものでも一瞬にして消してしまう力があった」

「……そんな」

「前田はそう言っている」

ミラクル三井は民家の中に入っていった。前田が追いかけていくと、庭にあった石の置物をマントで隠す。そして何やら呪文《じゅもん》を唱えてパッと開くと、もうそこには置物はない。それだけでなく、生きているニワトリまでその辺にあったござで隠して消してしまった。

「アーハハハハハハ……」

ミラクル三井は真っ赤な口紅を塗った口で高笑いしながら前田に迫ってくる。そして、前田を消してしまおうと手をかざし……前田はどうにか熊越署まで逃げてきたというのだ。

「その話、信じてるんですか？　マジで？」

「もうひとつある。警察に三井のことを調べてもらったんだ。彼はこの村の出身だった。そして村の人たちに激しい憎悪を抱いている……三井は寺の僧侶《そうりょ》の子として村に生まれた。本来なら寺を継ぐはずだったんだが、厳しい修行を続けるうちに、突然不思議な力に目覚めたらしい。三井が『消えろ』と唱えるとたちどころに物が消えてしまうんだ。いや物だけじゃなく、痛みとか、病とか、借金とか……」

「いいじゃん」

奈緒子が思わず口をはさんだ。

「三井はしばらく村で医師として活動した後に、東京に出て行った。この世には目に見える世界とは別にもうひとつ別の世界がある。自分はその世界の間を、物を行き来させることができる。それを世間に知らしめようと思ったらしい。三井は学者やマスコミの前でいくつもの消失現象を演じて見せた。だがあるとき、それがトリックであることが暴かれ、彼は大衆の面前で大恥をかいた。失意のうちに三井は姿を消した。それまで三井のことをもてはやしていた村人までもが、恥さらしと、彼を迫害したらしい」

「つまりそのときの復讐《ふくしゅう》のために三井は村の人たちを消した？」

「その可能性はある」

「ほんとに嘘くせー。ようするに、上田さんはひとりで村を調べに行くのが怖いんじゃないですか？　出て行ってください！」

奈緒子は立ち上がって玄関を指さした。そのとき、ジャーミーくんがおかしな歌を歌いながら部屋の前を通っていった。

「貧乳だ〜、私は貧乳〜、胸がないのよ、昔はペチャパイ〜、未来のあなた〜待っててください〜」

「……歌って、何教えたんですか？」

「なんだ、結局来たんじゃないか？」

熊越署の前で上田が車を待っていると、奈緒子がやってきた。

「あのアパートにいたくないんです」

奈緒子は眉間にしわを寄せ、顔を伏せた。上田は白いシャツとチノパンにグレーのベスト。セットしたのか寝癖なのかよくわからないくしゃくしゃなヘアスタイルに、ドライバーズサンダルといういつもの格好だ。

「先生、ご協力ありがとうございます。前田も先生がいっしょだと聞いてようやく行く気になったようです……」

伊藤はそう言いながらにこやかに建物から出てきたが、前田は「いやだー、行けば消されるー！」と大騒ぎをしていた。

「それから先生、もうひとり心強い助っ人をご紹介します」

伊藤の後ろから出てきたのは矢部だった。例の電話以来、気まずい仲らしい。

「この矢部くんは刑事にしては珍しく超能力を持っているらしい。何か危険な場所があったらまずこの男を行かせてください。この男なら消えてしまってもかまいませんから」

「課長、またまたご冗談を……」

「むろん冗談だ。消えろ、というのが本心だ」

伊藤に冷たく言われ、矢部はギョロ目をさらに大きくした。

「いよっ！　元気か？」

ムッとしている矢部に奈緒子が声をかける。

「こらあ。なんでおまえがこんなとこにおんねん？　おまえのな、いいかげんな手品で解決できる事件じゃあらへんぞ」

「矢部くん、くれぐれも迷惑かけないようにね」

「わかりました！」

びしっと敬礼をした矢部が運転席に乗り込む。上田が助手席に、奈緒子と前田が後部座席に乗り込み、車は発進した。


「先生！　今度の日曜日晴れるかなあ？　お父さんが海に連れてってくれるの」

「それじゃねえ『天気になれ』って書いてごらんなさい。一生懸命心を込めて書けばね、願いは叶《かな》うものよ」

里見はいつものように書道教室で子どもたちを教えていた。広い座敷を開け放した外には、信州の豊かな自然が広がっている。

「本当？」

「本当よ。文字にはね、不思議な力があるの。願い事を叶えてくれたり、時には災いが近づかないよう、みんなを守ってくれたり……。さ、しっかり書いてごらん」

小学校一年生の女の子に、里見はやさしく指導をし、新しい半紙を出してやる。すると、

「僕です。お母さんいらっしゃいますか？」

玄関で瀬田のかしこまった声が聞こえてきた。

「どうしたの、瀬田君。ちょっと手が放せないのよ、今」

「今日はお母さんに折り入ってお願いがあって参りました」

「奈緒子は無理よ」

「それはまあ、おいおい……実は、これなんですが」

瀬田は広告の裏に『瀬田一彦選挙事務所』と書かれたものを差し出して、次に表から大きな板切れを運び込んできた。

「ヒノキの板を用意しました。ここにひとつお母さんの達筆でささっと。当選したあかつきには私、必ずやこの村の政治を……」

「わかったわかった、じゃ、気が向いたらやっとくからその辺に置いといてちょうだい」

瀬田を追い返した里見は、玄関先で一瞬不吉な匂《にお》いをかぎとり、眉間にしわを寄せた。


「ここを抜ければもうすぐ宝女子村です。村へ通じる道はこの一本だけです」

渓谷にかかる大きな吊《つ》り橋の前で矢部は車を停めた。赤いペンキで塗られた吊り橋は、幅が狭くてとても車では通れない。

「帰りましょう、これ以上は危険です」

「大丈夫ですよ、前田さん」

怯《おび》える前田を上田が諭す。

「偉い先生がついてくださるんだ。何かあるはずないだろう？　じゃ、私はこれで」

矢部は自分だけ車に引き返して、ギアをバックに入れた。

「いや、私もいろいろ事件を抱えていましてね。後で迎えに来ます。署から何か連絡があったら私は消えたと言っておいてください」

矢部はそう言い残し、猛スピードでバックしていった。

奈緒子は啞然《あぜん》としながらも先頭になって橋を渡り始めた。上田が続き、仕方なく前田も続く。


「村だー！　初めのいーっぽ！」

橋を渡りきり、山道をしばらく下ると、突然目の前に集落が開けた。奈緒子は駆け出して降りていくと、大声を出して村人を捜し始める。

「誰かいますかー？　おーい、いないならいないって言ってくださーい！」

「そんなんで出てくるなら苦労しねえよ！」

「……これ、何でしょうか？」

奈緒子はふと民家の庭先にある石の置物に目を留める。

「俺もさっきから気になってた。道のあちこちに置かれてるんだ」

笑みをたたえた女の子が両方のてのひらを合わせて拝んでいるような石像が、村中のいたるところに置いてある。

「村の守り神みたいなのかもしれないな」

上田が首をかしげる。前田に尋ねても、なにしろ赴任したばかりなので、何も知らなかった。

「ごめんくださーい。どなたかいますか？」

別の民家にやってきて、玄関の引き戸を開けてみると、すーっと開いた。奈緒子は「おじゃましまーす」と中に入っていく。

「旅行とかいった雰囲気じゃないですね。部屋も散らかったままだし……」

扇風機は回り続け、台所にはカップ麵《めん》がお湯を注いだ状態で放置されている。

そのとき奈緒子は視線を感じ、はっとして窓辺に近づいた。さっきからなんとなく人の気配を感じるのだ。

「どうした？」

上田が駆け寄ってくる。

「誰かいたような気がしたんですけど……気のせいか」

「暗くなる前に村の中を見ておきたい」

「私も行きます」

部屋の隅に隠れて怯えている前田を置いて、ふたりは外に飛び出した。そんな前田の姿を、表からのぞいているふたつの目があることに、まだ誰も気づいていなかった……。

「おじゃましまーす」

庄屋《しょうや》が住んでいそうな大きな民家を見つけ、ふたりは中に入っていく。部屋の中には『子は宝』『女を産み、しかるのち男を産め』などと書かれた半紙が貼《は》ってある。どうやらここは村の古老の家で、資料館にもなっているらしい。

「なるほど、おもしろいな、これは」

貼り紙を見ている奈緒子の後ろで、上田は表紙に『宝女子村古民謡集』『宝女子村悲話』などと書かれている資料をパラパラとめくっている。

「あ、こっち見てください。『女児を産む方法についての考察』」

「明治時代の文献だな」

「『女が上となり、男を殴打しながら短時間にてまぐわえば、女児の生まれる可能性、格段に高し』って本当ですか、これ？」

「俺の見解はすこし違う。女児を産むにはお互いが直立し、メスを壁に向かわせ、オスはいちど拝んだ後、十数えて九は浅く、一は深く……応用物理学では証明されてるんだよ」

上田がバカなことを言っているうちに、奈緒子は外に出て林の中を歩き出していた。上田も慌てて後を追う。ひんやりと涼しい風が流れる木立の合間は、ミンミンゼミの大合唱が不気味な雰囲気を増している。

「あれ、何ですかね？」

奈緒子が顎《あご》で示した方には、石で造られた不可思議な建造物があった。

「行ってみよう」

上田は先に立って歩き出した。真ん中に丸い形の置物があり、その周りをぐるっと石灯《いしどう》籠《ろう》のようなものが数基囲むように立っている。いちばん手前には鳥居のような、パルテノン神殿のような石の門がある。

「何かの儀式の跡かな?」

上田はポケットからペンライトを出し、石にほどこされている模様をチェックし始めた。

「これは……」

「おたまじゃくし……ですか?」

「そうか、ここにおたまじゃくしがあるということは……」

「カエルの学校?」

「違う! 女性のお腹だよ。ここ全体が子宮《こぶくろ》を意味してるんだ」

上田は石の表面をナイフで削り落とし、採集を始めた。その作業を眺めていた奈緒子は、ふと視線を感じて振り返る。そこには、白いワンピースを着たひとりの少女が立っていた。奈緒子からすこし離れた苔《こけ》むす石の上に立っていた少女は、年は十二、三歳。大きな瞳《ひとみ》は悲しみをたたえていて、奈緒子をじっと見つめている。驚いた奈緒子としばらく視線を合わせていると、少女は地面をすべるようにして、スーッと消えてしまった。

「……待って!」

我に返って追いすがったが、もうすでに少女の姿はない。

「どうした?」

「今ここに女の子が……」

「えっ?」

上田がぎょっとして石の上を見たが、もちろん誰もいない。

「助けてくれ！　助けてくれ！」

静寂を破り、前田の声が聞こえてきた。

「前田さん？」

ふたりは集落の方へと走り出した。


「前田さん……！」

前田は先ほどの民家の外で脂汗を流し、腰を抜かして口の利けない状態になっていた。

「どうしたんですか？」

奈緒子が屈《かが》んで肩を抱いてやると、震える指で民家の玄関を指した。奈緒子と上田は中へ飛び込んでいった。一階には変わったことはないが、廊下の隅に屋根裏へと続く小さな階段がある。奈緒子たちは用心しながらその階段を上がっていった。


「ミラクル三井！」

奈緒子は息を呑《の》んだ。

そこには資料にあった顔写真そのもののミラクル三井が立っていたのだ。

「ボンジュール！　ミラクル三井です！」

三井は大げさな素振りで挨拶《あいさつ》をする。

「……その男です！　その男が村の人たちを消したんです！」

後から上がってきた前田が声を震わせながら言う。

「落ち着いて。私、わかったんです。この人にそんなことは無理！」

奈緒子は言い切った。

「あの……ミラクルさん？　そんな格好でここで何してるんですか？　村でいったい、何があったんです？　もし何かわかってることがあったら、教えてくれませんか？」

上田は身も蓋《ふた》もない言い方をする奈緒子をフォローし、下手に出ながら尋ねる。

「ハハハハハハ、その人の言うとおりです。私が村の者たちを消した。私を迫害した、罰として」

「しかし、どうやって？」

「私にはその力がある。どんなものでもたちどころに消してしまう力」

「嘘《うそ》」

「これをご覧なさい！」

三井は奈緒子に向かって『ミラクルワールド』とラベルが貼られたビデオテープを突きつけた。そして階下に行き、ビデオのスイッチを入れる。

「これはかつて私が科学者たちに見せた消失現象だ。この世には我々がいるのとは別のもうひとつの世界がある。私はあらゆる物体をそこへ送り込むことができる」

ビデオが再生された。そこには十数年前のテレビ番組が映し出される。

（ボンソワール！　ミラクル三井です。今宵《こよい》もみなさんを不思議な世界へご案内します。

さあ、今夜異次元に送られるのはこの車！　みなさんもその目でしっかりとご覧あれ）

ミラクル三井が設置した四角い枠の向こうにはライトアップされたジープのような大きな車。その横にはふたりのバニーガールが立っている。三井は笑顔をふりまきながら、枠の中に黒い幕を張った。そしてその前で呪文《じゅもん》を唱えながら軽やかに舞い、さっと幕をどける。すると、先ほどの空間にはライトに照らし出された地面とバニーガールだけが残り、車は忽然《こつぜん》と消えているのだ。

画面の中の三井は艶然《えんぜん》と高笑いをし、今ここにいる三井もニッと口の端を上げて笑っている。

「待ってください。これはただの映像トリックです。しかもありがちな」

奈緒子はビデオデッキに近づき「ああ……騙《だま》されるところだった、ミラクルに」と呟《つぶや》きながら巻き戻しのボタンを押した。

「見てください。この車の横の影、車が消える前と後とでは影の角度が微妙に違っています。車が消える前、この影は横に伸びていた。消えた後では手前に伸びている。カメラ自体が動いた証拠です。幕といっしょに」

カメラも三井も枠も幕もみんないっしょに台車に乗せられている。その後方には車の置かれた風景と、車の置かれてない風景が並んでセットされているのだ。三井が幕を閉じるとカメラごとその台車が動き、車が置かれていない方のセットに移動する。呪文を唱えている間にバニーガールも走って移動するのだ。

「昔の映画撮影でよく使われていた単純な技法だ」

「ハハハハハハハハ、十五年前にも、あなたとまったく同じことを言った人間がいた。この撮影をした日は、たまたま強い風が吹いていた。影が変わっているのはそのせいで照明がずれたんだな」

ミラクルはキセルを吹かしながら余裕のポーズをとっている。

「そんなの言い訳だ！」

「その男もそう言った。でもね……どこにそんな証拠がある？」

三井は突然大声を出した。

「その男の無責任なひとことのおかげで、私はインチキと決めつけられ、一生を台無しにされた。私の力が信じられないのなら、今ここでやってみせましょうか？　そうだ。あなたを消して見せましょう」

三井は相変わらず芝居がかった口調で、前田の方に振り向いた。

「バカな。くだらないことはやめろ」

腰を抜かして首を振っている前田の代わりに上田が三井に言う。

「くだらないかどうかは今にわかります！」

「やめてくれ！」

「待ちなさい……あとで夢だと思われないために……これでよし、と」

三井はビデオカメラを三脚にセットした。

「何かご不満でも？　そうか、そうですよね。ただ消すだけでは面白くない。では……こうしましょう。この人の過去ごと消してしまいましょう。この人がこの世に存在したという記録は、どこにも存在しなくなる」

「やめろ！　頼む。やめさせてくれ！」

懇願する前田の前に、三井はちょうど部屋の隅にあったついたてをひっぱってくる。

「やめろ、やめろ……！」

「さらばだ」

三井はついたての前でくるくると舞った。初めは聞こえていた前田の声がだんだん聞こえなくなってくる。数秒後に、三井はさっとついたてをどかした……そして、そこに前田の姿はなかった。

「フフフフフ……オーボワール……ハハハハハ」

三井は去って行った。

「いったいどうやって……」

「落とし穴とかはないみたいです」

押し入れを叩《たた》いたり、畳を点検したりしてついたての後ろを調べていた奈緒子は、呆気《あっけ》に取られている上田に言った。

「ってことはだよ。本物の超能力者……？」

「前田さんの過去まで消すってどういうことでしょうか？」

認めたくはなかったが、さすがの奈緒子にも今目の前で起きたことを解明することはできなかった。

「たいへん！　ミラクルが現れて、前田さん消しちゃったんです」

奈緒子はこの家の黒電話から矢部の携帯に電話をかけた。どうにか電話回線だけは繋がっているようだ。

「こら、矢部！　いいかげんあんたもこっち来なさい！」

「いや、俺《おれ》は今、忙しいんや。警察に電話せえ」

矢部は暇にかまけて温泉街のホテルのプールにいた。髪の毛が水につからないように、古式泳法で泳いでいた。携帯電話のバックからはハワイアンが流れている。

「前田さんの過去の資料とか記録とか調べて、早くこっちに来い！」

「だから僕は今、捜査中なの」

「矢部くん、何やっとるんだね？　こんなところで」

声の方を見上げると、伊藤が腕組みをして立っていた。

「……おとり捜査中です」

「おかしいのう、兄ィ。いやなあ、前田さんの人事資料だけなくなっとるんや。こっから」

署に戻った矢部は、石原といっしょに人事資料をかたっぱしから捜していた。

「ほんまや、こっちも前田の記録だけなくなってる。どういうことや？」

矢部一行は車で宝女子村の入り口にかかる橋までやってきた。助手席の矢部は先に降りて周囲を見回してみる。

「じゃあ兄ィ、グッドラックじゃけえの」

運転席の窓から顔を出した石原は、猛スピードでバックして去って行った。

「石原……何それ？」

残された矢部は、仕方なく橋を渡った。渡りきった途端に、先ほどまでとはどことなく景色が変わったような気がしてくる。丈の高い木々がうっそうと繁り、太陽の光が遮断されてしまうので昼間でも薄暗く、わけのわからない鳥や虫の声がこだましている。こわごわ歩を進めていると、赤ん坊を抱いた母親と思われる不気味な石像と目が合った。

「怖くない……俺は怖くない……」

矢部は自分に暗示をかけながら上田と奈緒子の待つ集落へと走り出した。


「しかけはどこにもないみたいだな」

上田は三井が残していったビデオを繰り返し見ていた。

「どうした？」

奈緒子は隣でいつになくしょぼくれている。

「……もしかしたら、ミラクル三井の一生を台無しにした人間って私の父かもしれません」

奈緒子は伏目がちに、ぽつりぽつりと語りだした。

「奇術師だった父は、霊能力者のインチキを許せなくて、彼らの挑戦を受けたことが何度かあります。すべての霊能力は奇術のトリックで再現できる、というのが父の信念でした」

「じゃあ……君のお父さん殺したのも?」

奈緒子は湖のほとりの光景を心に浮かべる。

湖に向かって走って行く幼い日の奈緒子。波打ち際でずぶ濡《ぬ》れになっている剛三と、その体を抱きしめて泣き叫んでいる里見。あれは現実に起こったことなのか。

(いるのですよ、この世には。本物の力を持った霊能力者が。あなたのお父さんはその人に闘いを挑んで殺された……いずれあなたの前にも現れますよ。かわいそうに。あなたもその人に殺される……)

奈緒子の胸に澄子の臨終の言葉が蘇《よみがえ》ってくる。

あともうすこしで集落にたどり着くというそのとき、矢部の前に白いワンピースの少女が現れた。全力疾走をしていた矢部は、心臓が止まるほど驚いて足を止める。ギョッとして目をひんむいたときに、思わずかつらがずれた。

「来てはいけない……来れば、みんな消えてしまう……」

少女は暗い目でそれだけ言うと、走り去ってしまった。

「怖……」

もういちど目をひんむくと、かつらが元の位置に戻る。矢部はそのまま一目散に駆け出した。

辺りはすっかり闇《やみ》に閉ざされてしまっている。矢部は薄明かりの点いている民家を見つけ、そっとのぞいてみた。

「フニァーオ……」

「うわっ！」

不気味な鳴き声に驚いて振り返ると、奈緒子がケラケラと笑っていた。風呂《ふろ》上がりのようで、いかにもスーパーで三枚千円で買ったと思《おぼ》しきTシャツと、白いラインが入った青い色のジャージを着ている。

「おまえかい！」

「ずいぶん遅かったですね」

上田が居間に招き入れ、お茶を淹《い》れる。

「いやあ、道に迷ってしまいましてね」

「だったら電話くれればよかったのに」

「電話、通じへんのや」

「えっ？」

矢部の携帯にかけたときはたしかに通じたはずだ。奈緒子が驚きの声を上げると、上田がさっと立って黒電話の受話器を耳に当てた。

「本当だ、切れてるよ。さっきは繋がったのに」

「ったく、どうなっとんのや。変な女の子は出てくるし……」

「女の子？　あの、安室奈美恵《あむろなみえ》とウーパールーパーを足して二で割ったみたいな女の子ですか？」

「おまえも見たんかい？」

矢部は恐怖のあまり、ギョロ目をさらに大きく見開いた。

「しかし先生はモテるでしょう？　若くてハンサム。日本科学技術大学助教授。立派です」

この家にあったカップヌードルを夕食がわりにすすっているときに、矢部が言った。

「いえ、男女の関係となると立派過ぎるのも考えものです。相手に嫌がられたり、ときにはひどく相手を傷つけてしまうことがあるんです」

「まあ、心の問題っていうのはねえ……微妙なものがありますから」

「心の問題じゃないんです。体の一部の問題なんです」

奈緒子がニヤニヤしながら口を挟むと、上田は本気であわてた。

「余計なことを言うな！」

「はあ？」

矢部にはふたりの会話はちんぷんかんぷんだった。


里見は書をしたためようと、鼻歌を歌いながら墨をすっていた。手を動かすごとに、ただの水が快調に黒色の度合いを深めていくが、突然墨が半分に折れてしまった。里見はまた不吉な予感に包まれた。


夜もすっかり更けて、三人は各々の寝室を見つけて眠りについた。山あいの村は、普段から静かなのだが、村人がまったくいないのでさらに静けさを増している。

奈緒子と矢部は一階のそれぞれの部屋でぐっすりと眠っていた。だが、昼間前田が消えた屋根裏で布団に入った上田はどうしても眠れずに、ぱっと起き上がった。そして、ベストを着けると外に出ていった。

上田は昼間見た資料館の中に入っていった。文献のほかには石の彫り物やはにわのような置物が並ぶ小さな資料館だが、ふと気になってある棚をガサガサと探ってみる。するとそこから桐の箱が出てきた。開けてみると鮮やかな絵の描かれた一枚の紙が入っていた。

五十センチ四方ほどのそのやわらかい紙は、縦横それぞれ三分割にされて九つに分かれ、ひとつひとつのパーツに絵が描いてある。中央に真っ赤な花びらの花が開き、周りにはひとりの女性に群がる男たちや、子どもを抱いた母親、おたまじゃくしなどの絵……。

裏をひっくり返すと、『母の悲しみは弐拾五年に一度、この世に大きな災いをもたらす。災いを防ぐ方法は……』と書かれてあった。

上田が途中まで読んだとき、窓の外でガタガタッと物音がした。はっと息を呑《の》み、窓辺を見やるとそこには石の仮面をつけた男が立っていた。上田はあっという間に気絶してしまった。

「おはようございます」

目を覚ました奈緒子が台所に入っていくと、矢部が得体の知れない料理を作っていた。

「お前、男に言われへんか？　寝言」

「はい？　なんか言ってました？」

「遠山の金さんが旅先でこむら返りにあって惜しくも金メダルを逃し、助さんと角さんに頭を下げた、……ってどんなシチュエーションやねん！」

「……上田さんは？」

「さあ、今朝は見てない」

ふたりは二階の部屋に上がっていった。

「上田ー、起きろー！　寝すぎるとまたデカくなるぞー！」

「先生！　ごはんですよー！　本日はスペシャル・チャイニーズ・モーニング、ダンシング・シュリンプ・ファイヤーですよ！」

「上田さん、寝相悪くて転がってっちゃったかな？」

布団の上に上田の姿はない。よく見ると枕《まくら》の上に一本のビデオテープがあった。

「ん？　なんやこれ？　ひとりで見てたな〜」

矢部はビデオテープを拾い上げ、ニヤリとした。


ビデオを再生してみると、矢部の期待に反して気味の悪い仮面をかぶった男が出てきた。

(ウーハハハハハハハ、ボンソワール！　ミラクル三井です。今夜のスペシャルゲストをご紹介しましょう)

仮面を取ったその顔はミラクル三井。その背後には意識を失ったまま椅子《いす》に座らされている上田の姿があった。

「上田……？」

あまりの驚きに、奈緒子はギョロ目の矢部と同じくらい目を大きく見開いた。

(今日、私は人間の体の一部を消すという新しい消失現象をお見せしたいと思います)

三井は上田の顔に箱をかぶせると、大げさな身振り手振りをつけて呪文《じゅもん》を唱え始める。

(ウーハーご覧ください。アーハッハッハッハッハッハ)

「……あいつ、本物の超能力者やったんや。俺らここに閉じ込められたんやぞ」

矢部は頭を抱えたままさりげなくかつらを戻す。

「ねえ、矢部さん……あの死体、本当に上田さんだったんでしょうか？」

慌てふためく矢部の横で、奈緒子は突然冷静に呟《つぶや》いた。

「なんやそれ？」

「違うような気がして……」

ふたりは目の前の緑の水面を見つめた。どうせ橋が渡れないのならと、もういちど民家に戻ってみることにする。

「おまえ、先生の体のこと、何か知らんのか？　おしりにほくろがあるとか、へそ渦巻いてるとか」

ふたりは首なし死体の前に正座をして話し込んだ。

「知るわけないじゃないですか。ただ大きな人だとしか……」

「大きな人いうたかて、この死体かてずいぶん大きな人やないか」

「ん？　大きな人？」

奈緒子は死体に近寄り、まずズボンを下ろした。そして、「上田さんじゃありませんように」と手を合わせてから、一気にパンツを下ろす。

「拝むなって……うわ、おまえ、何しとん？　おわっ、死後硬直しとるな。どや？」

矢部も、昨晩の『……男女の関係となると立派過ぎるのも考えものです』という上田の言葉を思い出していた。

「ううん……微妙なとこなんですよね。これだけではなんとも……」

あらわになった股間《こかん》を目の前にし、奈緒子は眉間《みけん》にしわを寄せて考え込んだ。死後硬直したそれをじっと見つめてみても、判定はしがたい。

「おまえ、わかんのか？」

「矢部さんのと見比べてみていいですか？」

「おまえ、やめろや。どけ！」

矢部は顔を近づけてじっくり見てみたが、「微妙なとこやな」と、ため息をついた。

「上田さん、夜中どうしてこんなところに来たんでしょうか？　観光ですかね」

「寝てる間に無理やり拉致《らち》されたのかな？」

上田の部屋に残されていたビデオテープをもういちど見て、資料館が映っていたことに気づいたふたりは連れ立ってやってきたのだ。

「それだったら、声とか物音とかするはずじゃないですか……何も聞いてないよな？」

奈緒子は矢部に軽口をきく。

「おどれの歯ぎしりがうるさくてな！」

奈緒子は不自然に開いていた棚の引き出しに気づき、中から例の紙を引っ張り出した。

「『母の悲しみは弐拾五年に一度、この世に大きな災いをもたらす。災いを防ぐ方法は……』これ、どっかで見たことあるんですよね」

奈緒子は紙の裏に書かれた文字を読み、もういちど表にひっくり返すと、そこに描かれた〝きのこ〟のような絵を見て呟いた。

「上田さんは、これで私たちに何かを伝えようとしてたんですよ」

奈緒子は、昨日上田と発見した雑木林の中の石の建造物を見に行った。

「考えすぎや……今はこんなものどうだっていいやろ？」

「余計な詮索《せんさく》はしない方がいい」

奈緒子が建造物に近づこうとすると、背後から薄気味の悪い声が聞こえてきた。

「ミ、ミラクル……」

矢部が泣きそうな顔をする。振り返るとそこには、雑木林に思い切りそぐわない格好をしたミラクル三井が立っていた。土が盛り上がり、奈緒子たちより一段高くなっているところから例の厚化粧で見下ろしている。

「あなたたちも上田先生のようになりたくなければ……ウッフッフ……見たでしょう？私は上田さんの首から上だけをもうひとつの世界に送り込んだ」

「あの死体は本当に上田さんなんですか？　あなたのやってることは全部手品のトリックなんじゃないですか？」

「手品で村人や橋が消せますか？」

「物を消す力なら私にもあるんですよ」

「私に対抗しようと？」

奈緒子はポケットからトランプを出し、シャーっと鮮やかに切ってポーズをとる。まるでスケ番刑事か必殺仕事人のようだ。

「アホか、おまえ。超能力者に手品見せてどないするんや？」

背後で矢部が止めるが、奈緒子は聞く耳を持たずに、「ストップって言ってもらえますか？」とミラクルに向かって左手の上に裏返しに重ねたトランプを差し出し、右手で下からパラパラとしならせていく。

「……ストップ」

バカなことを……というような声を三井が出したところで、手を止めて、止めたところにあったカードを三井に差し出す。三井は鼻で笑いながらそれを受け取った。

「スペードのエース」

奈緒子が言い当てると、三井はすこし驚いたような表情を浮かべる。

「置いてください」

今度はカードを重ねたものを表向きにして差し出し、いちばん上に三井のカードを置いてもらう。奈緒子は何度かシャッフルし、

「たしかに中に入れましたよね。じゃこれ、あなたちょっと持っていてください。あなたの手の中からカードを消して見せます」

三井はため息をつくとカードを受け取った。

「しっかり見ててくださいね」

奈緒子はトランプを握る三井の手の上で念を送るように両手を動かし、その手をゆっくりと自分の方に引き寄せていく。そして目をつぶり、カードを自分の体内に取り入れたような仕種《しぐさ》をして、「消えました。たしかめてください」と言った。三井はカードを広げてぎょっとする。

「どこにもスペードのエースはないですよね？」

勝ち誇ったような奈緒子に対して、三井は憤懣《ふんまん》やるかたない顔をしている。

「ちょっと……貸してください……」

矢部は三井の手からトランプを受け取り、地面に広げて確かめてみる。

「ほんまや。消えてる」

「別にもうひとつの世界に行ってるわけじゃないですよ。消えたトランプは、あなたのポケットの中にある」

奈緒子は三井のズボンのポケットを指した。三井がおおげさな素振りでマントをひるがえし、ポケットをさぐると、そこからスペードのエースが出てきた。三井はあんぐりと口を開ける。

「おまえ、やったらできんのやないかい。イエイ」

矢部が奈緒子に向かってVサインを出す。そしてふたりはそのまま三井の方を向いてどうだと言わんばかりに「イェイ」と声を合わせてVサインをする。

「……で？」

三井はキセルの煙を奈緒子に吹きかけ、睨《にら》みつけた。

「はい？」

「それが何か？」

「あの、ほかにも見たければいろいろ……」

「チチチチ……いや、結構」

顔の前で人差し指をふり、三井はトランプを出そうとしている奈緒子を遮った。

「かわりに私がもうすこし面白い消失現象をお見せしましょう。もっとも私のは手品じゃありませんけど……はん！」

奈緒子たちは完全にバカにされている。

「あなたたち、あの建物が気になっているようですね。そんなに気になるんなら、あれは消してしまいましょうか」

そう言うと、三井は建物の前にマントを広げ、何かに憑依《ひょうい》されたような怪しい動きを始める。

「アオオオ……くっ……ブラボー……！」

奈緒子たちは半信半疑でパフォーマンスを見つめていた。

「アーッハッハッハッハッハ」

三井が笑いながらマントをどけたときには、もうそこに建物はなかった。

「え？　ど、どうやって消したんや。あんなデカい物……」

矢部は目玉をひんむいて大騒ぎしている。

「次は……あなた」

三井は奈緒子を指さしながらひらっと飛び降りてきた。奈緒子は思わず後ずさる。

「そんな怯《おび》えた顔しないでください。レインボーブリッジやエッフェル塔を消すマジックを見たことがあるでしょう？　私、前から思ってたんですけど、橋が消えている間、そこを渡っている人たちはいったいどうなっちゃってるのか、ずっと気になっていたんですよ。あなたもいちど、その人たちの気分を味わってみませんか？　えっ？　それに、もしかしたら向こうの世界で首から上だけの上田先生とご対面できるかもしれませんよ……うっうっ……アハーン……」

大げさな口調でさんざん凄《すご》んだかと思うと、最後は泣きまねまでして、三井はじりじりと奈緒子に近づいてくる。

「どうしますー？」

「あなたに私が消せるはずはありません」

奈緒子は精一杯虚勢を張った。

「うっ、うーっ……！」

三井は怒り狂って、マントをひるがえし奈緒子にかぶせる。

マントの向こうで矢部が叫んでいたが、すっぽりマントをかぶせられている奈緒子には

「や、やめろー！」

じきに聞こえなくなった。本当にもうひとつの世界に送り込まれてしまったのだろうか。

奈緒子がおそるおそるマントから出てくると、そこはもとの雑木林だった。

ただ、三井と矢部の姿はなくなっていた。奈緒子は呆然《ぼうぜん》と辺りを見回していた。

その頃、奈緒子の実家の一室で子どもたちの作品を整理していた里見は、無性にいやな予感に襲われていた。思わず立ち上がると、手からばさっと半紙の束が落ちていった。

奈緒子は呆然としたまま村の中をさまよっていた。ここは本当にさっきまで自分がいた世界なのだろうか……。奈緒子には夢か現実かすらわからなくなっていた。しばらく歩いていると、曲がり角にある大きな岩に隠れるようにして、いつかの少女がお椀《わん》の中のごはんを手づかみでガッガッと食べているのを見つけた。驚いて足を止め、奈緒子は背後からそっと近づいていく。その気配に振り向いた少女は、お椀を投げ捨てて逃げ出そうとする。

「待って！　大丈夫よ。何もしないから」

奈緒子は少女をはがいじめにした。少女は必死で抵抗し、奈緒子の腕にがぶっと噛《か》み付いてくる。奈緒子がひるんで手を緩めた隙《すき》に、少女はぱっと走り出す。そして数メートル行ったところで振り返ると、「見つかったら殺されるの」と涙交じりの声で言った。

「え？」

「私は生きていてはいけないんです」

少女は泣きながら走り去って行った。

少女を見失ってしまった奈緒子は再びとぼとぼと歩き出し、仕方がないので宿泊していた民家に戻ってきた。

中からは鼻歌が聞こえてくる。

おそるおそる入っていくと、その声は上田の首なし死体が倒れてきた戸の向こうから聞こえてくる。しばらく躊躇《ちゅうちょ》したが、奈緒子は思い切って戸を開けはなった。

「うわあ！」

そこにはさっきと同じように大柄な男が立っていた。またこちらに倒れてくるのだろうかと、奈緒子は後ろに飛びのく。

「おかえり」

「上田さん!?」

振り返ってにゅっと顔を出したのは、いつものくしゃくしゃ頭に銀縁メガネの上田だった。ラクダのシャツに丈の短いグレーのズボンをはき、首にはタオルを巻いている。ズボンのお尻《しり》にさしていたうちわを手にとり、パタパタと扇《あお》いで奈緒子を見ている。

「本物の上田さんですか？」

「偽者というのがいるのか？」

奈緒子たちはとりあえずテーブルをはさんで向かい合い、腰を下ろす。

「今までどこにいたんですか？」

「古《いにしえ》よりこの村では……」

「どこにいたかって聞いてるんです！　何が古よりですか……」

「だからそれを今から説明しようとしてるんじゃないか。古よりこの村では女の子を産むための研究がなされていた。なぜだかわかるか？　それにあの石像。なんであんな物が村のあちこちに置かれているのか」

不服そうな奈緒子を無視して、上田は説明を始める。

「僕はこうした村の風習と今回の事件が何か関係があるんじゃないかという気がしてならなかった。それでゆうべもういちど資料館に行ってみた。そこで僕はある一枚の絵を見つけたんだ……子どもを抱えた母親、その悲しみは二十五年に一度、この世に大きな災いをもたらす。災いを防ぐ方法はただひとつ……僕はその絵を見てふと恐ろしいことに気づいたんだ。もしかしたら災いを防ぐ方法というのは……」

「方法というのは？」

「と思った瞬間、目の前に仮面をつけた男が現れた」

「ミラクル三井ですよ、それ」

ビデオの中で、怪しげな動物をかたどったお面をつけていた三井のことを思い出す。カメラの前に立つ仮面の男はミラクル三井だった。

「……それで、その後どうなったんですか？」

「目が覚めたら納屋のようなところに縛られていた。あらわな姿で……」

「ようするにまた気絶しちゃったんですね」

奈緒子につっこまれた上田は黙り込んだ。

「で、どうやって逃げ出したんですか？」

「女の人が助けてくれたんだ」

「女の人？」

「ああ、捕まってからどれだけたったのかはわからない。ひとりの女の人が納屋に入ってきて、ロープを解いてくれたんだ」

上田はそのときの光景を思い出す。

納屋の戸をガラガラと開け、辺りをうかがうようにして中年女性が入って来た。そしてブリーフ一枚で縛られていた上田の縄を解き、「今のうちに逃げてください」と言った。

「あなたは誰です。この村で何が起きてるんですか？」

「……今晩十時、村はずれの神社に来てください。お話ししたいことがあります」

女性はそれだけ言うと何かに怯えるように去って行ったのだ。

「きっとその人は何か重要なことを知ってるんだ。事件の鍵《かぎ》を握るキーマン……キーウーマンか……」

上田は立ち上がって、これから起こる新たな展開に目をギラつかせる。

「……まったく、生きてるなら生きてるって言ってください。どうしてすぐに出てきてくれなかったんですか？」

奈緒子も立ち上がり、上田に文句を言う。

「僕はずっとここにいた。どこかに行ってたのは君の方だろう？」

「捜せばいいじゃないですか、こんな人の家でのうのうとしてないで」

「いろいろと調べなきゃいけないことがあってね」

「どれだけ心配してたかわからないんですか？」

「なぜわかる？　今初めて会ったんだ。何度も言うようだけど、君の悪いところはね、そうやって物事を論理的に考えられないところだ」

「うるさい、上田！」

奈緒子は上田に背を向けて座り込んだ。

「……ひとつ忠告しておくけど」

上田は奈緒子の背後に膝《ひざ》をつき、気取った口調で言う。

「何ですか？」

「俺《おれ》を愛してはいけない」

「はい？　愛してませんけど」

奈緒子は思い切り怪訝《けげん》な顔をした。

「君がいくら僕を好きになろうと、残念ながら僕はまったく君には興味がない」

「私も巨根は困ります」

「じゃ、なぜ香水をつける？」

「別に上田さんのためじゃありません」

奈緒子はテーブルの上でトランプの解説を始めた。

「これ……、このカードに香水を振りかけておいて……」

奈緒子は一枚のカードの裏側に香水をかける。

「で、ぎゅっと押しつけるとくっついちゃうんですよ。こうするとほら、カードが消えたように見えるでしょ？」

香水をつけたカードを、さっき三井の手の中で消して見せたスペードのエースの表側にくっつけてみる。二枚のカードはぴったり貼《は》りついて、見事に一枚に見えるのだ。

「またどっかで手品やって見せたのか？」

「ミラクル三井にやってみせたんですよ。一発かませてやろうと思って、こっちも物が消せることを見せつけたら、びっくりして真相を告白するんじゃないかと思って」

奈緒子は先ほどの手品の種明かしを上田に説明する。

「ミラクルがひいたカードを見ている間にカードに香水をかけておく……ひいたカードの

上にのるように切る。で、消えましたと言う」

「それで、三井は何か告白したのか？」

「ひとことだけ。『で？』」

「それはひとことというよりひと文字だろう？」

上田は思わずずっこけて、後ろの戸に頭をぶつけた。

「さらに、腹の立つことにですね。あいつ、自分はもう少し面白い物を消して見せるとか言っちゃって、例のあの建物を消しちゃったんですよ。ほら、上田さんが見つけたあの絵にあった……」

「えっ、あれが消えた？」

上田は慌てて起き上がり、自分の目で確かめるために雑木林へと向かった。


「江戸時代の終わり頃、この村にひとりの犯罪者の青年が流れてきた。青年は村の娘と恋におち、その娘はやがて女の子を産んだ。ところがそれを知った村人たちは、彼女から子どもを取り上げ、その子を殺してしまったんだよ。子どもを失った母親は、村人たちを恨み、自殺した。それ以来、二十五年に一度、女は蘇っては村に大きな災いをもたらすとされてきたんだ。災いを防ぐ方法はたったひとつ……村から幼い女の子をひとり選び、いけにえとして捧《ささ》げること……」

上田は雑木林を歩きながら、熱っぽく説明を始めた。

「いけにえ？」

「それが母親の怒りを鎮めるたったひとつの方法と言い伝えられてきたんだよ。だからこの村では女の子が宝物とされた。そしていけにえがひとり捧げられるたびに、その子の代わりに石像が道の傍らに置かれた」

「……でもその言い伝えと今回の事件と、その短いズボンとどう関係あるんですか？」

奈緒子は上田のズボンを指した。丈がくるぶしの上ぐらいしかない。三井に衣類を剝《は》ぎ取られてしまい、おそらくその辺のどこかの民家にあったズボンを拝借しているのだろう。

上田はとりあえずその問いは無視して話を続ける。

「ここにあの建物、つまり石造物があったってことはどういうことかわかるか？」

上田に問われた奈緒子は首をかしげる。

「いけにえの風習は今でも続いてる」

奈緒子はハッとする。

「そして今年はちょうどその二十五年に一度の年に当たっている……」

誰もいない神社の入り口に、髪が長く南方系の顔をした新しい石像が置かれている。昨夜、上田を助けた塚田《つかだ》泰子《やすこ》は、涙ぐみ「ごめんね……」と呟《つぶや》きながらその石像をやさしく撫《な》でていた……。

里見は精神を集中し、半紙に文字を書いていた。門がまえに「石」というこの世には存在しない文字を、奈緒子を思いつつ「気」を送るようにしたためていた。

「あれ、この顔どっかで見たことあるな……どこだっけ?」

十時になり、上田が指定された神社についてきた奈緒子は、入り口の石像に気づき足を止めた。

「ほら、あの沖縄の歌手で……喜納昌吉《きなしようきち》? あれは男か」

石像の前に座り込んで悩んでいると、先に歩いていた上田が戻ってきて、ふと、台座の上に置かれたメモを取り上げた。そこには『裏へ回ってください』とひとこと書かれている。上田はそのメモを持ち、神社の裏に向かって歩いていった。

「誰でしたっけ? 上田さん……南沙織《みなみさおり》?」

奈緒子が追いすがっても、上田は相手にせずに大股《おおまた》で歩いていく。そしてついに、背を向けてひっそりと佇《たたず》んでいる泰子を見つけた。地味な服装をし、どこかおどおどしている普通の中年女性だ。

「あなたが僕を助けてくれた方ですよね?」

上田の問いかけに泰子は小さく頷《うなず》いた。

「私は……たいへんな罪を犯しました。ずっと隠してきましたが、これ以上耐えられなくなりました。今からお話しすることはすべて真実です。それを外の人たちに伝えていただきたいのです」

「外って……でも橋が消えちゃったんで、僕たちは外に出られなくなってしまったんです」

「橋は消えてなどいません。ちゃんとあなたたちの目の前にあります」

泰子は上田たちと向かい合った。

「目の前に？」

そのとき、泰子が「はあっ！」と息を呑んだ。がたがたと震えだし、両手で口を押さえ、怯《おび》えるような目に変わっていく。

「どうしたんですか？」

振り向いてみたが、上田たちには何も見えない。泰子は一目散に神社の外に駆け出していく。ふたりも追いかけてみたが、泰子の姿はすぐに見えなくなってしまった。

「……どこに行った？」

神社の外に出て見回してみてもどこにもいない。上田はぽかんと口を開けて、立ち尽くした。

「消えた……」

翌日、奈緒子たちが橋を見に行ってみると、やはり道の先は断崖《だんがい》絶壁で、真下は湖だった。

「目の前って……どこ？」

ラクダシャツ姿の上田が、首に巻いたタオルの両端を握りしめながら呟く。ふたりは仕方ないので、元の道を引き返した。急ぎ足だった奈緒子は、途中で疲れてしまい、肩で息をしながらしばし休憩する。

何気なく地面を見つめていた奈緒子は「あれ？　土の色が違う……」と顔を上げた。そして目の前に生えている細い木をじっと見つめる。どうもこの木だけ周りの木と様子が違う。まるでつい最近植えられたように見える。

「どうした？」

後ろから来た上田が奈緒子に声をかける。

「何か……変だと思いませんか？」

奈緒子はその木の枝を掻《か》き分け、向こう側に出てみる。すると、数メートル先に林の隙《すき》間《ま》が見えている。そこには隠されていた一本の道があったのだ。

「こっちにも道がある……」

上田は目を見張った。

「そうか、私が来たのはこっちの道なんですよ」

奈緒子たちは林の向こうまで続いている道を進んでいく。すると間もなく湖に出て……そこにはちゃんとあの赤い吊《つ》り橋がかかっていた。

「橋は消えていなかった。ただ道が隠されていただけ」

本来の道の上に土がかぶせられ、ご丁寧にそこに木まで植えたのだ。

「くっそー、こんな手にひっかかるなんて……」

呆然《ぼうぜん》と橋を見ていたふたりだが、次第に怒りがこみ上げてくる。

「物が消えたのは全部トリックなんですよ。ミラクル三井はやっぱりインチキ超能力者だったんです」

奈緒子は眉間《みけん》にしわをよせ、厳しい表情で言い放ち、村へ引き返そうと踵《きびす》を返した。

「おい、まず外に連絡だろ?」

「そんなことをしてたらまた証拠を消されちゃいますよ。それに矢部さんを見つけないと」

ふたりはとりあえず例の民家に帰っていった。


「うわっ、悲惨だな……」

民家の一室に転がしておいた例の首なし遺体を見た上田は思わず後ずさった。グロテスクな上に、パンツが下ろされ、股間《こかん》が露《あら》わになっている。

「この人が上田さんじゃないとすると、いったい誰なんでしょうか。上田さんと同じくらい大きな人だし」

「大きな人? ふん、たいしたことはない」

上田は股間に近寄って、勝ち誇ったような笑みを浮かべる。

「体ですよ、体の一部じゃなくて……それに、けっこう鍛えてるみたいだし」

奈緒子は死体の指先に視線を移し、突然家を飛び出し、駆け出した。


「何のつもりだよ？」

「死体のあの人、警察の人じゃないかと思って」

奈緒子がやって来たのは村の駐在所だ。

「警察？　なんで？」

「体も大きかったし、鍛えてたし、それに……中指にタコみたいなものがあったんです。それって普段、射撃練習をしてた跡じゃないでしょうか？」

「しかしこの駐在所に警官は前田ひとりだぞ」

上田はとりあおうとしなかったが、奈緒子はひとりで駐在所の中をキョロキョロと見回す。

「警察手帳……」

奈緒子は机の上の警察手帳を見つけた。

「おい、これ血じゃないか？」

手帳の端が赤く染まっている。奈緒子はパラパラと手帳をめくってみた。

いちばん最後のページに顔写真が貼《は》ってあり『前田進《すすむ》』と書いてあったが、どう見てもその写真の若者は奈緒子たちが会った前田ではない。

「じゃ、俺たちといっしょにここに来たあの男は……？」

「……前田さんの偽者」

「まさか……じゃ、本物の前田さんはどこへ行った？　あの死体か」

上田ははっとして顔を上げる。

「本物の前田さんは実は殺されていて、私たちが前田さんだと思っていた人は偽者の前田さん……」

「しかし、何のために？」

「問題はそこですよ……待ってください。ひょっとしたら私たちが見た偽前田さんはミラクルとグルだったのかもしれません。それだったら、ミラクルが前田さんを一瞬で消した方法も説明がつきます。偽前田さんは、ミラクルを怖がっているふりをしていただけだった。ふたりは示し合わせていて……」

奈緒子は前田が消えたときのことを思い出す。

「仕切りが引かれた後、偽者の前田さんは自分で逃げ出した」

「うーん……そんなくだらないこと」

上田はまだ半信半疑で首をひねっている。

「問題は、建物が消えたトリックです。私と矢部さんは、最初ここに立って、あの建物を見ていた」

今度は雑木林にやってきて、矢部と建物を見ていた場所に上田と共に立ってみる。前に来たときと同じように、耳が痛くなるほど、日中の雑木林にはミンミンゼミが鳴いている。

「そして近づこうとすると、ミラクルが私たちを呼び止めた……『余計な詮索《せんさく》はしない方がいい』と。ミラクルは私たちを建物に近づけたくなかったんじゃ……」

奈緒子は建物のあった場所へと歩いていく。そこだけ草が生えてなく、建物があったことを示す丸い跡がたくさん残っていた。やはり建物は消えてしまったのだろうか。

「これ、何の跡でしょうか？」

そして、辺りをよく観察していた奈緒子はそのもうすこし先の地面にもなにやら丸い跡がついているのを発見した。

「ここにも同じ建造物があったということか？」

「……そうか！　わかりましたよ。どうやって建物を消したのか」

奈緒子は上田を見上げ、晴れ晴れとした顔を浮かべると、建造物が最初にあったと思われる地面を指して話し始めた。

「ここにあった建物は、夜のうちに壊されてしまった。そして外見だけそっくりのものを、あちらに建て直しておく。私と矢部さんはあちらから見てましたよね？」

今度は矢部と立っていた場所に移動し、その後、また建造物のあった場所に戻る。

「ここに、こういう風に大きな鏡が置いてあったとしたら？」

「鏡？」

「はい。私たちが見ていたのは、鏡に映った建物だったんです。ミラクルは鏡の前に立ち、マントを広げる。その隙に鏡をどかしてしまえば、建物は一瞬にして消えてしまう」

鏡を斜めに立てかけておくと、奈緒子たちの方からは横にある外見だけの建物が、あたかも正面にあるかのように見える。そして、三井はその前に立ち、マントを広げるというわけだ。

「外見だけの建物ならば、後で簡単に壊してしまうことができる」

「……なるほど、そんなバカな。たしかに原理はそれで説明できる。しかしそれだけのことがミラクルひとりでできるか？」

上田は奈緒子に歩み寄って尋ねた。

「だから、彼ひとりじゃなかったんですよ。本当は誰も消えてないんじゃないでしょうか。実はこの村にはものすごくたくさんの人がいて、私たちを監視してるんじゃないでしょうか？　たくさんの人たちが監視しながら隠れているから、逆に姿が見えない」

「……もしそうだとすると、こんなところでこんな話をしているのはまずいんじゃないか？」

「あっ、そうですね……！」

奈緒子がまずいという顔をしたとき、あたりの木々の間から、仮面をつけた男たちが出てきた。ひとり、ふたり、三人、四人……。みな、紺色の作務衣《さむえ》をつけ、猪や猿のようにも見える不気味な仮面をつけて、手には槍《やり》や鎌、木刀などの武器を持っている。

「ほら見ろ」

上田は思わず奈緒子の後ろに隠れた。

「おまえたちのやっていることは全部お見通しだ！」

奈緒子は精一杯強がって大声を出す。

「観念しろ！」

しかし、村人たちが動じる気配はない。

「逃げるぞ、上田！」

が、しかし、ふたりの前にはすぐに仮面の男が立ちふさがった。作務衣の者たちと違い、水色のシャツに紺色のズボンのその男は、三井に消されたはずの前田だった。鼻から上だけの朱色の仮面には縄の髪の毛がついている。

「偽前田……」

奈緒子の呟《つぶや》きを聞き、偽前田は薄笑いを浮かべながら仮面を外した。

「おめえたちの想像した通りっちゃ。俺《おれ》は前田じゃにゃーわ。本物の前田はこの村に来た最初の日に死んだ」

「ちょ、ちょっと……」

偽前田がにやりと笑うと、ほかの仮面の者たちが武器を手に近づいてくる。

「一、二、三、四……二十一人か」

「数えるな、上田！」

奈緒子と上田は次第に追い詰められていく。とうとうふたりは背中合わせになった。上田はもうすこしで気を失いそうなのか、大きな体をすっかり奈緒子にあずけている。

「ウハハハハ……」

不気味な笑い声が聞こえたかと思うと、仮面の男たちの背後から、宝女子村の長老、有《あり》馬《ま》辰夫《たつお》が進み出てきた。自らを森の神とでも言いたげな珍妙な格好……動物の角のついた被《かぶ》り物に黄色い作務衣。首にはじゃらじゃらと貝の首飾りをはめ、自分の背よりも高い杖《つえ》を持っている。

「ちぃとばかり、知りすぎたな。俺たちはおめえたちをずーっと監視し続けてきたんだ。おめえたちには俺たちの思うとおり、行動してもらわなきゃならなかった。もう知ってるだんべ？　三百年前、この村の者たちはおつるという女から娘を奪い、殺した。その子の父親が犯罪者だったからだ」

「バカな……子どもには何の罪もないのに」

上田はごくたまにまともなことを言う。

「それから俺たちは二十五年に一度、おつるにいけにえを捧《ささ》げなければならねえ。さもなくば村にとっちもねえ災いが訪れる。旱魃《かんばつ》、地震、大雨、バッタ、エルニーニョ……伝説は本当なんだ。前田さんがこの村にやって来た日、俺たちはその儀式の真っ最中だった」

「ポン！　宝女子《ほうめご》」

「ポン！　宝女子」

前田が赴任してきた日の深夜、村人たちは雑木林の中の建造物の周りに仮面をかぶって集まっていた。村人たちは手に松明《たいまつ》を持ち、口々にかけ声をかけながら「ポン」と言うたびに和太鼓をひとつ鳴らすのだ。

建物の中心にあった丸い形の、きのこの傘のようになった部分には、白い服を着せられた女の子が木で作った担架に載せられて寝かされている。

村に誰もいないのを不審に思った前田が、懐中電灯を手にこの雑木林に着いたとき、ちょうどその担架を数人の村人が捧げ持ち、洞窟《どうくつ》へと閉じ込めるところだった。

「ポン！　宝女子」

「ポン！　宝女子」

「ご開帳ー！」

有馬が唱えると、重い石の扉をがらがらと数人の若い衆が開ける。中からはガスのような白い気体が湧《わ》き出てくる。

「ご闖入《ちんにゅう》ー！」

女の子は洞窟に入れられる。

「宝女子、宝女子、宝女子……！」

村人たちのかけ声は佳境に達し、どんどん神がかってくる。

「君たち、何やってるんだー！」

石の扉が閉められた瞬間、一部始終を震えながら見ていた前田が割り込んでいった。有馬がものすごい形相で振り返ると、前田は大急ぎで駐在所に戻り、署の大槻に電話をかけたのだ。

「たいへんです！　この村は呪《のろ》われている！」

「おい、何言ってんだ？　前田？　前田？」

大槻が不審に思ったとき、村人に前田は首を絞められて殺されたのだ。

「とにかく、今からそっちに行きます」

受話器を取って、大槻にそう告げたのは、偽前田だった。


「そして俺は警察署さ行き、前田を演じ続けちょった。怯《おび》えたふりをして、村でミラクルと会ったと証言する。思ったとおり、俺はおめえたちといっしょにこの村に戻ることになった。そんで、三井と出会い、俺は消える。前田は三井の超能力によって消されたことになる。その過去まで……本物の前田の資料を処分したのは俺だ。おめえたちとこっちに来る前に、こっそりな。これで村の秘密は守られる」

偽前田は口の端に笑いを浮かべながら得意げに説明した。

「ミラクルは、あなたたちのために超能力者を演じ続けたんですね」

奈緒子は怒りに満ちた表情で言った。

「三井は、もともと妄想癖のある若者だった。もちろん、あいつが演じた消失現象はすべてマスコミの仕組んだものだった。三井は面白がられて利用されてただけなんだ。案の定、やがてあいつはインチキを見破られ……失意のうちにこの世から消えた。それが、つい半年前、村さ戻ってきたんだ」

有馬が偽前田に代わって説明を始める。三井は黒い皮コートに皮のズボン。ハンチング帽をかぶり、人目を避けるようにして帰ってきたという。

「儀式を前田さんに見られて俺たちは、とっさに三井を利用することを思いついたんだ。三井の超能力で、前田さんは消されたと世間に思わせる」

「そんなバカな話、人々が信じるはずないだろ？」

上田は呆《あき》れたような顔で言う。

「んだっきょ？」

有馬の堂々とした受け答えに、上田は眉《まゆ》をぴくっとさせる。

「おめえのような偉い先生がこの村さ調査に見えると聞いたとき、俺らはしめた、と思った。おめえさえ騙《だま》せば、世間はミラクル三井の超能力を信じるに違いねえ。おめえが戻って、この村で見た奇跡の数々を証言してくれさえすれば」

「上田さんひとりなら騙せたと思います」

奈緒子は一歩前に出て、真剣な顔で有馬に賛同した。上田は心外だと言わんばかりに顔をひきつらせている。

「俺たちは村人全員で三井の妄想さ、つきあい続けたんだ。橋が消えると言えば、俺たちは橋を消して見せた。建物が消えると言えば、それを手伝った……。ぜーんぶ、おめえたちに見せるためだ」

「ほかの人たちは？」

奈緒子は有馬を睨《にら》みつけた。

「安心しろ」

有馬がふっと横を向くと、仮面の男たちに引きずられてくる矢部の姿があった。

「放せ、こら！　俺ぁおまえ、国家権力やぞ。おまえら全員逮捕するぞ！」

矢部は両腕を後ろ手で縛られている。

「矢部さん……」

「こんちは」

矢部はぺこりと頭を下げた。

「その前に捜査に来た奴等《やつら》も別の場所でちゃーんと生きてる」

「やめてください！」

今度は泰子が引きずり出されてきた。

「あなたは……！」

奈緒子の声に顔を上げた泰子は、体中が傷だらけだ。村人たちに殴られたのだろう。

「この女は俺たちの秘密をばらしそうになった。だから捕えて制裁を加えた」

偽前田が偉そうな口ぶりで上田の前に出てくる。

「そうか。あのときあなたが見たのは……」

昨夜神社で会ったときに、泰子が怯えて逃げ出したときのことを思い出す。あれは、上田たちの背後で監視していた村人たちの姿に気づいたからだったのだ。

「まさか、村のもんたち全員がグルになったこのトリックを、見破られるとは思わなかった。もう誰も生かしておくわけにはいかない」

有馬はより目のような焦点の合わない目をしてニヤニヤしながらふたりに迫ってくる。

「村長……」

上田と奈緒子はじりじりと追い詰められ、初めに、腕の立ちそうな若者が向かってきた。

「アチョッ！」

不意を衝いて、上田が首に巻いていたタオルをヌンチャクがわりに使い、若者を倒した。

「いよっ、いよっ、いよっ」

村人たちが一瞬ひいたどさくさにまぎれて、矢部が奈緒子の方に逃げてくる。

「何をーっ！」

次に偽前田がかかってきたが、上田はタオルヌンチャクでなぎ倒す。

「いいぞ！　上田！　上田の手は長いぞー！」

奈緒子が声を上げる。そのとおり、上背のある上田にかかっていっても、村の若い衆たちは次々と倒されてゆく。十人ほど倒し、調子に乗ってブルース・リーのようにポーズを決めたとき、上田は年寄り連中から鉄砲をつきつけられた。

「……すいません」

タオルの両端を持ち、両手を上にあげたままのポーズで上田はさがっていく。

「ダメじゃん」

奈緒子はため息をついた。

「あの、ちょっと待って……助けて！」

矢部は奈緒子の後ろに回り、奈緒子の両手を上げてホールドアップのかまえをした。

「ご開帳ー！」

三人は洞窟の前に連れてこられ、入り口のすぐ前に放り出された。

有馬のかけ声と共に扉が開き、中から白いガスが漏れてくる。

「中には溶岩流が流れている。有毒ガスがたちこめてる。安心しろ、すぐ楽になるっちゃ」

「宝女子、ポン！」

村人たちは「ポン」と言うときに片手を曲げ、ガッツポーズのような格好をする。

「ポンって何や？　ポンポン言うな！」

矢部が目をむいて反論するが、村人たちが近づいてくるので、三人は中に追い詰められていく。

「ご闖入ー！　シャット・ザ・ドアー！」

赤い仮面をつけた男によって、ついにドアが閉められてしまった。

「宝女子、ポン！　宝女子、ポン！」

「ストッピーング！」

しばらくの間、村人たちが囃《はや》したてていたのを、有馬が止めた。

もう三人が死んだと思ったのだろう。有馬は目で若い衆に合図を送り、扉を開けさせる。

「き、消えた……」

中には誰もいなかった。有馬たちは目を疑い、騒然となる。

「そんなバカな」

「どこ行ったんだ、あいつら？」

「ここだっちゃ！」

少し離れた小高い場所から村人たちを見下ろしていたのは、奈緒子たち三人と、いなくなったはずの捜索隊の面々だ。先頭では捜索隊の一員だった巡査がピストルを、そしてその後ろでは捜索隊たちがみな狩猟用の銃を構えている。

「おめえたち！」

有馬は目を見張った。

「ハッハッハ！」

矢部は腕組みをし、高笑いをした。

「や、矢部さん……またずれてますよ」

まるでベレー帽をかぶってるみたいになっている矢部に奈緒子がすかさず注意をする。

「キャッ」

矢部はしゃがみこんで、かつらを直している。

「どうしてー？」

偽前田が声を上げる。

「驚くのはまだ早いですよ。奇跡はね、本当に起こるんですよ」

奈緒子は両手をかざし、まるで仮面ライダーが変身でもするような大げさなポーズを決め、「ハーッ、フーッ、ハー！」と呪文《じゅもん》を唱えながら背後の木を振り返る。するとそこから、白いワンピースのような服をまとった少女……塚田ひとみが出てきた。奈緒子や矢部が村の中で何度か出くわしたあの少女だ。

「お母さん……」

「ひとみ？」

泰子は村人たちの間から前に歩み出る。

「お母さーん！」

ひとみは駆け出していって泰子に抱きついた。

「ひとみ？　本当にひとみなの？　もう絶対放さない……ごめんね」

泰子は両腕でしっかりとひとみを抱きとめる。

矢部は両手で顔を覆い、ついついもらい泣きをしている。

「ふざけるなや！　このままじゃおつるのたたりが」

偽前田がつかつかと歩み寄ってくる。

「待ちなさい！」

上田のひとことを機に、捜索隊たちが銃の安全装置を外す。村人たちは一歩後ずさった。

「死んだ母親のたたりなんて存在しないんだ。二十五年に一度捧《ささ》げられていたいけにえは誰ひとり死んじゃいない。みんなこっそりと逃げ出してたんですよ」

「何だとっちゃ？」

有馬が言い、村人たちは仮面越しにお互いの顔を見る。

「中には、秘密の抜け道があるんです。閉じ込められて暗くなると、そこから光が射すんです」

と奈緒子が説明する。

「ひでりや大雨なんて、昔はしょっちゅうあったことでしょう？ たまたま儀式を行わなかった年に何か起きれば、それが母親の怒りのせいだと思えてくる。伝説の正体なんて所《しょ》詮《せん》みんなそんなもんだ。いけにえなんて最初から無意味だったんです」

上田は有馬たちにつかつかと歩み寄った。奈緒子と矢部も続いて歩き出す。有馬は首を横に振りながらがっくりと膝《ひざ》をつき、泰子はひとみをきつくきつく抱きしめる。そしてそれを見た矢部がもらい泣きをする。

カンカンカンカンカン。

半鐘の音が鳴り響いた。

「おい、あれ半鐘の音だべ」

みんなが移動してみると、火のみやぐらの上に三井が立っていた。

「ミラクル……」

奈緒子が息を呑《の》む。

「作造《さくぞう》ー！」

有馬がミラクル三井の本名を呼ぶ。

「私がインチキだと？　バカな？　さあみなさーん、最後に飛びっきりのものを消して見せましょう！」

三井は大口を開けて笑いながら自分の前にマントをかざした。布がはらはらと落ちてきたときには、そこには三井の姿もなくなっていた。

奈緒子がやぐらの下に急いで駆け寄ると、草むらに三井が横たわっていた。

「ミラクル……」

額から血を流してはいるが、まだ意識のある三井を抱き起こす。

「満足か？　私を偽者と決めつけて、いい気持ちだろう？　愚かな女だ……」

三井はまた突然芝居がかった口調になる。

「私は、本物の霊能力者を知っている」

「誰？　どこにいるの？　その人は？」

「オールボワール……」

三井は静かに目を閉じた。

「ミラクル？　ミラクルー！」

宝女子村に、奈緒子の叫びが響きわたった。


「ご苦労様です。こんな難事件をたちどころに解決してしまわれるとは」

吊《つ》り橋を渡りきると、パトカーが数台駆けつけていた。伊藤公安課長が扇子をパタパタさせながら上田に礼を言う。

「たやすいことです」

余裕の笑みで応《こた》える上田を、奈緒子は「へ？」という顔でまじまじと見つめた。

「これで課長も出世間違いなしというところですね」

ガードレールの向こうの茂みで立ち小便をしていた矢部が慌てて出てくる。

「何でまだ君がいるんだね？」

「何でって……あ、痛てっ！」

矢部は一物をファスナーではさんでしまったようだ。そばにいた奈緒子は思わず顔を背けた。


長野の実家では、里見がしたり顔で半紙をやぶいていた。門がまえに「石」と書かれた半紙は小さく小さくちぎり、丸めると、そのままぽいっと畳の上に投げ捨てた。里見はすっかりご機嫌で「ビューティフルサンデー」などを歌いながら軽快な足どりでその部屋を出て行った。

上田のパブリカが東尾久のアパートの前に停まると、奈緒子の追っかけの照喜名は慌てて陰に隠れた。

「今度こそお別れだな。君とも、インチキ超能力者とも」

上田は静かにブレーキを踏むと奈緒子に別れの言葉を言う。

「上田さん、今のままじゃまずいんじゃないですか？　一生彼女できないですよ、一生」

「余計なお世話だよ」

「いっそのこと、病院に行って小さくしてもらった方が……、小さく」

「うるせーよ！」

上田は運転席から助手席の奈緒子を睨《にら》みつける。しかし、奈緒子は熟睡していた。

「……寝言か」

「小さい方がいい。助さん、格さん……」

「何だ、この女……」

すやすやと眠っている奈緒子の寝顔を、フロントガラスの前から照喜名が見守っていた。

パントマイムで人を殺す女

TRICK 3

1

丑《うし》の刻《こく》参り。

恨みに思う人間を呪《のろ》い殺すために、丑の刻、神社に出かけ、神木にわら人形を五寸釘《くぎ》で打ち付ける。古くから伝わる民間信仰である。

第二次世界大戦直後、秋田県で夫の浮気相手の名前を書き連ねた紙を五寸釘で神木に打ち付け、呪い殺そうと願をかけていた農家の主婦が逮捕された。

被害者側は殺人未遂での起訴を望んだが、裁判所は呪いと殺人の間に因果関係を立証することができず、やむなく脅迫罪を適用した。

それは同時に、人を呪い殺しても罪に問われないことを法が認めた瞬間でもあった。

夜の高台の道。真っ暗な闇《やみ》を一台の乗用車が走っていた。運転しているのはひとりの中年男。家へ帰る途中、いつも通る坂道の急カーブを曲がろうとしたとき、突如大型トラックが対向車線を大きく飛び出してきた。

驚いた乗用車の男は、咄嗟《とっさ》にハンドルを切り、ブレーキを踏む。しかし、いくら強く踏んでもブレーキはきかず、乗用車はそのままガードレールに激突した。

大破し、炎上する乗用車の割れた窓から、男は血まみれの腕を出し、助けを求める。だがその腕も次第に力を失い、がっくりと垂れ下がった。

対向車線を飛び出してきたトラックに乗っていたのは三人の若い男。男たちはトラックを降り、炎上する乗用車を見つめていた。

「暑いー！」

奈緒子は部屋でガリガリと氷を削っていた。冷房のない真夏の部屋は、ことのほか暑い。汗をダラダラ流しながらようやく氷を削り終えた奈緒子は、きゅうりの輪切りを皿の周りに飾り、氷を入れ、イチゴシロップをかける。そしてその中央にスプーンでくぼみを作り、卵の黄身を落とす。大好物の『氷いちご卵黄のせ』だ。奈緒子はにんまりと笑いながら、ザクザクとスプーンで卵黄をほぐす。卵黄といちごシロップがほどよく混ざったものを口に運ぼうとした瞬間、ピンポーンと呼び鈴が鳴った。

「はい？」

不機嫌に出て行くと、そこには刺青《いれずみ》をしたアジア系外国人の屈強な若者が立っていた。

「……な、何か？」

「速達でーす！」

「郵便屋さん？　ご苦労様です……」

祝儀袋のような形をした和紙の封筒に達筆な文字。切手こそドラえもんだが、裏を返すと差出人は『山田里見』と書かれている。「お母さん?」

「山田!」

玄関先で封筒を見ていると廊下から声をかけられた。大家のハルがウサギを抱いて、グラデーションメガネの奥から奈緒子を睨《にら》みつけている。

「すいません。明日には必ず払いますから」

「明日の来ない今日はない。だけど家賃の来ない明日は今日で五日目」

「ですから明日は必ず」

「払えないなら払えないで、それなりの誠意を見せてもらわないとね。ほら」

ハルが指した方を見ると、ジャーミーくんが障子を張り替えているところだった。

「なあ、ほれ、あんな風に、私の部屋の障子張り替えやってくれてんだよ」

「……カラフルですね」

ジャーミーくんはところどころ破れた障子紙を、色紙で張り替えている。まるでステンドグラスのようだ。

「包丁いーぽん、さらしに巻いてー、貧乳なの。私は貧乳ー」

ジャーミーくんは奈緒子をチラッと見ると上田から教わった貧乳の歌を歌いだした。

「やめろ……」

奈緒子は眉間《みけん》にしわを寄せて小声でささやく。

「昔はーペチャパイー」

ジャーミーくんが歌をやめないので、奈緒子は諦《あきら》めてハルに向き直った。

「私も、後で、お風呂《ふろ》掃除やらせていただきます」

「便所もな」

ハルは容赦なく言い放った。


日本科技大のキャンパスでは、学生たちがオクラホマミキサーを踊っていた。奈緒子は顔をしかめながらも、つい音楽に合わせてちょっとスキップしたりして、上田の研究室に向かう。

「いやいや、今日君に来てもらったのはほかでもない」

研究室で向かい合うと、上田は突然三枚の写真を見せた。どれもなかなかの美人のブロマイド風の写真だ。年は二十代後半ぐらいだろう。

「この中からひとり選べと言われたら、君なら誰を選ぶ？　女性として率直な意見を聞かせてもらいたい」

上田は五〇〇ミリリットルパックから直接牛乳をラッパ飲みしている。相変わらず、寝起きのような爆発したヘアスタイルに、半袖《はんそで》のチェックのシャツ。チノパンとベスト。しかし、ベストの色がちょっと違っている。バリエーションがあるらしい。

「なんで？」

「結婚相談所のコンピュータがたたき出してしまったんだよ。どの女性も甲乙つけがたく僕と相性がいいらしいんだけどな」

「……上田さん、何やってるんですか？」

「いいか。どんなに優秀な人間でも同じ環境が続くとエネルギーが徐々に低下してくる。これは由々《ゆゆ》しき問題だ。日本の、いや世界の物理学界にとって大きな損失だよ」

「もしかして自分のこと言ってるんですか？」

「ほかに誰がいるんだよ。僕は優秀な人間だ。しかもだ、ある文献によると、セックスは安心して服用できるビタミン剤のようなものらしい。ビタミンは脳の活性に不可欠だ」

上田は今度は一リットルサイズのパックを取り出し、開封するとごくごくと飲み始める。

「セ、セックス……？」

「自分で言うのも何だが、僕はおそらく巧《うま》いと思う。いや、巧いはずだ」

「セックスがですか？」

「この歳になるまでずーっとひとりでこまめに練習してきたんだからな」

「ずーっとひとり？」

奈緒子に鼻で笑われ、上田は「しまった」という顔をする。

「何だかんだ言って、結局はセックスがしたいだけじゃないですか？　あ、巨根が寂しいんだ！　えへへへへー」

「やめろ！　物理学の話をしてるんだ。巨根の話をしているわけじゃない」

上田は立ち上がって後ろを向いた。心なしか背中が傷ついている。

「先生、巨根なんですか？」

後ろを振り返るとそこには矢部と石原がニヤニヤしながら立っていた。矢部は相変わらずのペッタリ頭に派手な開襟シャツとグレーのスーツ。ネクタイこそしているが、だらしなくスーツを着こなした金髪でオールバックの石原と並ぶと、どう見てもチンピラだ。

「いつから聞いてたんですか？」

「ドーテーのくだりを少し」

「ああ、高村光太郎《たかむらこうたろう》？」

とりあえず『道程』にひっかけてトボけてみる。

「ひとりで練習を積み重ねてきたくだりです」

奈緒子は完全に上田をバカにしている。

「右の女はチーズをブロックごと齧《かじ》りそうやな」

矢部は机の上の三枚の写真を見てコメントしはじめた。

「左は味噌汁《みそしる》ン中に生卵を落《と》としそうなおなごじゃのう」

石原がそれに続き、髪を梳かしていた櫛《くし》で写真を指す。

「真ん中は納豆に明太子《めんたいこ》をまぜそうな感じやな。俺《おれ》なら迷わず真ん中や」

「あの……それはいったいどういう？」

「まあ道草はそれぐらいにして……実は先生にご相談したいことがありまして」

「またつまらない事件の謎《なぞ》解きじゃないでしょうね」

「つまらないかどうかはご覧になった上で……どうぞ」

矢部が声をかけると、研究室にひとりの美しい女性が入って来た。白いノースリーブのブラウスに黒いロングスカート。ロングヘアと大きな瞳《ひとみ》が印象的だ。

その女性は上田に向かって微笑《ほほえ》むと、軽く会釈をする。

「誰ですか？」

上田は席を離れ、矢部の方へと歩みよる。近くにあったゴミ箱につまずいて、その拍子に石原をなぎ倒してしまうほど、上田は動揺している。

「黒坂《くろさか》美幸《みゆき》さんとおっしゃるんですけどね。美人でしょ」

「たしかに」

「ああ、先生に気に入っていただけたら話は早い。上田先生、彼女と一晩すごしていただけませんか？」

「いいですよ！」

上田は即答した。「はや！」矢部が驚いたところで、思わず奈緒子が立ち上がる。

「……上田さん、どういうことですか？」

「ちょっと外で……」

矢部は上田を誘い「ここで待っててください」と美幸に声をかけた。

「As You Like」

美幸はにっこりと微笑む。

男たち三人は美幸に愛想《あいそ》笑いをしながら廊下に出て行こうとする。

「おまえ、何ついてきとん？　おまえ関係ないやろ？」

矢部はついてこようとする奈緒子を押しとどめ、髪の毛をくしゃくしゃにした。

「……わらびもち、好きですか？」

残された奈緒子は仕方なく美幸に話しかける。上田の研究室の冷蔵庫にはいつもわらびもちが入っているのだ。

「わらびも……？」

美幸は驚いたような顔で奈緒子を見つめていた。


「霊能力で人を殺す？」

「そうなんです。しかも三人」

廊下に出た矢部は、上田に美幸と出会った経緯を説明した。美幸は突然「私はこれから霊能力で三人の人間を殺します」と警察に現れたのだ。

「彼女が、ですか？」

「ええ、そこで彼女は我々警察に自分を監禁して、監視してほしいと言ってきたんです」

「監禁？」

「ええ、警察の監禁状態の中で殺人が行われれば、完璧《かんぺき》なアリバイになりますからね」

「っていうことは、縛ったり、口にピンポンくわえさせたり、ロウソクで……」

「先生、何をお考えで？」

上田は完全に自分の世界に入っていた。矢部は困ったような顔で、石原はニヤニヤと笑みを浮かべながら、それぞれ上田を見守っていた。


「お座りになられたらどうですか？」

「あー、いいえ」

「あっ……」

「ありがとう」

「どっちだよ」

奈緒子と美幸の間にはどうも気まずい空気が流れている。お互いにすることも話すこともなく黙って立っていると、美幸は机の上の書類の方にふっと手をかざし、動かした。すると、書類は吹き飛ばされてバサッと床に落ちる。

奈緒子は驚いて顔を上げたが、よく見ると窓が開けっ放しになっているだけだ。怪訝《けげん》な顔をして窓を閉めると、美幸は教科書を読み上げるようなはっきりとした口調で、「霊能力で三人の人間を殺します」と宣言し、挑発的に微笑みかけた。

「ロウソク、縛る……」

「落ち着いて、先生?」

「亀甲《きっこう》しばり、ヌンチャク……」

「カムダウーン、カムダウーン……」

「もう大丈夫です。つまりこういうことですね?」

我を失っていた上田は、矢部に諭されてやっと正気に戻った。

「A地点に監禁されている彼女が、距離を隔てたB地点にいる人間を霊能力で殺す」

「そうらしいんです」

「ありえない」

「ですよね。我々も市民の税金で食べてる身ですからね、そういったバカらしいことに関わってる暇はないんですよ」

「で、僕に監禁して縛れ、と。無料で……」

「先生、いつもどんな店行ってはるんですか?」

「物理学にバカらしさは必要です。アルバート・アインシュタインの相対性理論も、アイザック・ニュートンの古典力学を否定したところから生まれた。しかし、誰もが最初はアインシュタインをバカにし……」

「お願いできますか?」

矢部は上田を遮って尋ねた。

「しかしですね」

「一晩は長いですよ、先生。今までひとりで練習してきた成果が花開くかもしれませんよ」

上田は矢部の顔を凝視する。

「花開くかもしれませんよ。もう一回言いましょか？　花……」

上田はごくりとつばを呑《の》み込んだ。


「ま、大丈夫やと思いますが、何かあったらすぐにご連絡ください」

研究室のある棟から出て、矢部は上田と奈緒子に言った。石原が横で頷《うなず》いている。

「帰っちゃうんですか？」

「警察は事件にならないと動きません。では我々はこの辺でドロンさせていただきたいと思います。ドロン！」

矢部と石原は両手で忍者のポーズを作ると、そのまま後ろ歩きで去って行った。

「じゃ、私もこれで」

「ん？　君も帰るの？　そう？」

美幸とふたりっきりになれるので、上田はニヤけている。

「嬉《うれ》しそーじゃないですか。大家さんにアパートの掃除頼まれてるんですよ。家賃待ってくれるって言ってるし。それではオ・タ・ノ・シ・ミ・ください。じゃ……ドローン！」

奈緒子は楽しそうにドロンのポーズを作ったかと思うと、すぐに真顔に戻り、外の暑さに顔をしかめながら歩き出した。

「待って、やっぱり行かないでくれ！」

上田が突然奈緒子の腕をつかむ。

「大丈夫ですよ。何も起こりゃしませんから」

「へっ」

「そういうことじゃないんだよ。一晩は、男と女が過ちを犯すには十分な時間だ」

「過ちは嫌いだ。そこには愛がない」

「愛？」

「家賃は俺が払う。二カ月、いや三カ月でどうだ？」

奈緒子は上田の顔の前で片手を広げる。五カ月分ということだ。

「……明日、振り込むよ」

「今、キャーッシュ！」


「どこに行くんですか？」

奈緒子は上田の後を歩きながら尋ねた。上田は奈緒子と美幸を連れて、研究室のある棟から渡り廊下を通って別の棟へと移動していた。

「僕がプライベートで使っている研究室だよ。秘密のね」

「上田さん、そんなの持ってたんですか」

「ここが僕の秘密の研究室だ」と上田が連れてきた部屋の外には『上田次郎のヒミツ研究

室KEEP OUT!』と書かれた紙が貼《は》ってある。『ヒミツ』はわざわざ赤いマジックで書かれていて、英文字の横にはキューピッドの矢の絵が描いてあった。

中に入ってみると、槍《やり》や扇や古地図、宝女子村の看板などが所狭しと置かれていた。

「いったい、何の研究してるんですか？」

「ビューティフォー！」

顔をしかめる奈緒子の横で、美幸は満足げに微笑《ほほえ》んだ。

三人は研究室の奥の部屋にいた。白い壁に囲まれ、天井には蛍光灯。折りたたみ式の小さな机とパイプ椅子《いす》、それから窓辺にたてかけられた『われら』『打倒』などと赤いペンキで書かれた学生運動の名残のタテ看板。まるで取調室のように殺風景な部屋で、壁にかけられた時計がやけに目立っている。

奈緒子と美幸は向かい合って座っていた。奈緒子は眉間《みけん》にしわを寄せたいつものしかめっ面をして、美幸は悠然と煙草をくゆらせている。

上田はといえば、壁に向かって逆立ちなどをしていたが、突然ふたりのもとへきて、机をバンと叩《たた》いた。

「はっきり申し上げて僕は超能力や霊能力と言われるものの存在に否定的な立場をとっています。すなわちどんな不思議な超常現象もすべて科学で証明できるんです」

「愚かだわ」

美幸はあっさりと言った。ガラスの灰皿の底に日本科学技術大学と印刷されているが、わざとその『科学』という文字のところに煙草をぎゅっと押し付ける。

「霊能力は確実に存在します。だけど多くの人たちはそれに気づきもせず、理解もせず、認識もしない。何も知らないということはしあわせなことかしら、愚かなことかしら?」

美幸はふたりの顔を交互に見ながら挑発的な目で問いかける。奈緒子はムッとして、目の前のコップの牛乳を、喉《のど》を鳴らしながら飲み干した。

「そこまでおっしゃるのなら、僕の前であなたの霊能力とやらを見せていただけませんか?」

上田は椅子に腰かけ、落ち着き払って言った。

「それは私に最初にあなたを殺せ、とおっしゃってるんですか?」

「えっ、いや。そういうことじゃなく、ちょっと見たいっていうか、無料体験コースみたいのが、あるでしょう」

「上田っ!」と突然弱気になった上田に奈緒子がツッコミをいれる。

「I　See。わかりました。無料体験コースですね」

「あるんですか?」

奈緒子はぎょっとする。

「ちょっと手を貸していただけますか?」

「……こうですか?」

上田は甲を上にして右手を差し出す。美幸はその手に自分の手を重ねてそっと握り、自分の方に近づけて、「握ってみてください」と微笑んだ。上田は突然のスキンシップにドキドキしながら手を握った。美幸は握りこぶしの上に、灰皿の灰をパラパラとかける。

「私は頭の中でイメージしたことを、現実に起こすことができます。霊能力で」

美幸は自分の右手を上田の握りこぶしの上にかざし、念を唱えるような仕種《しぐさ》をしてから灰をはらう。

「あなたのてのひらに灰が移動する。私は今そうイメージしました。開いてみてください」

「おおっ！」

開いたてのひらに灰がついていたので、上田は声を上げる。美幸は得意げに笑みを浮かべた。

「霊能力は確実に存在する。これで私の力がおわかりになったと思います」

「……なんで？　どうして？」

上田は自分のてのひらと甲をかわるがわる見ている。

「いいかげんにしてください」

奈緒子が呆《あき》れた声を出し、美幸の笑顔が止まる。

「しっかりしてくださいよ、上田さん。こんな子どもだましに気づかないの？」

「子どもだまし？」

「そんなの最初から指に灰をつけてただけじゃないですか?」

奈緒子は自分の指に灰をつける。

「さっきと同じように手を出してください……握ってください。開いてください」

上田のてのひらにはやっぱり灰がついている。

「こうやって、あらかじめてのひらに灰をつけておいて、さも移動したかのように見せる」

奈緒子に睨《にら》みつけられ、美幸は肩をすくめた。

「ふん、分析したとおりだよ」

上田は苦笑いをしながら負け惜しみを言っている。

「こんなことをして、あなた何をしようとしてるんですか? いったい何が目的なんですか?」

「言ったはずですよ。私はこれから霊能力で三人の人間を殺すと」

「そんなこと、できるはずありません!」

美幸はいきなりスクッと立ち上がった。その勢いで椅子がバターンと倒れる。

「な……何ですか?」

「ケ……ケンカはよしましょう。女のケンカは醜いから……」

奈緒子も上田も慌てている。

美幸は黙って部屋の隅に移動した。そしてちょうど掛け時計の下あたりで立ち止まると、

「梅木隆一《うめきりゆういち》」とつぶやいた。

「誰ですか？　それ？」

　上田が尋ねた。

「死に値すべき憎むべき男。これからその男を……絞め殺します」

　美幸はそう宣言し、両手を上げるとスーッと両側に開く。ベルトを持っているような仕種だ。

「あなたたちに見えるかしら。このベルトが」

　美幸は不気味な口調でふたりに尋ねた。

「ベルト？　見えるか？」

「ううん」上田の問いかけに奈緒子は首を振る。

　美幸は、今度はそれを人の首に二回巻きつけるような仕種をし、「うっ、うーっ」と歯を食いしばり力を込めた。頰《ほお》が次第に紅潮していき、目は血走り、鬼気迫る形相でぐいぐいとベルトをしめ上げている。

「だ……大丈夫ですかね？」

　滑稽《こっけい》にも思えるそのパフォーマンスを見ながら、奈緒子は思わず上田に尋ねる。上田は圧倒されて声も出ない。

「うっ……」ついに美幸はガクッと膝《ひざ》を落とした。

「今、梅木隆一を殺しました……嘘《うそ》だと思うなら、この先にある崖《がけ》の下を捜してみてください」

「崖の……下？」

「真実が見つかるはずです」

美幸は大きな瞳《ひとみ》で上田を見上げた。美幸の真上にある時計の針は午後十時ちょうどを指していた。


「YOU、免許は？」

「一応持ってますよ。ペーパードライバーですけど」

ふたりは大学の地下の駐車場に来ていた。上田は愛車パブリカのドアを開けようとする。

「……私が運転するんですか？」

「マズいだろう。彼女をひとりにしておいちゃ」

「ジャンケンしましょうよ、ジャンケン」

「うわーっ、ガキくせー！」

上田は思わずぺっとつばを吐いた。

「どっちがよ？」

「わかったよ」

「行きますよ、ジャンケン……」

「何回勝負だ？」

「一回でいいんじゃないですか？」

「それは不利だ。確率論的に言っても不利だ」

「ジャンケン弱いんだー。ジャンケン」

「待て。僕はグーを出す。信じるか信じねーかは君の自由だ」

「じゃあ、私はパーで……ジャンケン……ポン！」

ふたりとも言ったとおりに出している。奈緒子の勝ちだ。

「素直だ、こいつ……」奈緒子は呆れながら、ひとり部屋に戻った。

「捜しにいきましたよ」

研究室の奥の部屋に戻って奈緒子が美幸に知らせると、美幸は「そう」と素っ気なく答えた。

「真実が見つかるか、嘘が見つかるか、楽しみですね」

「そうね」

美幸は奈緒子の顔をまっすぐに見て、フッと不気味な笑みを浮かべた。

「……何で大学院まで出た俺がこんなことしなきゃいけないんだよ！」

上田はぶつぶつ言いながら、懐中電灯を手に崖の下の茂みの中を捜索していた。大学のすぐ裏手に山を切り崩した住宅街があり、崖と呼ばれる場所がいくつかある。とりあえず、最初の崖の上の道に車を停め、下りてきたのだ。

「何もねえや」

と、引き返そうとしたとき、近くから怪しげなうめき声が聞こえてきた。はっとして懐中電灯で照らしてみる。するとそこではカップルがエッチの最中だった。

「お坊さん、あーん、お坊さん……」

「シスター……」

「……これが真実か」

思わず目を疑って、凝視していると、懐中電灯で照らされていることに気づいた僧侶《そうりょ》が
「喝！」と言いながら上田を睨みつけた。

「すみません……！」

上田はくるりと向きを変え、崖の上の道に上がっていく。

「まいったな……もうすこし捜してみるか」

次の崖まで車で走る。ここは道路が急カーブになっている場所だ。そして同じように崖下に下りていこうとし、まずは道路の上から下の草むらを懐中電灯で照らした。

「……ほーらやっぱり、何もないじゃないか、あのほら吹き女！　帰ったらひどい目に遭わせてやるからな！　ベルトがどうとかって言ってたな。そうか、そういう趣味か……」

上田が帰ろうとしたそのとき、懐中電灯の光が、ひとりの男を照らし出した。中年男が仰向《あおむ》けに倒れているのを、円い光がとらえている。

次の瞬間、上田は気絶していた。

数分後、奈緒子は石原に連れられ、ロープが張り巡らされた現場に足を踏み入れた。崖の上の道路にはパトカーが数台停まり、ものものしい雰囲気だ。

「姉ちゃん……足元気ィつけや」

石原と奈緒子は『立ち入り禁止』『KEEP　OUT』と描かれた黄色いロープをくぐった。と、石原が所轄の警官とぶつかってコケた。

「気ィつけえ、言うとるやろ！」

照れ隠しに石原が奈緒子にすごんでみせた。

「矢部さんは？」

「いや、兄ィはこういう強ーい風が吹きそうなところが苦手なんじゃの」

「あの人どう見てもかつ……」ら、と言う前に石原は慌てて奈緒子の口を押さえる。

「シャラップ！　シャラーップ！」

「上田さん！」

草むらの近くで呆然《ぼうぜん》と立ち尽くす上田を見つけた奈緒子は、石原を突き飛ばして駆け出した。

「だいじょうぶですか？　上田さん、また気絶したって」

「真実はあった……」

「えっ？」

　奈緒子は草むらに倒れている男を見つめた。鑑識陣によってシャッターが切られ、フラッシュがたかれる度に男の首に残る絞殺の跡を浮かび上がらせる。うめくような表情で絶命している男は、手に女性のものと思われる長い髪の束を握っている。

「死因は絞殺による窒息死。遺体の状況から、殺害場所は崖の上。犯行直後に突き落としたんだろうということだ」

「名前は？　名前はわかったんですか？」

「所持品に免許証があった。梅木隆一」

「梅木、隆一……」

「知っちょる人かいのう？」

　いつのまにか背後にいた石原が、奈緒子に尋ねる。

「彼女が殺したって言ってる男の人と同じ名前なんです」

「しかもな、死亡推定時刻は一時間前。午後十時前後らしい」

「十時……？」

「ちょうど俺たちの前で首を絞める真似をしていた時間だよ」

「じゃあ、何じゃ、あのおなごは本当に霊能力を使って、あの男を殺したんかいのう？」

「まさか……」

　そうは言ったものの、奈緒子の自信はすこし揺らいでいた。

「あんた、本当に殺したん?」

そのころ、矢部は上田の研究室の奥の部屋で美幸を監視していた。矢部はコップの牛乳をぐびぐびっとイッキして、パイプ椅子《いす》に体育座りをしている美幸を問いただす。

「蝶々《ちょうちょう》がついていました」

美幸はまたベルトを両手に持つ仕種《しぐさ》をする。

「蝶々? ミヤコ?」矢部がとんちんかんなことを言う。

「きれいな蝶々です」

「何言っとんじゃ、おまえは!」


「凶器が見つかりました、これです」

鑑識員がビニール袋に入った黒いベルトを持ってきた。

「上田さん……」

奈緒子は驚いて上田の顔を見上げる。

「七宝焼きの蝶々か……高そうだな」

色とりどりの蝶々のバックルを見て、上田はつぶやいた。

「蝶々……ミヤコか?」

場所は違っても、石原と矢部は同じボケをする。

「違いますよ。そうじゃなくて、ベルト……ベルト！」

「あんなら、ベルトを使《つこ》うてあの男を殺したっちゅうんかいの？」

「ええ」

「指紋じゃ、はよ、指紋調べとけ、はよせえよ！」

石原はもういちど鑑識員にベルトを渡す。

「しかし彼女はどうやって男の首を絞めたんだ？」

「ですよね」

「あ！　わかってしもうた。あのベルトは凶器のほんの一部じゃけえの」

「どういうことですか？」

「あの美幸っちゅうおなごは、先生の部屋からものすごーい長いベルトを使うて、あの男を絞め殺したんじゃ。そう、長さにして約五千メートル。そのベルトの残りが、ここのどこかに落っこってるはずじゃ。それで決まりじゃー！　ドットコム」

奈緒子と上田は叫ぶ石原を残してその場を立ち去った。白い月が怪しげに辺りを照らし出していた。

「何？　一致した？　ベルトの指紋も、ガイシャが握っていた毛髪も、黒坂美幸のものと一致したっちゅうんねんな？」

研究室で矢部はピーポくんのストラップが揺れてる携帯電話を受けていた。

「いったいどうなってるんだ？」

額に湿布を貼《は》った上田が言う。わらびもちを食べていた奈緒子は口の周りをきなこだらけにしながら、ハッと顔を上げた。

「黒坂美幸、梅木隆一殺害容疑で逮捕する」

矢部は奥の部屋に入っていき、相変わらず体育座りでじっとしている美幸に言った。

「逮捕？　逮捕とおっしゃいました？」

美幸は落ち着き払っている。

「ええから、来るんじゃって！」

「待ってください！　私が殺したというたしかな証拠でもあるんですか？」

美幸は石原の手をふりほどく。

「凶器のベルトからあんたの指紋が検出された。しかもガイシャが握ってた髪の毛もあんたのものと一致した」

「髪の毛？」

「これや、この髪の毛や。かゆいとこございませんかー？」

矢部は美幸の頭をわしづかみすると、髪をくしゃくしゃにした。

「ありません！」

美幸は矢部の手をふり払って、睨《にら》みつける。

「私はずっとこの部屋にいました。それはあのふたりが証明してくれるはずです」

ドア口に立っている奈緒子と上田のことだ。美幸はたたみかけるように続けた。

「その私にどうやって人を殺せるというんですか？　いつ殺せたというんですか？　死亡推定時刻は？」

「だから、それは霊能力を使うてやな……」

美幸の不遜《ふそん》な態度に矢部はムッとして大きな声を出す。

「霊能力？　あなた方は霊能力の存在を否定していたんじゃありません？」

「そやからやなあ……」

「それとも、私が霊能力を使って殺したというたしかな証明でもできるのかしら？」

「ほんまにちゃんと監視してはったんでしょうねえ、先生？」

美幸にすっかり言い負かされた矢部は顔を引きつらせて上田を見る。

「もちろんですよ」

「おまえ、舌出してみい」

矢部は奈緒子ににじり寄った。

「ベロや、ベロ……裏返せ！」

奈緒子は舌を出し、顔を反らせて裏側を見せた。

「くそっ、一枚か……」

「何枚だと思ってたんですか？」

「のう、あんた、長ーいベルト、持っとるじゃろ？」

石原が美幸に迫る。奈緒子たちは一斉にそちらを見る。

「いいえ」

「正直言わんかい、おまえ。隠しとるじゃろ？　持っとるじゃろ？」

「……石原くん、ちょっと」

「はい！」

矢部が石原を手招きし、回しげりを決めると、部屋の隅に転がっていき、泡を吹いた。

「はっきりしていることがひとつだけあります」

美幸は石原を一瞥《いちべつ》して立ち上がった。

「この先、私が霊能力で何人の人間を殺そうとも、科学が霊能力の存在を実証的に解明し、法律がその存在を認めない限り、誰にも私は裁けない」

「そういえば人を呪《のろ》い殺したとしても、法では裁けないと聞いたことがある」

上田が呟《つぶや》いた。

「そんなアホな……」

「あっ！」

奈緒子が何かひらめいた。

「なんだ？」

「ちょっとつきあってもらえませんか？　おいで！」

「おい、どこ行くねん？　えっ？」

奈緒子は上田の手をひいて部屋から出て行き、地下駐車場から車に乗り込んだ。

「どういうことだ？」

夜の街を運転しながら、上田が尋ねる。

「気になることがあるんです。私たち、ちょっとだけ彼女から目を離したじゃないですか？」

上田は先ほど地下駐車場で奈緒子とジャンケンをしていたときのことを思い出す。

「まさかその間に殺したっていうんじゃないだろうな？」

「でも空白の時間はそこしかないじゃないですか？」

「あの部屋からあの駐車場までどんなにゆっくり歩いても、二分で行けるんだ。すると往復で？」

「四分」

「その四分の間に、彼女は五キロ先の崖《がけ》まで行き、男を絞め殺し、帰ってきた」

「ええ」

「ありえないね、不可能だ」

「でも、たとえ物理的に不可能でも、トリックを使えば……」

奈緒子は黙り込み、考えをまとめることに集中した。

「この辺りだ。彼女が梅木さんを殺して、突き落としたのは」

上田は犯行現場と思われる崖の上の道に車を停めた。もう現場検証も終わり、辺りには静寂が戻っている。遠くでは街の夜景がきらめいている。

「ここまでくでもう五分経っちゃってます」

「……あ、まさかテレポーテーション」

上田は白いガードレールの下を見ながら言う。

「本田美奈子《ほんだみなこ》ですか？」

「それは『テンプテーション』」

「瞬間移動か……」

「知ってんじゃないか！」

「瞬間移動ってこんな感じですか？」

奈緒子はポケットから消しゴムの外側をくるんでいる紙のケースを出し、右手の人差し指にかぶせた。そして左手で隠し、すぐにパッとどけると、ケースはなくなり、また左手で隠してどけると、元に戻っている。目を丸くしている上田の前で、今度は右手の人差し指にかぶせたまま口にくわえるふりをする。そして、顔を傾け、頭をコンコンと叩《たた》いて耳から出してみる。

「……ありえません」

一連の手品を終えると、奈緒子はあっさり言い放った。

「なんか手がかり残ってないかな……あ！」

手もちぶさたに、自分の手提げかごの中をガサガサと探っていると、道路にポトッと封筒が落ちた。里見から来た郵便だ。

「忘れてた……」

奈緒子は中から果たし状のように蛇腹にたたまれた長い紙を出し、筆で書かれた流れるような文字を読む。「え、明日？」と奈緒子は上田の携帯を借りて、里見に電話をかけた。

「そうなの、明日東京で書道の展覧会があってね。お母さんの書も展示されるのよ」

「でも、そんなこと急に言われても……」

奈緒子は蚊に刺されて頬《ほお》をピシッと叩く。

「都合悪いの？」

里見も同じところを刺され、頬を叩いた。

「う、ううん……そうじゃないけど」

「だったら久しぶりに奈緒子にも会いたいし……それにね、お母さんオートロックのマンションって見たことないの。村の人に聞くとね、それはたいそう立派なマンションに違いねえべって言うの。いいでしょう？　一晩ぐらい」

「そう……そうね」

背後で試行錯誤を繰り返していた上田は、ついに消しゴムのカバーの瞬間移動の手品に成功してにんまりとする。

「もしどうしても本当に都合が悪いようだったら気にしなくていいのよ。泊まるところぐらいお母さんひとりで見つけられるから」

「ううん。ごめん、大丈夫。じゃあ迎えに行くから、東京駅の銀の鈴。迷子にならないでよね、お母さん、方向音痴だから」

「そうね。気をつけるわ。うん。じゃあおやすみ」

里見が電話を切って立ち上がった途端、部屋の天井の電球がチカチカとしはじめた。里見は驚いて上を見る。すると電球はいきなりストロボを焚《た》いたように発光し、バリンと割れた。

「うっどぅすう……」

里見は呆気《あっけ》にとられながら『恐ろしい』とつぶやいた。


「明日か……困ったな」

電話を切った奈緒子がため息をついてぼんやりしていると、突然目の前がライトで明るく照らされる。それは猛スピードで前方から走ってきたトラックのヘッドライトだ。

「危ない！」

上田が咄嗟《とっさ》に奈緒子に飛びかかり、ふたりは路肩に転がった。

「だ、大丈夫か？」

上田は奈緒子の上に覆い被《かぶ》さった体を起こしながら尋ねた。奈緒子はそれには答えず、上田を突き飛ばして立ち上がると、走り去るトラックに向かって罵声《ばせい》を浴びせた。

「気をつけろ、このやろー！」

トラックは、奈緒子の叫び声など聞こえるはずもなく急ハンドルでカーブを曲がる。そして曲がる瞬間に、トラックの荷台から空き缶がひとつ転がり落ち、崖の下へと消えていった。

「ん？　上田さん、こんな時間にもトラックが通るんですか？」

路肩に座り込んでいる上田に尋ねる。

「この上に大きなゴミの集積場ができたんだよ。昼夜問わずひっきりなしだ。うちの大学も苦情を言ってるんだが」

「ひっきりなしか……」

「あ！」

上田は道路を這《は》っていく。

「俺《おれ》の携帯が……おばあちゃまの根付《ねつけ》が……」

トラックに轢《ひ》かれ、携帯はこなごなになっている。

「解けた！」

「これは熔《と》けたとは言わない……砕けたんだ」

上田は道路に這いつくばったまま壊れた携帯と根付を惜しんでいる。

「解けたんですよ。彼女のトリックが！」

「え？」泣きそうになっていた上田は、道路に正座したまま奈緒子の顔を見上げた。

「あれ、矢部さんたちは？」

研究室から奥の部屋へと通じる入り口には、制服警官がひとり、番をしていた。戻ってきた奈緒子はその警官に矢部たちの行方を尋ねる。

「お帰りになりました」

「帰った？」

「謎《なぞ》が解けたらお電話くださいとのことです」

「どういうつもりだ？　人にはちゃんと監視してろと言っておきながら……叩き起こしてやる！」

上田はデスクの電話を取り、矢部の携帯に電話をかける。

「『正しいことが大好きな矢部謙三は只今《ただいま》電話に出ることができません。なんだこのやろー！　警察に協力するのは市民の義務です。メッセージをどうぞ。1、2、3、ダー！』」

矢部の声で留守電のメッセージが流れる。

「ずれろ、ずれろ、ずれろ、外れろ……」

上田は電話を切った。

「陰険ですね」

「これでうなされるだろう。帰るぞ！」

「いいんですか？」

「当然だろう。警察が寝ているのに市民が起きてる。こんな理不尽な道理はない」

「疑問を疑問のままにしておくなんて、学者らしくないと思いますけど？」

上田は振り返った。

「始めましょうか？」

「……仕方がない。学者としてつきあおう、学者としてな。物理学の学者として……」

「ブツブツ言わない！」

奈緒子たちは奥の部屋へと入っていった。


「美幸さん……マジシャンだった私の父が、よくこんなことを言ってました。この世に霊能力なんて存在しない。どんな不思議な現象も、そこには必ずタネがある。トリックがあるんだ、って。だから父は生きてた頃、何人もの霊能力者のインチキを暴きました」

奈緒子は美幸の前に座り、じっと目を見ながら切り出した。

「それで今度はあなたが私の霊能力をトリックだと暴いてくれるの？　楽しみだわ。どんなトリックなのかしら？」

美幸は頬杖《ほおづえ》をつき、大きな目でじっと奈緒子を見つめる。

「……あのとき、あなたは私の前に立って、突然首を絞めるパフォーマンスを始めました。ちょうどこのあたりです」

奈緒子は立ち上がり、歩きながら掛け時計の下に移動した。現在の時刻は午前四時四十八分。夏の朝はもう明るくなっている時間だが、窓のないこの部屋は蛍光灯の無機質な灯りで照らされている。三人はそれぞれにあのときの美幸を思い出す。ベルトを持つような仕種《しぐさ》をし、二度ほど巻きつけ、ぐいぐい絞め上げる……。そして『今、梅木隆一を殺しました』と言う……。

「だけど、そのときまだ梅木さんは生きていたんです」

「生きてた？」

美幸はバカにしたように微笑《ほほえ》む。

「この場所に立ったのは私たちに時間を確認させるため」

奈緒子は美幸の方を見たまま、後ろの壁にある時計を指さす。

「あなたはわざと私たちの視線を時計に向けさせた。ミスディレクション。マジシャンがよく使う手です」

「じゃあ、いつ殺したって言うの？」

「私と上田さんがこの部屋を出た直後……あなたはこっそり部屋を脱け出し、この階の外通路に向かった。そこならここから一分もかからずに行けます。そしてあなたはその場にあらかじめ呼び出しておいた梅木さんを殺しました。それから、あなたは梅木さんの死体を下に停まっていたトラックの荷台に落とし、すぐにこの部屋に戻った。私が帰ってくる前に」

奈緒子は美幸の前に移動してきて、机に両手をついて解説を続けた。

「この辺りは、ゴミの集積場に行くトラックが頻繁に通っていることをあなたは知っていたんじゃありませんか？」

「いや、だけどどうしてトラックがそんなところに停まってたんだ？」

奈緒子の推理をじっと聞いていた上田が口を挟む。

「あの場所には飲料水の自販機がありますよね。ドライバーの人たちは飲みものを買うために、あの場所にトラックを停めるんです。そして、トラックは梅木さんの死体を載せて走り出した。ちょうどこんなふうに」

奈緒子はおもちゃの赤いトラックの荷台の上にフィギュア人形を載せる。

「あなたはそこまで計算に入れてたんです。走り出したトラックは、上田さんのいた崖《がけ》の上を通り、もうひとつ先の崖に向かった。殺害現場とされた、カーブのある崖です。そこで、トラックがカーブを曲がると……」

奈緒子はおもちゃのトラックを急激に曲げてみる。すると、上に載せていた人形が荷台から落ちた。

「……慣性の法則と遠心力」

上田がつぶやく。

「あなたがわざと『この先の崖』と曖昧《あいまい》な表現をしたのは、最初に手前の崖を探させるためですよね。初めからカーブのある崖と指定したら、このトリックは成立しない。これがすべてのカラクリです。違いますか？」

「見事なものね……驚いたわ」

美幸は頬杖をついたまま感心したように言った。

「そうか……やっぱりなあ」

上田はいつものようにわかっていたような口を利く。

「なーんちゃってね。あはははは」

美幸は顎《あご》を反らせて大笑いを始めた。奈緒子はムッとした。

「何がおかしいんですか？」

「よくそこまで乱暴なこじつけをでっちあげられるものだわ」

「こじつけ？」

「私がこのフロアーの外通路に、どうやって梅木を呼び出せたというの？　私をこの秘密の研究室に連れてきたのはあなたたちよ。ここに来てから私は外部との連絡はいっさい取ってない。そうでしょ？」

奈緒子は黙り込んだ。美幸は余裕たっぷりで続けた。

「いいわ。百歩譲って私が梅木を呼び出したとしましょう。でもそのとき、下にトラックが停まっているという可能性はどれだけあるのかしら？　もしトラックが停まっていなかったら？　それに死体が落ちた音に気がつかないの？　私はたしかに崖の下を捜してくださいと言いました。そしたらあなたたちはたまたまふたりでこの部屋を出て行った。ひとりがここに残る可能性だってあったはずよ」

美幸に論破され、上田はがっくりと肩を落として頷《うなず》いている。

「まだあるわ。トラックが死体を落とさずにカーブまで行く可能性は？　もし途中で死体が落ちたとしたら？　逆にカーブを曲がっても死体が落ちない可能性だって……どれかひとつ欠けても、あなたの推理は成り立たない。あなたの推理は、すべて偶然を自分の都合のいいように積み重ねただけじゃないの。違う？」

「そのとおりです」

上田が即座に答えたので、奈緒子はムッとして睨《にら》みつけた。

「あなたたちはどうしてそこまで頑《かたく》なに霊能力の存在を否定しようとするのかしら？」

「だからそれは……」

「世の中には説明がつかないことがいっぱいあるんです。もっと素直に現実を受け入れてご覧なさい。不思議なことを不思議なまま受け入れる。その方がずーっと豊かなことじゃないかしら？」

「ふざけないでください！」

押されっぱなしだった奈緒子が大声を上げた。

「霊能力だと偽って人を殺す。それがあなたの言う豊かなことなんですか？　霊能力なんて絶対に存在しない！」

「……仕方ないわね。これほど言ってもわからないのなら、本物の霊能力がどんなものか見せてあげましょう」

美幸は思わせぶりに右手を開いて差し出した。何かがその手の上にのっているらしい。

そしてその見えない何かを摑《つか》み、テーブルの上に置く仕種をする。

「ここに一本のナイフがあります」

「YOU……」

上田は不安そうに奈緒子に囁《ささや》く。

「見えるわけないじゃないですか……っていうよりあるわけがない」

奈緒子はきっぱりと言い切った。

「刃渡りは、そうね……二十センチぐらいかしら」

美幸は両手でナイフの柄を摑んで立ち上がる。その途端にジーッ、ジーッと電熱線が焼けるような音が聞こえてきて、奈緒子たちは辺りを見回した。美幸はそれにはかまわず、ゆっくりと上田の顔を見つめる。

「な……何ですか？　ま、まさか僕を？」

美幸は上田の方に向かって歩き出す。上田は仰天して立ち上がり、隣に座っていた奈緒子の後ろに隠れた。奈緒子は片手を横に広げ、上田を守るような格好になる。

美幸は突然向きを変えた。そしていきなり宙を突き刺す。まるでナイフの先が人間の肉にめりこんでいるかのように、美幸はしばらく動かない。数秒後にようやくナイフを引き抜いたと同時に、宙から血が噴き出し、返り血を浴びたように美幸の腕や服、そして後ろの壁もが真っ赤に染まる。さすがの奈緒子も目を丸くして息を呑《の》んだ。真っ白なブラウスの前面は血に染まってしまい、赤いブラウスのようになってしまった。

「うっ、うっ、うっ、うっ！」

美幸は狂ったようにさらに何度もナイフで宙を刺し続ける。本当に人をさしているのだったら、メッタ刺しの状態だ。二人が美幸の迫力に圧倒されて見続けた。

十数回刺しただろうか、美幸はようやく手を止めた。またジジーッと音がして、蛍光灯が二、三回チカチカ点灯する。

「たった今、ひとりの男を刺し殺したわ」

「殺した？」

「時間は……」

美幸は、今度は正面に位置する時計を見る。

「五時ね。憶《おぼ》えておいて。殺した男の名前は竹下《たけした》……文雄《ふみお》」

「……冗談、ですよね？」

上田が恐怖に震えながらようやく口を開いた。

夜明けの川辺の公園を、浮浪者が歩いていた。街は早朝特有の薄青い色に染まっている。

そこへ、前方からひとりの男が胸元を押さえながらヨロヨロと歩いてきた。足元はもつれていて、今にも倒れそうだ。酔っ払いか……と浮浪者がすれ違いざまに顔を上げると、男の胸にはナイフが突き刺さっていて、全身血まみれだった。

男は力尽きたのか、目を開けたままバッタリと倒れて絶命した。

浮浪者は腰を抜かし、その場に座り込んだかと思うと「うわあああー」と悲鳴を上げて今来た道を駆け戻っていった。


「水の音……川のせせらぎが聞こえた……」

奈緒子と上田が必死で血まみれの壁を雑巾《ぞうきん》で拭《ふ》いていると、美幸がつぶやいた。ふたりはぎょっとして振り返る。白いバスタオルをかぶった美幸は、相変わらずパイプ椅子《いす》の上に膝《ひざ》を抱えて座っている。

「もうすぐあなたたちにも真実がわかるわ」

美幸は一点を見つめながら、意味ありげに呟いた。


「おう、兄ィごくろうさまじゃ」

石原が霊安室で待機していると、矢部がやって来た。

「どんなんかなー？」

遺体にかけられた白い布を、矢部は極力明るくめくり上げた。

「ウッ……キレイなもん出せ、キレイなもん」

矢部はこみ上げてくる吐き気をこらえるために口元を押さえながら言う。石原は急いで肩掛け鞄《かばん》をまさぐり、赤い水中花を出した。

「松坂慶子《まつざかけいこ》やないけー」

矢部は満足げにそれを受け取って見つめた。

「ほいでの、所持品からガイシャの身元がわかったんじゃ。竹下文雄、四十一歳。保険会社の営業マンじゃけの。死因はナイフで刺されたことによる失血死じゃ」

石原はビニール袋に入ったナイフを矢部に渡した。そのとき、霊安室に♬包丁いーっぽん……♪の着メロが鳴った。ふたりは同時に慌てて携帯を取り出す。

「ややこしいねん。『カスバの女』に替えろ……もしもし？」

鳴っていたのは矢部の携帯だった。矢部は片手にナイフを持ったままだ。

「日本科技大の上田です」

上田は研究室から電話をかけていた。後方の、奥の部屋とつながるドアのところで奈緒子がじっと見つめている。

「先生……あの留守電なんですか？　ナイトメア見ましたよ」

「あの、実はまた彼女が人を殺したと言ってるんですがね」

「あの女ですか？」

「ええ、今度はナイフで刺し殺したらしいんです。相手は竹下文雄という男だと彼女は言ってるんですが……」

「え？」

「殺害時刻は午前五時」

「死亡推定時刻は？」

矢部は石原に尋ねた。石原は遺体の髪の毛に櫛《くし》を入れながら「午前五時」と答える。

「凶器は、刃渡り二十センチほどのナイフだと言っています」

「二十センチ？」

矢部は自分の手に握られた凶器のナイフを見て怯《おび》えたような声を出す。

「……間違いないですわ」

「何が？」

「刃渡り二十センチ。午前五時。竹下文雄。その男やったら、今私の目の前にいます。メッタ刺しにされて」

「えっ？　死んでるんですか？　メッタ刺し？」

「マジ？」

奈緒子は顔をしかめて、美幸の方を見た。

「やっと見つかったようね、真実が」

美幸は膝を抱えたまま、うっすらと笑った。

2

長野の山田家では、これから東京に出発する里見が大きなお重に数種類のおかずをぎっしり詰め込んでいた。奈緒子においしいものを食べさせてやろう……里見はこれから娘と再会する喜びで、自然と表情が緩んでしまうのだった。

「うるさいっ！」

当の奈緒子は険しい顔で、日本科技大のキャンパスでかけ声を出しながら練習している空手部の部員たちを蹴散《けち》らしていた。

「何なのよ、まったく。うるさいわね……」

いっそう深く眉間《みけん》にしわを寄せ、ぶつぶつ言いながら奈緒子は校門の外に出て行った。入れ替わりに覆面パトカーでやってきた石原が降り立ち、研究室のある棟に向かって歩いていく。

「なぜだ……なぜこれで人が殺せる？」

上田は研究室で、ナイフの柄を摑む仕種《しぐさ》をして、何度か宙を突き刺した。首を捻《ひね》りながら、真剣な顔で何度も何度も繰り返してみる。そこへ石原が入って来た。

「先生は何をやっとるんじゃー？」

「あ、いや、空中のニュートリノを捕まえているんです」

上田は背筋を伸ばし、真面目《まじめ》な表情を作った。

「ニュー……アカオ？」

「何ですか、今日は？」

「いや、兄ィが美幸っちゅうおなごに着替え持ってってやれっちゅうて。あのおなご血まみれじゃろ？　うちの兄ィもおなごにはやさしいところがあっての。なんちゅうんじゃ、ほれファミレスガストってやつじゃ！」

「……それ、フェミニストでしょ？」

「そうじゃ！　イエス、イエス！　あ……わしゃいったい何しに来たんじゃけの？　あ、そうじゃ。あのおなごの返り血のことじゃけぇのう……」

石原はようやく本題を思い出した。


「どいてっ！」

アパートに戻ってきた奈緒子は、廊下でお尻《しり》とお尻をぶつけあうゲームをしていたハルとジャーミーくんを蹴散らして部屋に入っていった。

「ゴミは？　ゴミ！　山田！　家賃を払え！」

ハルは『DON'T　LOOK　INSIDE!』と手書きの紙が貼《は》られたドアをどんどん叩《たた》いた。すると、一晩ぶりに帰宅した奈緒子を追ってきた照喜名が廊下を走ってきた。

「……誰だ、こいつ？」

奈緒子の部屋のドアに張り付いている照喜名を見て、ハルは首をかしげた。

「もう、こんなのばかり……！　刺し殺すなら最初から着替えぐらい用意しておけ！」

奈緒子はブツブツ言いながら、押し入れの段ボールをあさっていた。美幸に着替えを持っていこうと思っているのだが、どれもこれもド派手なステージ衣装しかない。最後に段ボールの底から出てきたのは星条旗の柄のスパンコール付きワンピース。奈緒子はため息をついた。そして、頭の中には血しぶきまで飛び散らせた美幸のパフォーマンスが蘇《よみがえ》る。

「いったいどうやって……」

そのとき、カタッと音がした。ふと見ると、フォトスタンドが倒れている。写真には幼い頃の奈緒子が剛三といっしょに写っている。

（いいかい、奈緒子。この世には霊能力なんて存在しないんだよ。どんな不思議なことにも、必ずタネがあるんだ。ほら、騙《だま》されちゃだめだよ。うそをつかれちゃいけないよ）

そう言いながら消しゴムのケースを口に入れて耳から出す手品をやってくれた。

なのに（いるんだよ、本当に。霊能力者が……）と言って父は死んでいった。

そして、ビッグマザー、霧島澄子も死の間際に（いるのですよ、この世には。本物の力を持った霊能力者が）と言い残していった。

そしてまたミラクル三井も（私は本物の霊能力者を知っている……）と言って死んでいった。

（もうすぐあなたたちにも、真実がわかるわ）、そう言っていた血まみれの美幸こそが本物の霊能力者なのだろうか。澄子が予言したように、奈緒子が対決し、殺されるというのも美幸なのだろうか……。

奈緒子は写真の中の剛三をじっと見つめていた。

「あっ！」奈緒子は突然、里見の手紙を思い出した。

「今日だった……」

『二十五日の晩には奈緒子の家に厄介になろうと思います』里見の手紙にはたしかにそう書いてある。八月二十五日といえば、まさに今日だ。

奈緒子は自分の部屋を見回した。荒川区東尾久の、築三十年は経っている木造アパート。小さな台所と四畳半のダイニング……とはお世辞にも呼べない板の間と、六畳の和室。家具は小さな食器棚、折りたたみ式のちゃぶ台、14型テレビ、ファンシーケース。押し入れがないから畳んだ布団は部屋の隅に置いてあるし、部屋の中に干しっぱなしのTシャツはスーパーで買った千円以下のものばかりだし、となりの部屋からはジャーミーくんの『貧乳』の歌が丸聞こえだし……。

(何だか帝国ホテルにでも泊まるみたいな気になっちゃって)とはしゃいでいた里見を呼べるわけがない。

「代わり、探さなきゃ……」ひとりごとを言いながら、奈緒子はフッとひらめいた。

「……代わり？」

「おう、瀬田！　毎日暑いな〜」

スイカを片手に里見の家に向かう瀬田は、途中の道で小学生に声をかけられた。

「呼び捨てにすんなって言ってんだろ！」

村で唯一の医者の瀬田は白衣を着ているのにまったく威厳がない。

「投票しねえぞ」

「バーカ、何言ってんだよ。おまえら投票権持ってねえじゃねえかよ！」

「おまえ知らないの？　二〇〇一年から小学生にも投票権が与えられるんだぜ」

「え、マジで？　そうなの？　ひとつ、よろしくお願いします」

瀬田は少年に頭を下げた。悪びれもせずに少年は言った。

「アイス買うから金くれよ」

「喜んで」

これは賄賂《わいろ》か……という考えがチラッと頭をかすめたが、瀬田はとりあえず少年に百円を渡し、山田家の門をくぐった。

「こんにちは、お母さん」

里見は玄関先にいた。

「瀬田くん、どうしたの？」

「スイカをお持ちしました。うちの庭園で作ったものなんですが、今年は思いのほか大きなものができましてね」

「あらそう。でも今日はせっかくだけど」

里見はすっかり旅支度をして、家を出るところだった。

「お出かけですか?」

「東京で書道展があってね。久しぶりだから奈緒子にも会ってこようと思って」

「奈緒子に? お母さんも水臭いな。それならそれで僕にも声をかけてくださらないと」

「……どうして?」

「奈緒子の問題は、僕の問題じゃありませんか?」

「問題ってなあに?」

「今日は涙をのんでお見送りさせていただきます。そのかわり、奈緒子の部屋に行ったら、男の気配がないかよく見てきてくださいね。歯ブラシがふたつあったり、髭剃《ひげそ》りがあったり、トイレの便座が上がっていたりしたら、要注意です。くれぐれもお願いしますよ」

「便座が上がってたらどうする?」

「下げてください」瀬田は真剣な顔でつめ寄った。

「了解」里見は玄関の鍵《かぎ》を閉め、日傘を差して駅へと向かった。

「一致した? 彼女の服についていた返り血が被害者の血液と同じだったって言うんですか?」

上田は研究室で牛乳をゴクゴク飲みながら、矢部からの電話を受けていた。

「そうなんですよ〜。凶器のナイフから出てきた指紋もドンピシャなんですよ。あーん」

指圧整体を受けながら台に寝そべって電話をかけている矢部は、整体師に腰を押されて思わず声を上げる。

「間違いないんでしょうね？」

「間違いありません……あ、頭の方はちょっと……そんなにあの……あ、でも気持ちい〜い。あ、またお伺いすると思いますので、彼女のこと、よろしくお願いします」

今度は頭を指圧されているが、だんだんかつらがずれていることに矢部は気づかない。

「わかりました……ああすみません。午後一時二十分から、五十五分までは訪問を控えてください」

上田は一度電話を切ろうとしたが、すぐにひとことつけ加えた。

「どうしてですか？」

「『哲！この部屋』の時間なんですよ」

「へーえ。先生毎日そんなん見てはるんですか？」

「習慣は人間に日々の正確さを与えます。それに今週の『哲！この部屋』はスペシャル企画でしてね。芸能界、スポーツ界、その他各界の……」

上田は熱っぽく語ったが、ちょうど外の車の騒音で、矢部にはよく聞き取れない。

「いやーこれ、実に興味深い。絶対見逃すわけにいかないんです」

上田が電話を切った後ろの扉から、美幸がそっと顔をのぞかせていた。

「今度こそわかったんです。彼女の霊能力がインチキだって」

着替えを持ってきた奈緒子は、上田の研究室に飛び込んだ。

「代わり？」

「誰かが彼女の代わりにふたつの殺人を行った。時間と場所、それに殺害方法。この三つを示し合わせておけば、すべての謎《なぞ》は解けます。あー、こんな簡単なこと、なんで気づかなかったんだろう」

奈緒子はため息をつきながら吐き捨てるように言い、説明を始める。

「最初の殺人は午後十時。カーブのある崖《がけ》で、彼女の代わりの何者かが梅木隆一を絞殺。ふたつめの殺人は午前五時。水辺の公園。ここでも代わりの何者かが竹下文雄を刺殺」

「でも指紋はどうやって？　そうか……最初からつけておけば、凶器のベルトやナイフから彼女の指紋が検出されても不思議じゃないか。髪の毛は握らせた……しかし血はどうやって噴き出した？」

「たぶん、手の中に小さな袋を隠しておいたんだと思います」

「袋？」

「ええ。見たことありませんか？　フィリピンかどこかのインチキ心霊術師が、メスなしで手術する映像」

インチキ心霊術師が素手で患者の腹をさぐると、手が血まみれになる。だが、患者の腹には傷ひとつない……ときどきそんなテレビ番組をやることがあるのだ。

「あれは、あらかじめニワトリか何かの血液が入った袋を手の中に隠し持っているだけなんです。彼女もそれと同じ方法で……」

「しかし、彼女が浴びた血と、被害者の血液は同じだった」

「えっ？　血液まで同じだったんですか？」

「そうなんだ。今、君が言ったことは、僕も既に見抜いていたよ」

「は？」

奈緒子は顔をしかめる。

「しかし、その一点に引っかかっててね。問題は、彼女がどこで被害者の血液を手に入れたかということだ」

「でも、その血液の入手方法さえわかれば、共犯者説は成立しますよね」

「そうなんだよ」

「病院じゃ！」

ふたりが振り返ると、研究室の入り口に石原が立っていた。

「殺されちょった竹下文雄は、二日前に新宿の永坂記念クリニックで人間ドックを受けちょった。そのとき、採血された血液がぜーんぶ盗まれちょるんじゃ、先生」

「盗まれた？」

「これで全部説明がついたじゃないですか？　やっぱり共犯者がいたんですよ、彼女には」

奈緒子は頰《ほお》を紅潮させる。

「ちょっと待った！」

今度は背中にタミという老婆を背負った矢部が入り口に立っている。

「誰ですか？」

「目撃者。竹下文雄殺しの」

上田の質問に答えながら、矢部は研究室の奥の部屋へと向かう。

「おばあちゃん、おばあちゃんが見た女の人は、この人？」

矢部が声をかけると、眠っていたタミは目を覚ましじーっと美幸の顔を凝視した。美幸は矢部が用意してくれた赤い長袖《ながそで》Tシャツとスウェットに着替えている。

「……この人づら！」

「おばあちゃん、間違いないね？」

「ああ、ああ、この目でしっかりと見たづら……」

タミは早朝、毎日の日課である散歩の途中で、事件を目撃していた。公園内の橋を渡ろうとしていて、植え込みの陰で美幸が竹下の胸を刺しているところを見てしまったのだ。

「ヒー」

タミはそのときのことを思い出して矢部の頭に思い切り摑《つか》まった。

「ダメ……づら！」

石原が矢部に、ずれてますよ、というゼスチャーをする。

「あ……ちょっと」

矢部はタミをおろそうとしたが、タミはづらを掴み、「この人殺しー！」と震えていた。

「これで共犯者のセンは消えてしもうたのう？」

石原はコップの牛乳を飲み干して言った。矢部はタミを送っていき、美幸は相変わらず奥の部屋に監禁されている。

「しかしだとしたらひとりの人間が同じ時刻に別々の場所にいたってことになる」

上田は考え込んだ。

「そういうことになるのう」

「そんなことありませんよ。必ず何かトリックがあるはずですよ」

「どんなじゃ？」

「そろそろ、帰らせていただいてもよろしいかしら？　おふたりともお疲れの様子ですし、すこし、お休みになった方がいいんじゃありませんか？」

三人が頭を抱えていると、美幸が奥の部屋から姿を現した。

「ちょっと待たんかい、こら、おまえ。おどれ殺人者なんじゃやけぇの。帰れるわけないっちゅうんじゃ、あーん？」

「どうして？　私に逮捕状でも出てるんですか？」

「んなもん、おどれ、いくらでもこん中に……とほほ」

石原は机につっぷした。

「出てないんですか？　逮捕状」

奈緒子が尋ねる。

「だっての、裁判所が、霊能力の殺人じゃ立証が難しいっちゅうて、交付出ししぶっちょんじゃよ」

「検察も、勝ち目のない裁判はやりたくないでしょうね」

上田は頷《うなず》いているが、奈緒子は憮然《ぶぜん》としている。

「言ったはずですよ。科学が霊能力の存在を実証的に解明し、法律がその存在を認めない限り、誰にも私は裁けない、と」

腕組みをしながら、美幸は三人を挑発するように言った。

「また来ます。私は三人の人間を殺すと言いましたね。最後のひとりを殺すときも、あなたたちに証人になってもらわないと、私は殺人者になってしまうもの。では、お邪魔しました」

「待って！　そんなこと言って、あなた三人目の殺人をするためのタネを仕込みに行くんじゃないですか？　どんな手品だって、タネを仕込んでおかないとできませんから」

「まだそんなこと言ってるの？」

研究室を出ようとしていた美幸は振り向いた。

「じゃあ殺してみてくださいよ。三人目の男を今この場ですぐに！」

「待てよ、おい！　な？」

石原が慌てて奈緒子を止める。

「いいわ。やってみましょう」

美幸はそう言うと、その場に屈《かが》んで何かを拾いあげる仕種《しぐさ》をする。

「ここにちょうどいい鉄パイプがあるわ。殺す男の名前は……松井《まつい》一彦《かずひこ》」

美幸はバッターが予告ホームランを打つときのように右手を掲げる。それから両手でしっかり鉄パイプを握り、三人の方に向かってきて思い切り振り上げようとした。

「やめろ！　もうやめなさい！」

上田が両手で美幸の手を摑んだ。

「これ以上罪を重ねるんじゃない」

「上田さん……」

本当にごくたまに良識ある発言をする……と奈緒子は感心して声を上げた。

「お帰りになっても結構です。そのかわり、今度、最後の人間を殺すときは、必ずここにお越しください。約束していただけますね？」

「もちろんです」

美幸はスウェット姿のまま、研究室を後にした。

「大丈夫なんですか？　あんなこと言っちゃって」

奈緒子が上田に尋ねる。

「ふん……仕方ないだろ」

上田は扇子をパタパタさせている。

「おう！　なるほどのう、先生。先生はあの女を泳がせちょいて、その間に次なる作戦を練ろうという……さすがじゃ。わしはお見逸《みそ》れしましたよ、先生」

「そうじゃないんです。彼女はあのとき真実を語っていたんですよ」

「え？」

奈緒子が上田の顔を見る。

「あー眠いなー。帰って熱いシャワーを浴びたい。君もシャワーを浴びて休んだ方がいい。疲労は人間の思考を怠惰にさせる」

さすがに疲れたのだろう、上田はうーんと伸びをした。

「シャワーないんですよ。うち……」

「え？」石原が信じられないといった声を出す。

「シャワーないんですよっ！」

奈緒子は不機嫌に石原を怒鳴りつけた。

「ウソじゃろ、おまえ……くさっ！　先生聞きました？　こいつんち、シャワーないって」

奈緒子は石原の顔面にパンチをくらわせる。石原は椅子《いす》ごと後ろに倒れていった。

「そうだ！　上田さんちってオートロックでしたよね？」

「当然だ。僕は有名な物理学者だ」

「お願いがあります」

奈緒子は拝むように両手を合わせた。

「さすが東京は広いわね。奈緒子は毎日こんなに歩いてるの？」

「う、うん。もう少しだから……」

里見は山の手の住宅街の道を息を弾ませながら歩いていた。日傘を差し、もう一方の手にはお重の入った風呂敷《ふろしき》包みを持っている。前方を歩いている奈緒子も、自分の手品道具が入った籐《とう》の大きなバスケットと、里見の茶色い革鞄《かわかばん》を持って、ふうふういいながら歩いている。上田のマンションの所在地を書いたメモをこっそりと見ながら、「駅から徒歩十八分なんて聞いてないわよ……ええと、二の二十二……」と小さな声でつぶやく。

「あ、お母さんほらここ。ここが私のマンション」

ようやく住所のマンションにたどりつく。さすが三十代独身貴族の物理学者が住むにふさわしい、洒落《しゃれ》た造りのマンションだ。もちろんオートロックなので、奈緒子は上田から聞いた番号を押して、中に入っていく。

「ちょっと待ってて。散らかってる……かもしれないから。待ってて、すぐ済むから」

里見を玄関の外に待たせ、奈緒子は中に入っていった。が、一歩足を踏み入れた途端に、あまりの驚きに立ち尽くす。二十畳近くある広いリビングは生活感がまるでなく、散らかっているわけではない。ただしアブトレーナーやスカイウォーカーなど、テレビ通販でよく見かける健康器具の数々が並べられているのだ。ちょっとしたスポーツクラブより充実している。

「なんなのよ、この部屋……とりあえず、なんとかしなきゃ」

奈緒子はバスケットを開けて、自分の舞台用の服や剛三の写真の入ったフォトフレームを並べようとする。服は健康器具のバーなどにかけて、フォトフレームは……と見回すと、キッチンとリビングを仕切るカウンターの上にモデル風の若い男が、ばっちり笑顔を決めて写っている写真が飾ってあった。

「……上田？」

若い頃はさわやかな好青年だったのか？　奈緒子は顔をしかめ、とりあえずそれらの写真を隠すようにフォトフレームを置いて、里見を呼びに行った。

「へーえ、すごいわね。これみんな手品の道具？　お父さんの時代とはずいぶん変わったわね」

部屋に入って来た里見は健康器具の数々を見て目を丸くしている。

「ううん、これは全部健康器具。ほら、マジシャンってけっこう体力勝負なところ、あるじゃない？　毎日これで体を鍛えないとね。これは……こう」

奈緒子はとりあえずそばにあったスカイウォーカーに乗ってみる。両手でバーを握り、足を台に載せる。本当は左右の足を交互に動かして使うのだが、奈緒子は両足を一緒に動かしてしまった。まるでブランコに立ち乗りしている子どものようにゆらゆらと揺れているが、「こうやるの」などと適当なことを言ってごまかしてみる。

「へーえ、じゃあ、この棒は？」

里見はそばにあったボディブレードを手にとった。

「あ、それはね、まんなかを持って、こう」

これは夜中のテレビ通販で見たので、奈緒子も使い方を知っている。スキーの板のようになっている棒の真ん中を持って胸の前で前後に小さく揺すると、棒がしなってぶんぶん揺れるのだ。背中側で揺らしたり、縦に揺らしたり、いろいろな使い方ができるとテレビでやっていた。

「ああわかった。こんなことをやって、胸を大きくしようとしてるんだ」

「ひどい！　お母さんのせいなのに……」

奈緒子は思わず非難めいた口調で言った。

「……えへへっ」

しばらく絶句していた里見は突然笑い出した。

「えへへへっ」

「えへへへっ」

奈緒子もつられてしまい、ふたりはそれぞれ健康器具を使いながら声を合わせて笑った。

「ねえ、お母さん……霊能力って本当にあると思う？」

奈緒子は突然笑いを止めて尋ねた。

「こういう業界にいるとね。マジックなのに霊能力だってウソをついている人たちによく出会うの」

「そう……」

「そういう人たちに会うと、私、なんだか無性に腹が立っちゃって、あなたのやってることはインチキだぞって、大声で叫びたくなっちゃうの」

里見は遠い目をして、剛三の死の間際の言葉を思い出す。

(俺《おれ》が間違ってた……この世にはいるんだよ、本当に霊能力者が……)

「どうしたの、お母さん？」

奈緒子はぼんやりとしている里見に声をかける。

「ううん、なんでもない……いるわけないよね」

「え？」

「霊能力者なんているわけないよ……大きくなーれ、大きくなーれ！」

里見はにこにこしながら着物姿でぶんぶんとボディブレードを揺らす。

「……そうよね」

奈緒子も微笑《ほほえ》んだが、その微笑みは突然凍った。里見の後ろを、上田が通り過ぎたのだ。

上田はおへそまで隠れる白いブリーフ姿で、アイスキャンディをなめながら、奥の部屋に入っていった。

「れ、冷蔵庫にバナナあったかな」

奈緒子はリビングを離れ、後を追った。奥の部屋は寝室になっていて、上田はベッドにどっかり座っている。壁には別の若き日の上田の写真が飾られていたが、十畳ほどの広々とした寝室には健康器具もなくこぎれいにかたづいている。上田は両手に持ったアイスキャンディを交互になめながら、リモコンでベッドサイドのテレビのスイッチを点《つ》けた。

「……なんでいるんですか？」

ドアを閉め、里見に聞こえないように抑えた声で上田につめよる。

「ここは俺の部屋だ」

「だから一晩だけ貸してくださいって言ったじゃないですか」

「出て行ってくれとは言わなかった」

「常識じゃないですか？」

「そろそろ『哲！この部屋』が始まる頃だ。三人で見ようじゃないか」

「冗談じゃないですよ。なんで三人で見なきゃいけないんですか？　団地の主婦じゃないんだから」

「ほら、静かにしろ！　始まったぞ」

『どうもー、こんにちは。渡辺哲です。今日はこんなに素敵なゲストの方に来ていただきました』

『こんにちは、クドウ兄弟です』

『こんにちは、ミクラマナです』『カナです』

「これ終わったら出てってくださいよ、必ず」

「静かにしろよ、集中できないじゃないか」

上田はニヤニヤしながらアイスキャンディをなめ、テレビに集中している。奈緒子は仕方なく、リビングに戻ろうとした。

「あ！」と上田が急に大声を上げる。

奈緒子は振り返り、「シーッ！」と人差し指を口の前に持っていく。

「そうか、そうだったのか……解けたぞ、トリックが」

上田は奈緒子の方に振り返り、アイスキャンディで画面を指した。

「なかなかいいじゃない、これ。お母さんクセになりそう」

リビングに戻ると、里見はまだボディブレードをせっせと動かしていた。

「お母さん、私、ちょっと出かけてくる」

「んざっがいが？」

里見は方言で「どこ行くの？」と尋ねた。

「ぎゃなす」

奈緒子も思わず方言で「ほっといて」と答えてしまい、慌てて口をつぐんだ。

「本当に聞くんですか？」

「当然だろ」

ふたりは、上田が美幸を呼び出した場所に向かっていた。半袖《はんそで》シャツにチノパン、それにこの日は前開きの紺のベストを着た上田は、アイスキャンディをなめながら、奈緒子といっしょに高架下の道を歩いている。

「あなた双子ですかって？」

「ああ」

「絶対に笑われちゃいますって。あなた双子ですか？　なんて聞いちゃったりしたら」

「どうして？　双子の共犯者。それで彼女の霊能力がすべてトリックだったと説明がつくじゃないか。共犯者が双子だったら、あのおばあちゃんが見間違えても不思議じゃない。双子大会で俺はそれを見抜いたんだよ。哲さーん、ありがとう！」

上田は嬉々《きき》として奈緒子に説明をする。

「そりゃそうですけど……いいですか。双子トリックなんていうのは、マジックショーでは手垢《てあか》のつくくらいやりつくされた古典中の古典ですよ。恥ずかしくて、もうどのマジシャンもやらないくらいの」

「そうなのか……」

上田はあまりのショックに手に持っていたアイスキャンディの棒をぽろりと落とした。

「ご愁傷様です……」

呼び出した場所で待っていると、美幸が現れた。そこは幹線道路の下に作られた公園で、ちょうど回廊のようになっている場所でふたりは美幸と向かい合っていた。道路の下なので、昼間なのにそのスペースだけは日が射《さ》してこない。

「何かしら？　話って」

「聞いてみろ」

上田は奈緒子をひじでつっつく。

「えー？」

「えーじゃないよ。僕は人に笑われることに慣れていない。YOUなら平気だろ」

「私だっていやですよ」

「お母さんに今すぐ、僕のマンションから出て行ってもらってもかまわないんだぞ」

「きったねー！」

「ほら、聞け」

上田に押され、奈緒子は咳払《せきばら》いをしてから、一歩前に進んで棒読みで言った。

「おまえのやったことは、全部お見通しだ！　おまえは双子だ！……恥ずかしい」

あまりの照れくささに、手で顔を隠してすぐに引き返す。そして上田の腕にそのまま顔をつけた。上田も恥ずかしそうにうつむいている。

「その通りよ！」

美幸があっさりと答えたので、奈緒子は驚いて顔を上げた。

「洋子！」

柱の陰から美幸とそっくりな女性が現れた。茶色い袖なしのブラウスに黒いロングスカート……着ているものといい、背格好といい、髪形といいすべて同じだ。

「ビンゴ！」

上田は目を丸くしてつぶやく。しかし、美幸は相変わらず余裕しゃくしゃくだ。

「そう、私たちは双子。妹よ。あなたたちが言うように、私たちが双子だったらこれまでの事件、全部説明がつくわね」

「……そうだろ？　最初からわかってたんだよ。おまえらのやったことは全部お見通しだ！　へへへ……」

上田はまた偉そうなことを言っている。

「でも妹は何も知らないわ。もちろん、何もやっちゃいない。そうよね？　洋子」

「ウソだろ？」

「本当よ。すべては私がひとりでやったの。霊能力を使ってね」

「いいかげんなことを言って、罪を免れようとしたって、無駄ですよ」

「だったら、今度は私たちふたりを監禁なさってはいかがですか？　そうすれば今度こそ私の霊能力が本物だということがわかるはずだわ。つきあってくれるわね？」

美幸が洋子の方を見ると、彼女はこくりと頷《うなず》いた。


「しっかし、よう似とるな」

矢部は机の前にしゃがみこみ、大きな目をさらに開いてふたりを見比べると、ため息をついた。美幸と洋子はいつものパイプ椅子《いす》に膝《ひざ》を抱えて座っている。研究室の奥の部屋には、さっそく矢部と石原も呼ばれていた。

「この状態でも、あなたは殺人できるというのですか？」

「もちろんです」

上田の問いに、向かって右側に座っている美幸は余裕の笑みを浮かべた。洋子は目を逸《そ》らして顔を伏せる。

「殺す男の名前は松井一彦」

矢部はそう言って、机の上に自分の携帯電話を出した。

「最も憎むべき、最後の男」

美幸は不敵な笑いを浮かべる。

「松井一彦と連絡はとってある。もし、彼に危険が迫るようなことがあれば、すぐにこの携帯に電話をくれるように言うてある。俺らもアホやない。あんたがさっきもらした名前、聞き逃したりせえへんで」

先ほどの鉄パイプのパフォーマンスで美幸は奈緒子、上田、石原の前で予告したのだ。

「なるほど、いいアイデアね」

「何ィ？」

美幸はすっと立ち上がって、何か長いものを手にするような仕種《しぐさ》をした。左手を前にし、右手を顔の方に近づける。

「……ライフル？」

奈緒子がつぶやき、ほかの三人もごくりと唾《つば》を呑《の》む。洋子は膝を抱えたまましじっと三人の表情を見ていた。

「やはりあの男には銃殺がふさわしいわ」

美幸は見えない銃口をまず奈緒子に向ける。次に上田、次に矢部。……矢部は思わず頭を押さえた。

「あ、危ない！　兄ィ！」

自分に銃口が向けられる前に、石原は矢部のずれたかつらを手で隠した。美幸はそれを無視して時計のかけてある壁の方に歩いていく。時刻は午後二時四十五分を示していた。

「今さら助けを呼んだって無駄よ」

美幸は銃をかまえた姿勢のまま、見えない誰かを睨《にら》みつけた。突然、矢部の携帯が鳴る。

「もしもし？」

矢部がおそるおそる受話器をとると、松井の怯《おび》えたような声が聞こえてきた。

「松井さん？」

(……殺さないでくれ、頼む)

(頼む……殺さないでくれ……)

松井の部屋の中ではガラガラと何かが倒れるような音が聞こえてくる。

「無駄だって言ってるのに……」

美幸は一歩一歩、見えない人間を追い詰めていきながら、右手の人差し指を動かし、引き金を引くような動作をする。

(殺さないでくれー！)

電話口で松井が叫んだと同時に美幸は見えない引き金をひき、携帯からはすさまじい銃声が聞こえてきた。それを聞いていた矢部はヒッと息を呑む。「銃声が聞こえた！」

「終わったわ」

美幸はゆっくり銃を下ろした。

上田が美幸に尋ねる。

「殺したのか？」

「あの男の怯えた顔、あなたたちにも見せたかった」

美幸はにっこり笑った。洋子は泣きそうな顔をして立てた膝に顔をくっつける。

「石原！　確認！」

「はい！」

石原は怯えた顔のまま飛び出して行った。


「やっぱり、霊能力は存在するんじゃ……」

真っ先に松井のマンションにかけつけた石原は、銃殺された松井の死体を見てあまりの恐ろしさに顔を歪《ゆが》めた。高級マンションのフローリングの床は血痕《けっこん》がつき、松井は無惨にも心臓を撃ち抜かれ、大型テレビに寄りかかるようにして絶命していた。サイレンを鳴らしたパトカーが次々に駆けつけてくる。


研究室では、奈緒子と上田が携帯に録音された会話を聞いていた。

「あなどれないな。瞬時の判断で録音するとは……」

たまには刑事らしいことをする矢部のことを上田がほめたたえる。

「震えて、メモのボタンたまたま押しちゃっただけだと思いますけど」

奈緒子は冷たく言い放った。

「あー、わかった。それじゃ……殺害現場に落ちていた時計も二時四十五分で止まっていたそうです」

矢部は研究室の電話を切り、奈緒子たちの方に振り返る。

「彼女がパフォーマンスを始めたのも二時四十五分でした」

奈緒子は確認していた。

「この携帯に電話があったのも二時四十五分」

矢部は着信記録を見る。

「しかしあの時間、あのふたりは間違いなく僕たちの目の前にいた」

上田が険しい顔をして言う。

「どうなってんねん、いったい……」


「お姉ちゃん……」

美幸と洋子はふたり並んで、奥の部屋のパイプ椅子の上で膝を抱えていた。洋子が不安そうなので、美幸は黙って左手を伸ばし洋子の手を握ってやった。

「あっ！　もう一度聞いてもいいですか？」

「あかん……言うたかて聞くんやろ。言い出したらきかない女やで。不感症に多い」

矢部は奈緒子に携帯電話を渡す。

「……普通ですよ、私」

奈緒子は憮然《ぶぜん》として矢部を睨みつけた。奥の部屋のドアが開いて、美幸と洋子が出てくる。

「帰ります」

美幸は三人に向かって悠然と微笑《ほほえ》んだ。

「予告通り三人の男を殺しました。もうここにいる必要ないでしょ？」

「そ、そりゃそうやけども、まずい思うで。三人も殺したんやから」

「だからそれは……」

「わかってる。科学が霊能力の存在を認めない限り、誰にもあなたは裁けない」

上田が矢部の代わりに答える。

「だったら……」

「……あ！　なんだろう？」

携帯電話を何度も繰り返し聞いていた奈緒子が声を上げた。そしてもういちど再生する。

「ちょっと待っててもらえますか？」

何か確信したかのような目で美幸を見つめ、奈緒子はそう言うと、「上田、車をお出し！」とお嬢様風に命令し、部屋を出て行った。


「何が聞こえたんだ？」

奈緒子と上田は松井のマンションに入っていった。

「ジーって音が聞こえたんですよ。タイマーか何か動いているような。でも、普通二時四十五分なんて中途半端な時間にタイマーかけますかね？　なんなんだろう、あの音……」

奈緒子は部屋の中を見回した。そして、松井が絶命していた大型テレビの上の棚に載っている水槽を見つけ、「ん？　ナマズ？」と近づいていく。中には大きな銀色のナマズが悠然と泳いでいた。

「懐かしいなあ……」

「ナマズがですか？」

　ふたりは水槽をのぞきこんだ。

「ああ、その昔、アマゾンの巨大ナマズと大格闘したことがあるんだよ。それだけじゃないぞ、ボルネオの人食いワニ……スリランカの毒蛇に巻かれてもまれたこともあるんだ」

「それ『水曜スペシャル』じゃないですか？　つまんないこと言ってないで、上田さんも考えてくださいよ」

　奈緒子は呆《あき》れて中腰の姿勢から立ち上がった。

「あ！　これ、タイマーですよね？」

　奈緒子は水槽の上に取り付けられた『FOOD　TIMER』を見つける。

「うん、留守中に魚に餌《えさ》をあげるタイマーだろ？　一時にセットしてある」

　黄色いつまみが午後一時にセットされている。

「これ、動かせますか？」

「やってみよう」

　上田はタイマーを操作した。

「これでもうすぐ餌が落ちるはずだ」

タイマーが動き、時間になるとプレートがジーッと音をたてて回転し、餌が水槽に落ちる。

「この音ですよ！　解けた！」

奈緒子はニンマリとし、上田に命令して研究室へと戻った。

「父が言ってました。どんなに不思議な霊能力にも、そこには必ずトリックがある。この世には霊能力なんて存在しないんだって」

奈緒子は美幸たちと向かい合い、ゆっくりと話し始めた。

「それは昨日も聞いたわよ」

美幸は呆《あき》れたように言う。

「私はマジシャンだった父を尊敬し、愛してます。だから、父の言葉は信じたい……おまえらのことは全部お見通しだっ！」

美幸は顔を伏せ、奈緒子の両側に立っていた上田と矢部もしらけた顔をする。

「松井さんを殺したのはあなたですね、美幸さん」

「おもしろいわね。あなたたちの目の前にいた私が霊能力以外でどうやって松井を殺せたというの？」

「殺害時刻は二時四十五分じゃない。あなたは一時に松井さんを殺したんです」

奈緒子は説明を始めた。

（頼む。殺さないでくれ。頼む……）

午後一時すこし前、マンションの部屋に押し入った美幸は、恐怖に引きつった顔で後ずさる松井に向かい、ライフル銃を向けて詰め寄っていく。

（殺さないでくれー！）

テレビと水槽がセットされた棚に追い詰められた松井にはもう逃げ場がない。懇願する松井に向かって、美幸はライフル銃の引き金を引いた。

ズドンと音がしたと同時に松井は心臓から血を噴き出し、崩れていく。

「松井さんを殺したあなたは、テープに録音した声をパソコンにセットした。二時四十五分に矢部さんの携帯電話にかかるように。さらに、部屋にあった時計を二時四十五分に合わせて壊し、そして、この研究室で時間を見計らい、パフォーマンスを始めた。でもそのとき既に、松井さんは死んでいた」

松井の部屋には『危なくなったらお電話を。警視庁公安五課・矢部謙三０９０――』というメモがあり、美幸はそれを見て、テープレコーダーをパソコンに接続して操作したのだ。

「どうして私が一時に殺したなんて事がわかるの？」

「松井さんの部屋にあった水槽のタイマーです。タイマーは一時に餌がやれるようにセットされていた。その音が、矢部さんの携帯に入っていたんです。松井さんが本当に二時四十五分に電話をかけたのなら、絶対に聞こえない音です」

「よくできた話ね。だけどその推理には、ひとつだけ欠点があるわ。私に会いたいと連絡して来たのはあなたたちの方よ。もし私が、あなたの言うとおりに松井を殺したとしても、その直後にあなたたちからのコンタクトがなければ、そのトリックは成立しない。だってそうでしょ？　あまり時間が経てば死亡推定時刻がズレてしまう。どうやって私にあなたたちの動きが予想できたと言うのよ？」

美幸は奈緒子の推理にも動じずに、薄笑いを浮かべている。

「その答えは僕がご説明しましょう。あなたは僕が一時二十分になれば双子に気づき、必ずあなたの前に現れる。そう予測していたんです」

上田が奈緒子に代わって説明を始める。

「どうやって？　まさか霊能力だなんて言わないでしょうね」

「『双子大会』ですよ。それを今日、僕が見ることをあなたは知っていた。『哲！この部屋』ですよ」

（それに今週の『哲！この部屋』はスペシャル企画でしてね。芸能界、スポーツ界、その他各界の双子ばかり集めた『双子大会』なんですよ。これは実に興味深い）

昼過ぎに、上田が矢部と電話で話していたのを、美幸は聞いていたのだ。

「簡単に予測がつきますよね」

上田は勝ち誇ったように言い、奈緒子が続けて質問をした。

「あなたたちは、この計画のために、双子であることを隠して生きてきたんですよね。どうしてそこまでしてあの三人を?」

「どうしても……どうしてもあなたたちは私の霊能力を信じないのね」

美幸は目を見開き、スクッと立ち上がると、いきなりライフル銃を構える仕種《しぐさ》をする。

「殺してやる! この場で全員殺してやる!」

「やめて! やめて! お姉ちゃん」

今までずっと黙っていた洋子が泣きながら立ち上がった。

「私たち姉妹は、十二年前、この世で最も愛する人を失いました。父です。殺されたんです。三人の男たちによって」

洋子が沈んだ調子で語りだす。上田が思わず問い返した。

「殺された?」

「男たちはお金を手に入れるため、保険金をかけて父を殺しました。事故に見せかけて」

夜遅く、美幸たちの父は高台の道を車で走っていた。家族の待つ家に急いで帰るためだ。だが、急カーブに差しかかったところで突然トラックが対向車線を越えてきた。咄嗟《とっさ》にハンドルを切り、ブレーキを踏むが、ブレーキはきかない。そしてそのままガードレールに突っ込み、美幸たちの父は絶命した。そのとき、トラックに乗っていたのが松井、竹下、梅木だったのだ。

「保険金殺人か……」

矢部がつぶやく。

「私たちは双子であることを世間に隠して生きてきたんです。三人を殺してやる……そのときから私たちは復讐《ふくしゅう》を誓いました。いつか必ず、この手で三人を殺してやる……そのときから私たちが
やったことです。姉がここに監禁されている間に、私が梅木さんと竹下さんを……」

洋子は両手を机につき、がっくり肩を落としながら告白を続ける。

「松井さんを殺したのも、私です」

「ウソつけ！　おまえらが協力してあいつらを！」

矢部が凄《すご》みのある声を出したが、洋子はむきになって否定した。

「違います！　お姉ちゃんは関係ありません！　全部私がやりました！　お姉ちゃんは自分に霊能力があるって勝手に信じてただけ。私がひとりでやりました……ね、そうよね？

お姉ちゃん」

「そうよ」

「へ？」あまりの即答に、洋子は驚いて美幸の顔を見た。

「この子の言う通りよ。私はやってない」

「おまえ……！」矢部は美幸に今にもつかみかかりそうだ。

「バカね、あなたも」

美幸が洋子を軽蔑《けいべつ》するようにフッと笑った。

「うっ……」洋子は突然うめき、口からゴボゴボと血を吐き出す。

「お姉ちゃん、まさか……」

目を見開いて美幸を見つめると、大量の血を吐いて、洋子は床に崩れ落ちた。

「あなた……妹さんに毒を……」

上田は洋子に駆けより、体を抱き起こすが、すでに息を引き取っていた。

「知らないわ。この子が罪を悔いて勝手に呑《の》んだんでしょ?」

美幸は平然としている。

「おいっ、おまえみたいなヤツは絶対に許さん! きっちりと法の裁きを受けさしたる」

矢部が美幸を連行しようとする。

「そうだ。上田先生。霊能力で人は殺せないっておっしゃいましたよね。裁判でもそれ、ちゃんと証言してくださいね。それとあなた」

美幸は奈緒子をじっと見据える。

「あなたが求めている真実が、必ずしも白く正しいとは限らない」

美幸はそう言うと机の上に置かれた牛乳を、喉《のど》を鳴らしながら一気に飲み干した。

「ごちそうさま」

にっこり笑みを浮かべると、美幸は研究室を出て行った。

「YOU……食事でもするか? おいしいリングイネを食べさせる店を知ってるぞ」

奈緒子が夕暮れの屋上でぼんやり考え事をしていると、上田がやってきた。

「せっかくですけど、今日は……」

奈緒子は振り返り、上田と向き合った。ふたりはオレンジ色の夕陽に包まれている。

「どうして？」

「食事をご馳走《ちそう》になったら、私、寝ちゃうかもしれないから」

「……失礼なことを言うな。俺はそんなにふしだらな男じゃない」

「勘違いしないでください。ほら、昨日から私も上田さんも寝てないじゃないですか」

「俺は平気だ」

「それに今日はお母さんも待ってるし」

「ま、そうだな」

上田はやさしく微笑《ほほえ》んだ。

「おやすみなさい」

奈緒子は「遠山の金さん」のテーマを口ずさみながら、屋上を後にした。


「もう、どこ行っちゃったんだろう、お母さん……」

上田のマンションに急いで帰ったのに、そこに里見の姿はなかったのだ。しばらく待ったけれど帰ってこない。それで、仕方なく自分のアパートに帰ってきたのだ。

「ん？」

部屋の灯《あか》りをつけると、ちゃぶ台の上に置き手紙と、お重の入った風呂敷《ふろしき》包みがあった。
奈緒子は達筆な筆文字で書かれたその紙を手にとってみる。
『お帰り、奈緒子
お母さんは今夜の夜行で帰ります。いろいろありがとう。奈緒子の元気な顔が見られて、お母さん嬉《うれ》しかったわ。体に気をつけて頑張ってください。里見』
奈緒子はやっと安心した表情になった。
「お母さん……ん？　でもどうしてここがわかったんだろう……？」
里見が出した手紙の住所がここであることを、奈緒子はすっかり忘れていた。

千里眼の男

TRICK 4

明治四十三年、熊本に御船千鶴子《みふねちずこ》という超能力者が現れ、病気の元凶や石炭鉱脈の場所、沈没した軍用船の組合員の安否などを透視して、一躍有名になった。

世にいう『千里眼事件』である。

当時の科学者たちは千鶴子の超能力の是非を確かめようと、こぞって透視実験を繰り返した。科学者たちが見守る中、千鶴子に目隠しをさせ、錫《すず》の壷《つぼ》の中の文字を透視させる、名づけて『千里眼公開実験』。千鶴子が書いた文字と、壷の中から出した紙に書かれた文字はぴたりと一致する。科学者たちは驚きの声を上げた。

だが、真相が確認されぬまま、千里眼事件は千鶴子の自殺によって幕を閉じることになる。当時の新聞は『千里眼・千鶴子　見事的中するも二度目を拒否』とその事件を報じた。

しかし、透視療法と称して、当時の金額で二十万、現在に換算すると億を優に超える大金を千鶴子が手にしていたとする研究家もいる。

千鶴子の超能力が本物であったかどうか、今となっては知る由もない。

東京は熱帯夜の日が続いていた。

奈緒子の部屋には当然エアコンなどない。毎晩、年季の入った扇風機をかけっぱなしにして寝ているのだが、もう寿命なのか羽根の回転が徐々に遅くなっていく。

「あー？」

パンダの顔がプリントされた三枚千円のＴシャツと、白のライン入り紺色ジャージで寝ていた奈緒子は、あまりの暑さにガバッと体を起こした。ふと見ると扇風機が止まっている。叩《たた》いて動かそうとして手元に引き寄せようとすると、今度は首ががっくりと曲がり、カバーが外れてしまった。手で羽根を回してみるが、壊れてしまって動かない。仕方なく近所のお祭りでもらったうちわで扇《あお》ごうとすると、柄が折れてしまう。奈緒子は泣きたくなった。もう暑くて寝られそうもないので、立ち上がってカーテンを開けてみると、空は白々と明るくなっていた。

すると、コンコンとドアを叩く音がした。奈緒子はぎょっとして部屋の中で立ちすくむ。コンコン……もういちどノックの音が響いた。心臓をドキドキさせながら恐る恐る玄関に近づき、台所の窓からそっと顔を出してみるけれど、廊下には誰もいない。

布団に戻ると、今度は「寒い……寒い……」と女性のすすり泣く声が聞こえてきた。

「寒い？」

きょろきょろと見回すと、ガラス戸の外でチラチラと緑色の火の玉が揺れていた。奈緒子は焦って玄関から飛び出していく。思わず下駄箱《げたばこ》の上の花瓶を割ってしまったが、そんなことはどうでもいい。不安げに廊下に出て振り返ると、白い着物の幽霊が奈緒子に襲いかかってこようとしていた。

「うわあー!」

奈緒子はそのまま気絶してしまった。


「あのぅ……ちょっと」

ひとりの男が奈緒子を覗《のぞ》き込んでいた。

「弥七《やしち》?」

目を開けて素《す》っ頓狂《とんきょう》な受け答えをしてしまったが、新聞配達人だった。奈緒子は立ち上がって自分の部屋に入り、玄関のドアにもたれてため息をつく。

するとまた、コンコン……とノックの音がした。

「ひっ」

「おい」と台所の窓から顔を出したのはハルだった。

「うわうわうわあー!」

「うるさい! 山田、あんたマジシャン……だったよね? ちょっとびっくりさせてもらわないとね」

ハルは『尾久歌声商店街主催 ラドンびっくり人間コンテスト』と書かれたチラシを奈緒子に渡す。

「優勝者には伊香保温泉一泊旅行がもらえるんだって。ほらここ」

「伊香保？」

「たまには温泉さ行ってのんびりしたいわー」

ハルはそう言い残して去って行く。つまり出場して優勝しろということだ。するとまたコンコンとノックする音がした。

「ん？」

ビクッと体を硬くすると「宅配便でーす！」と小包を抱えた男が勢いよく玄関を開けた。


奈緒子は手品の道具を持って『尾久ラドン健康ランド』にやって来た。会場に入っていくと、浴衣《ゆかた》姿の老人たちがビールを飲んだり、居眠りをしたりしながらコンテストが始まるのを待っている。

「本日は『ラドンびっくり人間コンテスト』を開催いたします。進行役は大木《おおき》凡人《ぼんど》がつとめさせていただきます！」

「凡さんいるんだ……」

ステージ衣装に着替えた奈緒子は、舞台裏で嬉《うれ》しそうに笑った。舞台の上には派手なブルーのスパンコール付きタキシードを着た大木凡人が上がっていた。

「本日は、特別審査員として日本科技大助教授の上田次郎先生にお越しいただいております」

「上田？」

奈緒子は眉《まゆ》をひそめた。

「物理学者としてのお立場からラドン審査の方、よろしくお願いしまーす！　ラッドーン！」

大木凡人のギャグは、会場のお年寄りたちに異様にウケている。鮮やかな紺のスーツにグレーのベスト姿の上田は、その雰囲気に驚きながらもにこやかに挨拶《あいさつ》をした。

「驚きは脳細胞に活力を与えます」

そう言って何やらふくみ笑いをすると、上田は胸のポケットから割り箸《ばし》を取り出し、袋から箸を引き抜くと、その袋で割り箸を割って見せた。

「ラッドーン！　上田です」

上田は得意げだが、会場はシーンと静まり返った。

「……ラドン上田、仕事選べよ！」

奈緒子は舞台の袖《そで》で思わずつぶやく。

「では一番手から紹介します。『人間ポンプ』、バキューム加藤です！」

中年男が金魚を呑《の》み込み、口からピンポン球を出したが、会場はしらけている。東海道線の駅名を次々に言う幼児や念力僧侶《そうりょ》、汗かきじじいなど、怪しげな芸が繰り広げられたが、会場はいまいち盛り上がらない。

「もうあきたよ……」

奈緒子もうんざり顔だ。

「最後は『ゾンビボール』、山田奈緒子さん！」

「山田？」

審査員席で上田が怪訝《けげん》な顔をする。

スイスの民族衣装風の格好をした奈緒子はステージに登場し、カセットレコーダーのスイッチをオンにした。「チャララララーン」とマジックショーではお約束の「オリーブの首飾り」がかかり、そのメロディにのってボールのマジックが始まった。両手に持った青いボールからだんだん手を放していってもボールは浮いている。

観客たちは「うおー！」と歓声を上げた。前列に陣取った男性たちは、奈緒子が舞台の前の方に来て、ミニスカートから足がのぞいたことで、さらに盛り上がる。

「足ー！」

「ブラボー！」

老人たちは立ち上がって拍手をしている。

「もらった！」

手品に対しての拍手だと勘違いをした奈緒子はステージ上でにやにやし、くるっとターンをしたりしてみる。すると、ひらりと舞い上がるスカートに観客たちはだんだんと興奮してボルテージが上がってくる。奈緒子もステージ上を華麗に舞いながらボールを操っていたが、あまりに調子に乗りすぎて、カセットレコーダーを蹴飛《けと》ばしてしまった。

その途端に機械の調子がおかしくなり、テープが早回りを始める。奈緒子は止めるに止められず、ステージを続けたが、やがて音楽に動きが合わなくなり、ぷつりと音がして、ボールがポトリと床に落ちてしまった。

奈緒子も観客たちも唖然《あぜん》とする。上田は審査員席で思わず苦笑いだ。奈緒子はひざまずき、ボールを拾い上げようとした。するとステージに向かってきた男が見えないはずの糸をたぐってボールを取り上げてしまう。

「山田奈緒子さん？」

怪しげな黒い眼帯をした男は観客席の方を向き、「切れちゃいましたね、糸」と、糸につながれたボールを見せた。

「なんだい、インチキか！」

「糸、ついてんじゃねえか！」

先ほどまで拍手をしていた観客たちはてのひらを返したような態度で奈緒子をなじる。

「まあまあ、皆さん。この人も一生懸命やってるんですから」

男は両手を広げて観客たちを静める。

「はい、注目ー！」

男の後ろからアシスタントの若い女が観客席に声をかける。赤いスーツの中に着た黒いタンクトップの胸元から豊かな胸の谷間が見える。老人たちは急におとなしくなり、彼女の胸に注目した。

「千里眼、桂木弘章《かつらぎひろあき》先生です、どうぞー！」

女は桂木のアシスタントの田中《たなか》。アクセントが関西弁だ。

「では、お口直しに私が、皆さんに本物の超能力をお見せしましょう！」

助手の男たちが『千里眼・桂木弘章』と書かれた看板を運んでくる。そして桂木は、赤いバラの花を一輪、客席に向かって投げた。

「バラを受け取った方は、お手数ですがステージへ」

「あら……はいはい」と目の前のテーブルにバラが落ちた老婆がステージへ上がってくる。背が高く細身で、やさ男風の桂木からバラを受け取ったので、嬉しそうだ。

「じゃあおばあちゃん、このスケッチブックにおばあちゃんの思いついた数字をいくつか書いていただけますか？」

桂木はそう言うとアイマスクをし、もうひとつの目も隠すと、老婆から二メートルほど離れた椅子《いす》に座る。

「これでいいんかいのう？」

老婆が大木凡人にスケッチブックを渡す。大木はスケッチブックに書かれた『0』という数字を会場に見せた。

「それでは、おばあちゃんの書いた数字はいくつでしょう？」

「ええ、見えます……」

桂木はアイマスクを外し、右目にした黒い眼帯を外し、かっと目を開く。黒い眼帯には目をかたどった抽象的なマークが白く描かれている。これが『千里眼・桂木弘章』のシンボルマークのようで、看板にもでかでかと描かれていた。桂木の右目はカラーコンタクトを入れているのか、目の玉が青みがかっている。その目で見られると、本当に透視されているようだ。

「おばあちゃんの書いた数字は0ですね！」

「あんらまあ……」

老婆と会場は驚きの声を上げ、桂木はにっこりと微笑《ほほえ》んでいる。

「次はいくつでしょうか？　では次の数字をどうぞ！」

大木はスケッチブックをめくった。『3』。桂木はまた同じ動作をし、「3、違いますか？」と答える。

「はい！　ちょっと待っていただけますか？」

会場がどよめく中、上田が席を立ってステージに上がっていった。

「アイマスクを調べさせていただけますか？」

「私がインチキをしているとでも？」

立ち上がった桂木は上田と同じぐらいの長身だ。

「いや……」

「決まってんじゃん」ステージにひざまずいたままの奈緒子は小さな声でつぶやいた。

上田は透かしたり、ふっと息を吹きかけたりしながらアイマスクを点検し、「あの……今度は僕が数字を書いてもよろしいですか？」

と言った。

「もちろん」

上田は『3570』と書いた。

「どうぞ、はっきりとお願いします。それでは！」

スケッチブックを受け取った大木が言うと桂木は自信たっぷりに、

「3、5、7、0！」

と言った。

「うおー！」

観客たちは立ち上がって拍手をしている。

「どうなってるんだ……」

訝《いぶか》しがる上田を無視して、すかさず田中が、

「この後、桂木先生の透視占いを行います！」

と言って老人達にチラシを配り始めた。

『千里眼・桂木弘章　あなたは彼の透視に救われる』

奈緒子はもらったチラシをみて「ケッ」と吐き捨てた。

「あれは大木凡人がグルで数字を教えてたんですよ」

「凡ちゃんが？　そうは見えなかったが」

奈緒子と上田は連れ立って近所の高岩寺に来ていた。

お線香の煙を浴びたり、お地蔵さんに水をかけたりしながら、奈緒子は上田に先ほどのトリックを説明する。いつものようにふたりの後をこっそりとついてくる照喜名もいる。

「数字をことばに換えて、サインを送ってるだけだったんですよ」

「いいですか。思い出してみてください。おばあちゃんの数字を当てられたとき……」

大木は（それでは、おばあちゃんの書いた数字はいくつでしょう？）と尋ねた。すると桂木が『0』を当てる。

「『それでは』と言ったときはきっと0を意味してるんだと思いますよ」

奈緒子は上田に説明する。

（次の数字をどうぞ）と言ったときは『3』。

「で、『どうぞ』は3。そうやって0から9までの数字をすべて短いことばに置き換えて、伝えてるだけなんですよ」

「『どうぞ』が3、『はっきりと』が5、『お願いします』が7で『それでは』が0か……」

上田は自分が数字を当てられたときのことを思い出す。

「あれ？」

奈緒子たちの前を、桂木たち一行が通り過ぎていくのだ。まるで団体旅行のご一行を引き連れるように田中が先頭に立って旗を持ち、桂木や助手の男たちがお年寄りたちの手を引いている。さっきのラドン温泉にいた観客たちだろう。

「あいつらだ……」

ふたりは一行の後をつけた。

そこは『桂木弘章事務所』と書かれた選挙事務所のような場所だった。ガレージには『千里眼・桂木弘章』と書かれたオレンジ色ののぼりがいくつも立っている。

「みなさん、順番にお並びくださいね。桂木先生の透視、無料ですからね！」

田中は外のガレージにずらーっと年寄りたちを並ばせていた。奥の部屋の一角には桂木が座っていて、ひとりの老人を見ているところだった。黒い眼帯の部分を右手で触りながら目をつぶってしばらく意識を集中させる。そしてカッと目を見開き、「玄関だ。玄関にアサガオが見える」と言った。

「そういえば玄関の脇《わき》にアサガオの鉢がある」

「腰痛の原因はそのアサガオです。アサガオのつるがおじいちゃんの腰に憑《つ》いてるんだ」

「つるが？」

「まちがいない。すぐにそのつるを切り、代わりにこの金の分銅《ふんどう》を置きなさい。そうしたら、たちどころに腰はよくなるでしょう」

桂木は赤いひものついた金の分銅を老人に見せた。大きさはてのひらにのるほどだ。

「少々値は張りますが、おじいちゃんの健康に比べれば、安いもんですよ」

桂木は老人の顔を見てやさしく微笑んだ。

「分銅で治りますかの？」

並んでいたほかの老人たちがたちまち分銅に群がっていく。

「分銅って……銅じゃないのか？」

「悪質な霊感商法じゃないですか。ガツンとタネ明かして、一泡ふかせてやりましょうよ。あいつらの手口はすべてお見通しだ！」

ガレージで見物していた上田と奈緒子が話していると、「騙《だま》されるな！　こいつは大ウソつきだ！」とひとりの老人が駆け込んできた。

「こんなもん買っちゃいかん！　騙されちゃいかん！」

老人は杖《つえ》を振り上げ、中に入っていくが、助手たちに外に放り出されてしまう。

「さあみなさん。続けましょう」

桂木は立ち上がり、何もなかったかのようににっこり微笑んだ。

「いててて……」

「大丈夫ですか？　おじいちゃん……」

しりもちをついている老人を抱き起こし、奈緒子たちは家へ送っていった。

老人の名前は菊地《きくち》といった。送ってきたアパートは四畳半一間。ひとり暮らしのようだ。

西日が当たる安アパートは、当然奈緒子の部屋と同じようにエアコンなどなく、窓を全開にしてうちわでパタパタ扇《あお》いでも汗が噴き出してくる。

「先ほど、騙されたとおっしゃってましたが……」

上田は菊地に尋ねた。

「ああ……奴《やつ》から買ったんだ」

菊地は窓際のカラーボックスを指す。そこにはろうそくと例の分銅が置かれていた。

「あそこに置いておけば、神経痛が治ると言われてな」

「神経痛ですか？」

奈緒子が首をかしげる。菊池はいまいましげに言った。

「奴はこの部屋の間取りをピタリと当てやがったんだ」

「あれはいくらで買ったんですか？」

「五十万」

菊地は片手を広げてみせる。

「五十万？」

「ところがいつまで経っても治りゃしねえ」

「これが五十万……」

上田は分銅を持ち上げてため息をつく。

「なあ、あんたらで奴の化けの皮、ひん剝《む》いてやってくれねえか。俺《おれ》はこのままじゃ死んでも死にきれねえよ。頼むよ、礼はする」

菊地は二人に向かって目録を出した。

「こいつでどうだ？　駅前の福引で当たってな。伊香保温泉二泊三日だ」

「二泊三日……一泊多い」

奈緒子はその瞬間、引き受けることを心に決めた。


「気軽に引き受けて、勝算あるんだろうな？」

ふたりは荒川区の細い路地を歩いていた。もう辺りは日が暮れて真っ暗だ。

「上田さんってどこ出身でしたっけ？」ふと、思いついて奈緒子は尋ねた。

「拝島《はいじま》だが、それがどうかしたのか？」

「駅前に商店街ありましたよね」

「ああ」

「左側におそばやさんありますよね？　えーと、なんとか庵《あん》っていう」

「鞠庵《まりあん》」

「あ、そうそう。マリ庵。あそこのおばさん、元気ですかね？」

「鴨志田《かもしだ》さんのことか？」

「そう、鴨志田さん。たしか息子さんかお嬢さんいませんでしたっけ？」

「息子さんがひとりな。跡継いだらしい」

「やっぱり！　あの息子さん絶対跡継ぐと思ってたんですよ。おじさんいい年だったし」

「しかし代替わりしてめっきり味が落ちたって評判だ。どうやらそば粉を黒姫のから替えたらしい。僕は常々思っているんだが、やはりそば粉は信州の黒姫に勝《まさ》るものはない。多少味にクセがあるという者もいるが、そのクセこそがそば粉本来の持つ……やけに詳しいじゃないか、YOU、行ったことあるのか？」

「透視したんですよ。上田さんの頭の中を。えへへへへー」

　奈緒子は得意げに上田を見上げて笑った。

「嘘《うそ》ですよ。自分はさも最初から知ってたように、誘導尋問の要領でいろいろと聞き出していく。駅前に商店街があるのは、当たり前じゃないですか。商店街に普通、おそばやさんがあるでしょう。道の左側か右側かは、どっちを向いているかでどっちにもとれる。コールドリーディングっていって、インチキ占い師がよく使うテですよ。ほら、母之泉でビッグマザーが使ってたのも同じ」

「そうか。じゃあ あのおじいさんも？」

「たぶん、この方法で部屋の間取りを当てられたんだと思いますよ」

「……やっぱりな。やっぱりそんなことじゃないかと思ってたんだよ」

　上田は笑った。奈緒子はぷいと横を向いて、自分のアパートに帰っていった。

「いや、並ぶなんて経験、久しぶりだな」

上田は老人たちの列を見てつぶやいた。翌日、奈緒子とふたりで待ち合わせて桂木の事務所にやって来たのだ。上田は白いボタンダウンにモスグリーンのベストを合わせ、下はいつものチノパン姿。奈緒子は珍しくミニスカートをはいている。

「そうなんですか？」

「一九八一年七月十一日、『ねらわれた学園』の初日、薬師丸ひろ子の舞台挨拶《あいさつ》を見るために徹夜して以来だ」

「ヤクシマ？ 世界遺産ですね、屋久杉。ヤンバルクイナ、ヤンバルマイマイ……あとは、ウミブドウ……？」

上田が呆《あき》れ顔をしていると、中から車椅子《くるまいす》に乗った少年が母親と一緒に出てきた。

「僕、これで治るんだね、お母さん」

分銅を手にした少年は車椅子を押してくれる母親に笑顔をみせる。

「そうよ、よかったわね。今日、お父さんお見舞いに来るって」

母親は慈愛に満ちたまなざしを純平《じゅんぺい》に向ける。地味で質素ないでたちをした母親はすこし疲れた感じはするが、とてもやさしそうだ。

「え、本当？」

純平はにこにこしながら、大切そうに分銅を抱えている。

「あんな子どもまで騙すなんて……」

外に出て行く母子を見送りながら、奈緒子は悔しそうにつぶやいた。

「目にものを見せてやる……！」

上田も怒りを露《あら》わにしていた。


「そうですか、桃太郎侍が毎晩夢にねえ……」

奈緒子は客のふりをして桂木に相談事をしていた。青いテーブルに桂木と対座し、隣には上田がいる。並んでいた老人たちも、ギャラリーとして部屋に入ってもらっていた。

アシスタントの女性は今日も胸の谷間が見える服を着ていて、見せつけるように奈緒子の目の前にかがみこみ、にやにやしている。奈緒子は思わず自分の胸と見比べた。

「山田さん？」

「あっ……昨日はうっかり八兵衛《はちべえ》まで。治りますかね？」

「もちろん」

桂木は断言して目をつぶり、しばらくすると眼帯をとってカッと目を開いた。

「見えます！　小さい頃、あなたはとても大切なものを失くしませんでしたか？　そのときあなたはとても悲しかった。一晩中泣いてしまった……」

「じゃあ何を失くしたのか当ててみてくださいよ」

「いいでしょう」

桂木はまた眼帯をして目を閉じた。

「見えます！　それは……お父さん、いやお母さんですね？」

「お母さん？」

「ええ、お母さんが見えます、はっきりと。あなたのお母さんは亡くなっていませんね」

「答えられません」

「え？」

「だって、その質問には『はい』としか答えようがないじゃないですか。お母さんは亡くなっていてこの世にいないっていう意味と、亡くなってはいない、つまり生きているっていう意味、両方とることができますから。あなたは、ずっとそういう曖昧《あいまい》な質問をしてここにいるおじいちゃんやおばあちゃんを騙《だま》し続けてきたんじゃないですか？」

「……亀、ハムスター、マリモ、金魚、カキ氷器、豊胸パット！」

桂木はいきなり大声でそれらの名詞を連呼した。

「今、挙げたものはすべてあなたの部屋にあるものですね？　違いますか？　ご希望でしたら間取りもお書きしましょうか？」

桂木はサラサラと奈緒子の部屋の間取りを書いた。ちゃぶ台やテレビ、棚などの位置もピッタリ合っている。

「亀と金魚とマリモはここ、そしてハムスターはこの机の下。カキ氷器はこの辺りですね。で、豊胸パットは……」

桂木はどんどん書き足していく。奈緒子は呆然と間取り図を見つめた。

「ここの二番目の引き出し」

横から上田が指をさした。奈緒子は上田をキッと睨みつけた。

「見たんか、上田ー！」

「へへへ」

「こんなのデタラメだわ。インチキ！　上田帰ろ帰ろ！」

「私の千里眼がインチキかどうか、確かめさせて欲しいだけなんですよ」

桂木はアシスタントや老人たちを連れて、奈緒子のアパートまでついてきた。

「ちょっと待ってください。部屋、散らかってると思いますから片づけてきます」

奈緒子は上田やハルと一緒に階段を上がりながら桂木を追い払うように言った。

「そんなこと言って亀を処分するんじゃないでしょうね」

桂木は容赦なく奈緒子を追って階段を上がってくる。

「まさか」

「では遠慮なく」

「ちょ、ちょっと……」

桂木は部屋の中にずかずかと上がってきた。

「さあ、みなさん、思いっきり確認しちゃってください！」

「それにしてもきったない部屋じゃのう」

「まあだらしのない女……」

老人たちは桂木の書いた間取り図のコピーを手に、豊胸パットや洗っていない流しの皿などを点検している。

「何するんですか？」

奈緒子は老人のひとりが手にしていた洗濯物のブラジャーを取り上げた。

「バレたな、貧乳」

奈緒子の横に座っている上田はニヤリと笑った。

「あ、ちゃんと亀飼ってるじゃないですか？」

桂木は水槽の中の緑亀を手に取った。

「違いますよ、この子は……」

奈緒子は緑亀を取り上げる。

「あ、亀じゃ。先生様の描いた絵と一緒じゃ！」

「あんたはウソつき女じゃのう……」

「だらしがない貧乳の嘘つき女じゃ！」

老人たちは言いたい放題だ。

「さあ、みなさん、帰りましょうか？」

田中が勝ち誇ったように声をかけ、桂木たち一行はようやくアパートを出て行った。

ふたつ並んだ目玉焼きの黄身に箸《はし》を突き刺しながら、奈緒子はぶるぶる震えていた。上田とふたり、夕食に弁当を買ってきたのだが、悔しさがおさまらない。

「だらしがない貧乳の嘘つき女、あんな屈辱受けたら、僕だったら生きていられないね」

　上田は箸で奈緒子の顔を指す。

「自信過剰で巨根の……童貞男！」

　奈緒子に言い返され、上田は下を向いて弁当を黙々と食べ始めた。

「でもどうして私の部屋のことがわかったんだろう」

「考えられることはひとつ。この部屋に入ったことのある人間が事前にヤツに教えた」

「この部屋に入ったことのある人、ですか？」

「心当たりはないのか？」

　上田は太いウインナーをむしゃむしゃ食べている。

「……あります。ひとりだけ」

「男か？」

「ええ」

「君にもそういう男がいたのかねえ……いつ別れた男だ？　あ、ジャーミーくんか？　近場でまとめたな」

　一人で勝手に話を進める上田の顔を奈緒子は箸で指した。

「俺か？」

　上田は太いウインナーを刺した箸で自分の顔を指す。

「……上田さんだけなんですよ」

「ウソだろ？　ククククク」

「何がおかしいんですか？」奈緒子はムッとして食ってかかった。

「おまえ、女ともだちもいないのか？」

上田はまだ笑っている。

「あ！　一昨日《おととい》の夜、出たんですよ」

「桃太郎侍か？」

「違いますよ。幽霊」

奈緒子は一昨日のことを話した。

「その幽霊が、奴《やつ》の仕業だというのか？」

「あいつは私がマジシャンだってことを知ってたんですよ。地元のマジシャンなら、ラドンびっくり人間コンテストに参加しないはずはない。だから私が部屋を出ている間に幽霊のふりをして部屋の中に入って写真を撮った……」

「で、君が奴の透視を見破り、文句を言ってきた場合の対応策としてってことか？」

「ええ、ホットリーディングっていって、これもインチキ占い師がよく使うテなんです。本人には内緒でこっそりと事前調査をしておく。すると、当てられた方ははじめて会ったのにどうしてそんなことまでわかるんだろうと信じてしまう」

「ふん、そんなことじゃないかと思った……」

そのとき、バチッと音がして部屋の灯《あか》りが消えた。急に暗くなって上田は脅えた。

「……なんだよ？」

コンコン……。

ドアをノックする音がする。

「また？」

奈緒子が玄関の方を振り向くと、「寒い……寒い……」とこの前と同じ女のすすり泣きが聞こえてきた。

「暑い……暑い……暑いよな？」

上田はうちわを扇ぎながら冷や汗を垂らしている。

「暑くない！　上田さん、奴ですよ。決まってます」

奈緒子は立ち上がって玄関に向かう。

「よせ……奴じゃない。奴にはもう幽霊をやる意味はないもん！」

「そういえば……」

「今度は誰？」

ふたりが振り返ると、ガラス戸越しに火の玉が揺れているのが見えた。

「で、出たっ！」

奈緒子が叫んだ途端、上田はばったりと気絶してしまった。

「はっ！」

うなされるように眠っていた里見はハッと起き上がった。額にはいやな汗がじっとり滲《にじ》んでいる。

「奈緒子……」

里見は奈緒子の身を案じ、立ち上がって寝室を出ていった。

怖かったが、目を凝らしてよくよく見てみると、火の玉の上には何かひものようなものがついている。奈緒子は思い切ってガラス戸を開けてみた。するとそこには脚立《きゃたつ》に乗り、釣り糸を垂れているハルの姿がある。

「お家賃、まだだったわよね？」

黒子《くろご》の衣装を着たハルはバツが悪そうにそう言った。

「タタリジャ！」

すぐそばには幽霊の格好をしたジャーミーくんがいる。

「ボイーン！」

「うるさい！」

ふざけたことをいうジャーミーくんを、奈緒子は思い切り怒鳴りつけた。

「しかし、どうしてこんなものまでぴったりと透視できたんだ……？」

目を覚ました上田は、老人たちが忘れていった部屋の間取りのコピーと、部屋の様子を見比べていた。しかし、どうも豊胸パットの位置が違う。

そこに電話のベルが鳴った。留守電機能すらついてない電話だが、スケルトンタイプでなかなか洒落《しゃれ》ている。奈緒子はまだ外でハルたちともめていたので、上田は人の家にもかかわらず迷わず受話器を取った。

「もしもし」

「えっ？　あ、あ……あの、山田さんのお宅じゃ？」

電話をかけてきたのは里見だった。

「そうですが、どちら様でしょうか？」

「……どちら様って、あなたこそどなた？」

「日本科学技術大学理工学部助教授の上田次郎ですが」

「大学の先生？」

「いえ、助教授です。二年後には教授です」

「へーえ、教授に」

里見が感心したところで奈緒子がガラス戸をバッと開けて戻ってくる。

「まったくもう！　出て行って欲しいなら出ていって欲しいって言えばいいじゃないですか！　やりかたが陰険ですよ、陰険！」

「炭の素と書いて炭素、原子番号6でして……」

「何やってるんですか？　上田さん」

奈緒子は電話で話している上田を訝《いぶか》しげに見た。

「うるさいな、大事な話をしてるんだ。静かにしてろ！　いいですか、お母さん。半紙は、なぜ半紙というかご存知でしょうか……」

「お母さん……？　ちょっと貸してください！　もしもし？」

奈緒子は上田から受話器を奪い取った。

「もしもし？」

「お母さん？」

「あー、奈緒子？　いーい人じゃない、上田さんって」

「ねえ、奈緒子。服を脱ぐときはね。電気消しなさい。それでね、胸はこう……腕を組んで浴衣《ゆかた》姿の里見は片方の手で胸を隠すようにする。

「何言ってるの？　お母さん。違うわよ、全然。上田さんはただの知り合いです」

「ただの知り合い？」

「本当にただの知り合いなんだってば」

「おい、代われよ。書道の話がまだ終わってない」

上田は弁当の続きを食べながら呑気《のんき》なことを言っている。

「うるさい！　上田っ！」

奈緒子は上田を怒鳴りつけた。

「……それより、どうしたの、お母さん。何かあった？」

「ああそうそう。お母さんね、夢見たの。とっても嫌な夢……奈緒子がね、誰かに連れられてどこかに行っちゃうの」

「何言ってるの？」

「奈緒子、何か変わったことない？」

「大丈夫、変な心配しないで」

「そうよね、お母さんどうかしてたわ。上田さんいるんだし。それじゃ、上田さんによろしくね。電気消すのよ」

「だから違うって！」

奈緒子の最後のセリフは聞かずに、里見は電話を切っていた。

「なかなかいいお母さんじゃないか」

上田は呑気にお茶を淹《い》れているので、奈緒子は余計カリカリした。

「何言ってるんですか？　人ンちの電話に勝手に出ないでくださいよ」

「鳴っている電話に出ないという感覚は、もよおしてるのに出せないという感覚と非常によく似てるんだよ。とても我慢できたもんじゃない」

「それでも我慢するの！　常識じゃん」

「誰もデンワ。ジュワッキ！　ビビビビ……」

上田はウルトラマンのポーズをして奈緒子の方に光線を出す。

奈緒子は胸を押さえて苦しげにうめく。

「うっ、やられた……」

珍しく上田のジョークにのって、奈緒子は胸を押さえて苦しげにうめく。

「ところでだ」

「話、変えないでください。恥ずかしい」

「あいつが透視した部屋と、この部屋の相違点を一カ所だけ見つけた」

上田は間取りの書かれたコピーの話にうつる。

「え、どこですか?」

「ここだ。乳パットの位置が違う。これは本来、あのタンスの二番目にあるんだよ」

「あーあ……って、そういえばなんであなたがそんなこと知ってるんですか?」

「そんなことよりも、ほら、な。な?　違うだろ?」

亀の水槽と電話を置いた棚に『豊胸パット』として、半円形のカップの絵が描いてある。

「ああそれはこれですよ」

奈緒子は『ゾンビボール』の出し物で使った発泡スチロールのボールを出して、パカッと割って見せた。それを伏せて、棚に置いてあったのだ。

「ん?　ちょっと待ってください。これ、一昨日大工センターで買ってきて、それで昨日の朝、ラドンびっくり人間コンテストに行く前に組み立てたんです」

「ってことは、奴がこの部屋に入って調べたとすれば、それは一昨日から今朝にかけてということになるな」

「一昨日から今朝……大家さんのはずないし、あ！」

奈緒子は朝早く、突然来た宅配業者のことを思い出した。新聞配達が来るような時間に来た宅配業者は（印鑑お願いします）と言って、奈緒子が印鑑を取ってくるまでの間、部屋を見回していた。それで奈緒子が印鑑を押そうとすると、宛名《あてな》が隣のアパートになっていたので、（あ、これお隣ですよ）と言ったら（どうもすみません）と帰っていったのだ。

「じゃあ、その男が桂木に室内の様子を報告したと言うのか？」

上田は片手にゾンビボール、片手に豊胸パットを持っている。

「ほかには思い当たりません！」

奈緒子はパットを取り上げた。

「宅配便がねえ……」

「……上田さん、おとりになってくれませんか？」

「シジュウカラとかジュウシマツとかセキセイインコ？」

「上田……お・と・りっ！」

「あ、日本科技大の上田です。昨日はたいへん失礼なことを申し上げまして……いやいや、私はかねがね、超能力の存在に否定的な立場を取ってきた人間なんですが、昨日拝見した先生の透視能力ですか。いや、あれには感嘆せざるを得ません」

翌日の午前中、上田は桂木に電話をかけていた。今日はグレーの半袖《はんそで》シャツに黒のベスト。部屋には奈緒子も来ていて、スカイウォーカーを間違ったやり方でやり、上田の電話を聞いている。壁には相変わらずテニスをしながらスマイルする若い頃のさわやかな上田の写真。床には健康器具、ゴルフバッグや野球盤、ツイスターゲームなどが置いてある。

「……つきましては先生にですね、ぜひとも私の家相を見ていただけないかと思いまして……え、二時のリザーブですか？　結構です。では後ほど……」

上田は電話を切り、奈緒子に尋ねた。

「だけどこれで本当に来るんだろうな、宅配便」

「間違いありません」

ピンポーン。玄関のチャイムが鳴った。

「来た！」

「宅配便でーす。印鑑を……」

「アチョー！」

玄関を開けた上田はいきなり男のみぞおちにパンチを加え、失神した男を抱えて部屋の中に運び、奈緒子とふたりでロープで縛る。

「これで報告はできないぞ！　もういっぺん言う。おまえたちのやっていることは全部お見通しだ！」

男をぐるぐる巻きにしながら、奈緒子は高々と笑った。

「これはこれは上田様。お待ちしておりました」

二時。ふたりは桂木の事務所にやって来た。桂木はにこやかに対応する。

「この娘もだいぶ反省してまして、ぜひ先生に謝りたいと。さあ、お謝り」

奈緒子は首を振ったが、上田にたしなめられて、「ごめんなさい、すいませんでした。反省！」と桂木の目は見ずに謝り、反省ザルのポーズをする。

「いやいや、誰にでも過ちはあるものです。その過ちを克服してこそ人は成長する。どうぞ、こちらへ」

「見えますか？」

「お待ちを」

奈緒子たちの向かい側に座った桂木はササーッと上田のマンションの間取り図を描いた。

「上田様のお宅は、このような感じではないでしょうか？」

「どうして……」

「そんなのねえ、不動産屋さんに聞けば……」

絶句する上田の横で、つい、奈緒子は生意気な物言いをする。

「あなた、反省なさったはずじゃ……」

「あ、申し訳ありませんでした。ごめんなさい。反省！」

「ここには健康器具のようなものがいくつか見えました。壁にはいくつかの写真がかかっていますね。全部で四枚。そのすべてに上田様、あなたが写ってます。おや、テーブルの上には箸《はし》が置いてありますね。ここにはゴルフバッグ。ここには野球盤、その隣にはツイスターも……あ、うわー……恐ろしいことです。上田様のお宅には巨大なマムシが憑《つ》いています」

「マムシ？　白マムシですか？　ど、どんなマムシ……？」

桂木にすべてを当てられ、上田は本気になって心配している。

「どうして当たっちゃうんですかね……そうか、あの人本物の宅配便屋さん？」

奈緒子は慌てて席を立ったが、上田はすっかり桂木にノセられて話にのめりこんでいる。

「ゴールデン分銅デラックス、スーパー二十キロです。これを置けば……」

桂木は特大の分銅を出してきた。

「いくらですか？」

「一千万」

上田は財布から小切手を取り出して記入しようとしている。

「買わないの！」

奈緒子は上田の手を引いて事務所を出て行った。

「申し訳ありませんでした。ごめんなさい。反省！」

奈緒子は頭を下げながら、健康器具に縛り付けていた宅配業者のロープを解いてやった。

「申し訳ありませんでしたね。これ、志程度ですが使ってください。いい生地でしょ？」

上田はお香典返しにもらった箱入りのタオルケットを差し出した。

「あと考えられるのはひとつですね。この部屋に入ったことのある人間が事前に教えた」

宅配業者を帰したふたりは、リビングのテーブルにどっかりと腰を下ろした。テーブルの上には鉄道模型の一部が置いてある。

「ありえないね」

「どうして？」

「この部屋に入ったことのある人間はいまだかつて誰ひとりいない。君と、君のお母さんをのぞいてはね」

「ウソ。ウソでしょ？　フフッ……」

「何がおかしいんだ？」

「暗い男！　友だち全然いないんだ。上田って」

「フン！　俺《おれ》を友だちにできるような人間はこの世には存在しない」

「野球盤、意味ないじゃん。ツイスターも」

「自分で投げ、自分で打ち、自分で走る。見てるか、星くん！　これが俺の野球だ。ツイスターもそうだ。想像力だよ。常にもうひとり相手がいると仮想してやる。僕の場合女性なんだがな。さあヨネコ、やってみろ。『私は右、赤』『じゃあ、僕は緑』『あ、次郎。どこ触ってんの？』『しょうがないじゃないか。君はあまりに大きすぎて……』『じゃあ、私は今度は……』」

上田は四つん這《ば》いになり変な格好をして一人ツイスターをやっている。

「あれ？」

無視して桂木の描いた間取り図と部屋の中を見比べていた奈緒子は目の前を見て、ふと気づいた。そして立ち上がり、窓辺に歩いていく。

「そうか」

「どうした？」

上田はツイスターの上でひとり、こんがらかった無理な姿勢をして奈緒子を見る。

「わかりました。あいつのトリックが！」

奈緒子は確信に満ちた顔で上田を見た。

「もう一度私に透視を？」

ふたりは夕方もう一度桂木の事務所を訪れた。

「ええ、さすがに高額の買い物となると、こちらにもそれなりの覚悟がいります。ですからぜひともう一度桂木先生のお力を拝見した上で、ゴールデン分銅デラックス、スーパー二十キロを六個、購入させていただけたらと思いまして」

「なるほど、ごもっともなことです」

「上田さんと私がここで何枚か絵を描きます。先生は私たちの絵を透視してください」

「そんな簡単なことでいいんですか？」

「私には、できませんから」

奈緒子は殊勝な態度で言った。

「ハハハハハ……面白い。やりましょう」

桂木は心から面白そうに笑った。

「あんたらも疑《うたぐ》り深い人たちじゃのう」

「先生様のお力は本物じゃのにの」

周りで見ている老人たちが口々に言う。その中には菊地の姿もあった。


勝負が始まった。上田と桂木はついたての両側に座った。まずは上田がイカの絵を描く。それをギャラリーに見せると、桂木が目をつぶって透視をし「見えます！」と言ってさらさらとマジックを動かし、同じようなイカの絵を見せる。

「違いますか？」

桂木の問いに、奈緒子と田中も含め、ギャラリーの老人たちがいっせいに拍手をした。

次は奈緒子。上田は田中と並んでギャラリー席に座る。

奈緒子はチューリップを描いてギャラリーに見せる。桂木はまた同じ動作を繰り返し、チューリップを描く。その後上田のエンピツ、奈緒子のブタ、上田のイチゴなど、次々と同じことが繰り返された。

「実に見事なものですね」

上田は桂木を絶賛する。

「私の力をもってすればたやすいことです」

「じゃあ最後に一枚だけ、いいですか？」

「お気に召すまで」

奈緒子が上田に代わって、ついたての向こう側に座り絵を描き始めた。

「よろしいですか？」

奈緒子は描き終わった絵をギャラリーに見せた。

「見えます。しかしあなたも最後に面白い絵を描きますね。あなたの描いた絵は……」

桂木は得意満面で「箸」の絵を見せた。

拍手をしようとしたギャラリーたちの手が止まり、会場内を静けさが襲う。上田は「やった！」というような顔で奈緒子を見た。田中は途端にドキッとした顔になる。

「あれー、全然違いますよ。えへへへー」

ついたての向こうからのぞきこんだ奈緒子がおかしそうに笑った。

「え？」

「だって私の描いた絵は……」

奈緒子は「橋」の絵を桂木に見せた。

「これはいったいどういうことじゃ？」

「先生様が間違えるなんて……」

老人たちはざわめいているが、ただひとり、菊地だけはしてやったりという表情だ。

「『箸』と『橋』、聞き間違えちゃったんですよね。パートナーは同じ関東の人にしなきゃ」

桂木はわなわなと唇をふるわせた。田中はうつむいてしまう。

「あなたがこっそりと桂木さんに絵柄を教えていたんですよね。違いますか？」

上田は隣の席から田中に詰め寄った。

「な、何を言うてるんですか……」

「これですよ。あいうえお、いうえおあ、うえおあい、えおあいう、おあいうえ……」

上田は田中のジャケットの襟についているブローチに向かって大声を出した。

「うわーっ！」

桂木が耳を押さえる。

「あ、受信機、外した方がいいですよ」

「昔ね、大声コンテストで優勝したことがあるんですよ。さあ、みなさん、聞いてください」

上田は取り上げたブローチに向かってまた大声を上げようと、大きく息を吸い込んだ。

「うわっ」

桂木は慌てて眼帯を外す。眼帯のゴムについている滑り止めのような透明のクリップが、実は小型受信機だったのだ。

「じゃんじゃんばらばら……」

奈緒子に取り上げられた眼帯の受信機からは上田がブローチに向かってささやいている声が聞こえてくる。

「あなたは、上田さんの部屋を透視したときも、同じ間違いをしたんですよ」

「同じ間違い？」

「ええ」

（おや、テーブルの上には箸《はし》が置いてありますね）

桂木はあのとき、そう言った。

「だけど、帰ってみたら置いてあったのは……」

奈緒子が言うと、上田が風呂敷に包まれた「橋」の模型を出す。

「これでした。上田さんのマンションの向かいには同じようなマンションが建っています。きっとそこからこの人が部屋の様子を知らせていたんじゃないですか？」

奈緒子は田中を指さした。田中は向かいのマンションから望遠鏡で上田の部屋を観察していたのだ。

（ほんで、テーブルの上には「橋」があります）

田中はジャケットのブローチに向かってそう囁《ささや》く。しかしその報告は、関東出身の桂木には「箸」と伝わったのだ。

「これがインチキ透視のからくりです。桂木さん、あなたはおじいちゃんやおばあちゃんのうちも同じように調べておいたんじゃありませんか?」

「……ハメたのか?　俺を」

「人聞きの悪いこと言わないでください。あなたのやっていることに比べたらこんなの可愛《かわい》いもんですよ。この、詐欺師!」

「あんたはペテン師なのか?」

「本当ですか?　先生!」

老人たちが騒ぎだす。

「るっせんだよ、こら!」

桂木は立ち上がって乱暴な口をきいた。

部屋は水を打ったように静まり返る。

「あ、いや……これは何かの間違いなんです。こいつら悪魔なんです、悪魔なんだよ!」

桂木は動揺して、奈緒子たちを指差した。

「悪魔はあんただろ。いいかみんな、騙《だま》されちゃいかんぞ」

ギャラリーの席から菊地が立ち上がる。

「うざってぇ、じじい!」

桂木が菊地を怒鳴りつけたとき、遠くからパトカーのサイレンが聞こえてきた。

「無駄な抵抗は止めろ。おまえらは完全に包囲されている。すみやかに武器を捨てて出てきなさい」

覆面パトカーから降り立った矢部が拡声器越しに言う。

「ドドドドドドド……」

石原が横で妙な擬音を出す。矢部がいぶかし気に見た。

「何や、それ？」

「ヘリコプター！」

「お前は江戸家猫八か！……機動隊の装甲車も参加させい」

「機動隊一班、前へ！　装甲車、ブルンブルルン……あ、あ！」

石原が声帯模写をしていると、事務所のドアが開き、ふてぶてしい態度の桂木がガレージに姿を現した。

「市民の味方、愛と正義の警視庁です。もう心配はいりません。ご安心を」

「遅かったな、矢部！」

奈緒子が前に出る。

「やかましいわい！　桂木弘章やな。あんたに騙されたっちゅうお年寄りが各地で被害届出してんねん。本庁まで来てくれるかー……連行せい！」

矢部は石原に命じ、桂木と田中、そして助手たちの数を数える。

「一、二、三、四……六人も乗れるか？」

「七、八。八やで」

石原は自分と矢部も数に入れて、車の様子を見に行った。

「おまえら、動くな！　ご協力ありがとうございました」

矢部は上田に向かって敬礼する。

「どういたしまして」

横から敬礼をした奈緒子が出てくる。矢部はムッとしていた。

「おまえにやってないわ」

「一度やってみたかったんですよ、これ。えへへへー」

奈緒子のバカ笑いに矢部は眉《まゆ》をひそめる。

「どや、乗れそうか？」

「ええ、兄ィの荷物、全部捨ててきました！」

矢部は戻ってきた石原を殴りつける。

「さあ、キビキビ歩け！」

矢部に連れられ、桂木たちが歩き出した。桂木は奈緒子たちを睨《にら》みつけていく。

「世話になったな。これは約束のお礼だ」

菊地は奈緒子に目録を差し出した。

「どうもありがとうございます」

後ろから背の高い上田が手を伸ばし、目録をひったくった。

「どうして上田さんがもらうんですか？」

「ただの温泉ほど心を癒《いや》すものはない」

「ダメですよ。これは私が……」

覆面パトカーに乗せられようとしている桂木に、車椅子《くるまいす》の少年が近づいていった。

「先生、僕、治らないの？　死んじゃうの？」

少年はひざ掛けの上に例の分銅をのせている。

「……そうだよ。先生はインチキだからね。アハハハハ」

桂木はしゃがみ込んで、優しく少年の目を見て笑った。

「桂木、はよ乗れ！」

桂木は奈緒子たちの方を一瞬ふり返ったが、そのまま覆面パトカーに乗り込んでいく。

ぽつんと残された少年と、すこし離れた場所から見守る母親を、奈緒子と上田は唇をかみしめながら見つめていた。

黒門島

TRICK 5

1

沖縄にはユタと呼ばれる女性たちがいる。自らの中に霊魂を憑依《ひょうい》させ、彼らの言葉を伝える、いわゆるシャーマンである。

シャーマンは世界各地に存在する。彼女たちが病気を治し、災いを防いだ事例はいくつも報告されている。科学はいまだそれを解明できてはいない。


日本の南の外れにある小さな島、黒門島。

その島のはずれの洞窟《どうくつ》の中で、島民たちによる話し合いがもたれていた。真っ暗な洞窟の一角には聖なるものであるかのように火が焚《た》かれ、一同の顔をゆらゆらと映し出している。輪の中心にいる真っ白な髪に木の葉の冠をまとった老婆が口を開いた。

「百二十年に一度、島の東の海よりシニカミは現れる」

彼女の口から発される声はエコーがかかったように洞窟内に響き渡り、よけいに神がかった雰囲気をかもし出す。

「シニカミとはいったいなにか？」

島民のひとりが尋ねると、老婆は一枚の巻き紙を広げた。そこには海から現れる巨大な怪物が描かれている。

「神の遣わし者……あるいは災いの始まり」

「災い？」

「死者が蘇《よみがえ》ろうとしておる。我々に裁きを下すために」

島民たちはいっせいに怯《おび》えた表情を浮かべ、後ずさった。

「あの女を呼び戻すのじゃ。島を捨てたあの女を……」

老婆は方言まじりの言葉で島民たちに命令をくだした。


「暑いだろ、どうぞ」

研究室に奈緒子を呼び出した上田は、資料の束を手に持ち、パタパタと扇《あお》ぎながら奈緒子に濁ったオレンジのような色をしているジュースをすすめた。この日の上田は黒いベストだ。机の向かい側の奈緒子は相変わらず無表情で座っている。

「知り合いに文化人類学をやってる奴《やつ》がいるんだけどね。南の島をフィールドワークしたときに、何人かの霊能力者と出会ったというんだ。興味あるだろ？　その男の話では、霊能力者たちはみんなインチキで、おそらく植物から取った薬物を使って、人々を惑わしてるんじゃないかっていうんだ」

「薬物？」

「ああ、あの辺の島にはいろいろ変わった植物が生えているからね……どうぞ」

ふたりは目の前のジュースを飲んだ。

「幻覚を見せる薬、ときには飲むと恋に落ちてしまう薬なんていうのもあるらしいんだ。一種の媚薬《びやく》だな。どうぞ」

奈緒子はジュースを飲み干して、うっとりと目を閉じた。

「何か、変化はないか？　ポーッとしてきたとかさあ。心臓がバックンバックンしてきたとか」

「なんで？」

上田はメガネを取ってじっと奈緒子の顔を見ている。

「入れといたんだよ。君のジュースにその薬。試してみないといけないからね」

「上田さんこそ何か変化ないですか？」

「ないよ。入れたのは君のだけだ」

上田は奈緒子のコップを指す。

「入ってたの、たぶんそっち」

奈緒子は上田のコップを指した。

「飲む前にこっそり入れ替えたんですよ。上田さんがジュースを出してくれるなんて変だと思ったし、それに変な匂《にお》いがしたし」

「……なんで君はいつも俺《おれ》の……ヒック……邪魔ばかりするんだ？」

　上田は顔を赤らめてしゃっくりをしだした。

「科学者だったらまず自分で試せばいいじゃないですか」

「俺は理性しか……ヒック……持ち合わせない人間だ。媚薬で感情が動く……ヒック……ことなんてないんだよ」

「ごちそうさま。帰ります」

「どうして？」

　上田は潤んだ目で奈緒子の手をぎゅっと握った。奈緒子はすかさずふりはらう。

「別に何でもないよ……YOU、今日いつもと違わない？　髪、切ったのか？」

「上田？」

「くちづけは、生物共通のコミュニケーションだ……ほーら、目を閉じて」

　上田は奈緒子の両肩を手で押さえた。

「バカ効きじゃないですか、薬！」

　奈緒子は上田を突き飛ばした。

「バーカ！　単細胞！　ゾウリムシ！」

「フン！　素直じゃないな、じゃじゃ馬娘が！」

「鍵《かぎ》かけて閉じこもって、ジャージャー麺《めん》食ってろ、ターコ！　フン！」

　奈緒子は研究室のドアに向かって歩いていった。ドアの前で振り返った。

「あ、誰にも会わない方がいい。巨根がバレるぞ！」

「WAIT！……まったく、照れやがって！」

上田は仕方なく、机の上に広げてある科学雑誌を手に取った。

そこに載っていた年増《としま》の女性科学者の写真を見て、上田は心をときめかせていた。

「お？　OH　GOOD！　YEAH！」

「……ガンバレ、ガンバレー！　ゴール！　一着！　初めてできた！」

夜、奈緒子はアトラクションに使えないかと、飼っている亀に競走をさせていた。一匹の亀がなんとかまっすぐコースにたどり着いたので、興奮していると電話が鳴った。

「もしもし？」

「……奈緒子か？」

「どなたですか？」

「私だよ、憶《おぼ》えてないかい？　おまえはもう私の声を忘れてしまったのか？」

奈緒子の脳裏に、生きていた頃の剛三の姿が浮かぶ。

「……お父さん」

「やっと思い出してくれたか？　近くにいるんだ。これからお前に会いに行く。ドアを三回ノックする。そしたら開けてごらん」

「……いいかげんにしてください！」

奈緒子は電話を叩《たた》き切った。思わず玄関の方を見ると、コンコンコンと三回ドアをノックする音が聞こえてきた。奈緒子は恐る恐るドアを開けてみる。そこには誰もいなかった。

「誰よ。こんなイタズラするの……フン！」

奈緒子は怒ってドアを閉めたが、廊下の暗がりにはろうそくを手にしたひとりの男が後ろ向きに立っていた。光の中にぼんやりと浮かぶその人影はまぎれもなく剛三だった……。


「山田っ、山田っ！」

翌朝、奈緒子が買い物に出かけようと階段を降りてくると、アパートの外でラジオを聴いているハルに呼び止められた。

『七日午前四時三十分ごろ、埼玉県蓮田《はすだ》市蓮田の木村酒造埼玉事業所で大規模な爆発事故が発生しました。この事故の影響で……』

ハルは外で涼みながら、熱心に爆発事故のニュースに耳を傾けていた。ハルはラジオを気にしながら奈緒子に一通の手紙を渡す。

「『あなたの未来を知る者』？」

差出人を見た奈緒子は歩きながら中身を読み始めた。

「『この手紙は昨日投函《とうかん》されたものです。ウソだと思うなら消印を確かめてください……』」

奈緒子は読みながら封筒を見た。たしかに昨日、九月六日の消印が押してある。

「『さて、私の予知能力を証明するために、今日起きる事件をひとつ予言しておきます。〝蓮田で爆発〟どうです。当たっていますでしょうか』」

その事故については、先ほどハルが聴いていたラジオから流れていた。

「ジャーミー！　蓮田で爆発よ！」

背後で大騒ぎしているハルの声が聞こえてくる。

「『それではいよいよあなたについての予言です。あなたは今日街で素敵な男性と出会います。彼はあなたにびっくりするような未来をもたらしてくれるでしょう』……はあ？」

奈緒子は首をかしげた。


「うわあっ！」

奈緒子が果物を買って八百屋から出てくると、若い男がぶつかってきた。手に持っていたグレープフルーツがゴロゴロと転がってしまう。

「すみません。大丈夫ですか？」

髪の毛を七三に分け、ダサいスーツを着た男が奈緒子に問いかけてくる。

「あの、ちょっとお尋ねしたいんですが……」

奈緒子は顔をのぞきこんだその男を思い切り殴った。

「……な、何するんですか？」

「おまえのやろうとしてることは全部お見通しだ！」

「は？」

「とぼけるな！　わざとぶつかっといて。これ、出したのおまえだろ？」

奈緒子はかごの中から出した手紙をつきつける。

「はあ？　何なんだい、これ？」

「……違うの？　おまえじゃ……ないのですか？」

「知らないっぺさ、こったもん。今日、福島から出てきたばっかなんだ。道訊《き》いただけで殴られるっちゃ、なんてとこなんだい？　東京っちゃ」

目の前の男は田舎から出てきたてという感じで、小脇《こわき》には時刻表をはさんでいた。

「……すみません。たくあん、どうぞ」

奈緒子は落ちたたくあんを拾って渡そうとしたが男は怯《おび》えて後ずさり、逃げていった。

「はあ……やってもうた」奈緒子はもう一度封筒に目を落とす。

「ん？」日光の下で封筒を斜めにして透かしてみると、何かの跡がついている。奈緒子はかごの中からエンピツを取り出してこすってみた。

奈緒子は小さなビルにやって来た。階段を上がり、ある一室のドアをのぞいていると、いきなり後ろから肩をつかまれた。振り返ると、一見人のよさそうな顔をした中年男が立っている。その後ろには野球帽に黒ぶちメガネの男もいて、ふたりは色違いのポロシャツを着ていた。

「山田奈緒子さんですね？　来る頃だと思ってましたよ。はいじ、はいじ、はいじ」

「はいじ？　アルプスの？」

奈緒子は首を傾げたが、どうやら「はいじ」というのは「どうぞ」という意味の方言らしい。男はドアを開け、奈緒子を中に招き入れるような仕種《しぐさ》をした。

中は事務所に使うようなガラーンとした部屋で、インスタント食品や鍋《なべ》などの生活用品が乱雑に置かれていた。長椅子《ながいす》に置いてあるタオルケットや、つるしてあるハンモックなどから数日前にやって来て住み着いているという様子がうかがえる。

「私は黒津《くろつ》次男《つぐお》。そしてこちらが弟の三男《みつお》です」

淡いグリーンのポロシャツが次男で、黒ぶちメガネに黄色いポロシャツが三男だ。

「何なんですか。あなたたち」

「予知能力ブラザーズとでもいっておきましょうか。ほら、その手紙の予言、当たっていたでしょう？　蓮田で爆発事故」

三男は次男以上に強いクセのあるアクセントでしゃべる。

「こんなの予知能力じゃありません。あなたたちは昨日のうちにエンピツでここの住所を書いて、自分宛《あ》てに手紙を出した。手紙を受け取ったあなたは、エンピツで書いた自分の住所と名前を消し、代わりに私の住所を書いて今朝、私の郵便受けに入れておいた。だから消印は昨日のものになっているし、事故のことは当たっている。これが証拠です」

奈緒子は自分がエンピツでこすって浮かび上がらせた次男の住所と名前を見せた。ふたりは揃《そろ》って拍手をする。

「いや、こうでもしないとわざわざ来てはくれないと思いましてね。とにかくあなたは今日素敵な男性に会った」

「どこにいるんですか、素敵な男性が？」

奈緒子は部屋をきょろきょろと見回し、地味なサエない顔をした次男に尋ねる。

「まさかあなた？」

「……ハハハ」

次男に続き、三男も同じように「ハハハ」と笑った。そして、「とまあ、ここまでは当たっている」と次男は顔をひきしめた。

「ひとつも当たってないじゃないですか」

「その男性はびっくりするような未来をあなたにもたらす。これはもうすぐ当たることになりますよ」と三男が言った。

「……これ、何かの勧誘ですか？　だったら私、興味ありませんので」

さすがに不安になった奈緒子はくるっと向きを変え、帰ろうとする。

「待ち、待ち！　黒門島って知ってるかい？　黒い門の島と書いて黒門島。南の方にある小さな島だ。我々はそこから来た」

「獄門島？」

「黒門！」

ふたりは声を合わせて訂正した。

「……地理の授業ですこし」

「君のお母さん、黒門島の生まれだよね?」

「……ええ、でも母は結婚してからずっと長野に住んでるし、私も母が生まれた島の話なんて一度も聞いたことありません」

「変だと思わないかい?」

「え?」

「母親が娘になんで自分の生まれた場所について話をしない? 幼い頃の思い出とか、中学生のときの憧《あこが》れの先輩とか、なんで君は一回も聞いたことがない?」

次男にたたみかけられ、奈緒子は黙り込んだ。

「君、お母さんの実家に連れて行ってもらったことある?」

三男が奈緒子の背後にぴったりと詰め寄ってくる。

「いいえ。でもそんなの人の勝手です」

「勝手だよね、たしかに。でも変だと思わない?」

「……何が言いたいんですか?」

「君のお母さんが島で何をしたか、知ってるか? 君たちにはそれ相応の償いをしてもらわないといけないと思ってね。だからここに来てもらったさ」

「……母はいったい何をしたんですか?」

「やっぱり知らないのか。だったらお母さんに直接訊いてもらうしかないさいが」

「話はそれから。我々はいつでもここにいる」

次男は勝手に話を締めくくる。

「もう二度と来ません」

「君のお父さんを殺したのが誰か、知りたくないか？　えへへへー」

「えへへへー」

ふたりは奈緒子や里見がいつもするような笑い方をする。

「何か、知ってるんですか？」

「すこしは自分で調べれ。犯人は君がよーく知ってる人物だよ」

次男は冷たく言い放つ。釈然としない思いで奈緒子は立ち去りかけたが、突然思いついて言った。

「あっ！　昨夜のイタズラ、あなたたちですね？」

「イタズラ？」

「私が『ウサギと亀』に夢中になっているとき、父のふりして電話をかけてきた」

「お父さんから君に電話が？」

「シニカミだ……」

「黙れ」

真っ青になり怯えだした三男を次男が制する。奈緒子はそんなふたりを疑いの目で見つめて踵《きびす》を返した。

部屋に帰ってきた奈緒子は田舎の里見に電話をかけた。

「どうしたの、奈緒子？」

「今日ね、黒津さんていう人たちと会ったの」

「……黒津？」

「……何言ってるのよ。あなた、どういう風に言われたの？　第一どういう人たちなのよ、その人たち？」

「お母さんは昔、島でひどいことをしたって、その人たち言ってた」

「お父さんを殺した人、知ってるって言ってたよ。お母さん何か隠してる。ねえ、なんで何にも教えてくれないの？　お母さん！」

「奈緒子……ねえ落ち着いて。あの……」

奈緒子は興奮して電話を切っていた。そして再び受話器を上げる。

「もしもし、上田先生の研究室お願いします」

奈緒子が日本科技大に電話をかけたとき、上田は怪しげな植物のパックを試していて、顔中を緑に染めていた。奈緒子から黒門島のことを聞くと、怪訝《けげん》そうに言った。

「黒門島？」

「どんなところか調べて欲しいんです」

「なんで？」

奈緒子は答えずに受話器を置いた。

「あー、あった。これじゃこれじゃ」

石原は棚から昭和五十九年の事件ファイルを出してくる。

「十六年前の事件なんか今さら調べてどないするんや？　こっちだって忙しいんやで」

「あー『山田剛三、水中からの脱出訓練中に死亡』って書いてあるの……これじゃこれじゃ、おまえのおやっさんが使ってた仕掛けの箱じゃの、これ」

ページをめくるうちに、何枚かでてきた写真の中から、石原は水中脱出用の箱が写ったものを見つける。

「ここから入って、閉じ込められたふりをして菱形《ひしがた》の窓を開けて出る……んなもんおまえ、わしでもできるやないか、のう？」

「でも、そんなに簡単に脱け出せるんだったら、どうして父は死んだんでしょう？」

「そんなもん、おまえのおやっさんが、よっぽど間抜けやったということじゃのう。はははは。ほら、けえるぞ。はよせえや」

奈緒子は資料や写真をこっそりとかごにしまい、部屋を出た。

（いるのですよ、この世には。本物の力を持った霊能力者が）

（本物の霊能力者を知っている）

ビッグマザーとミラクル三井は、死ぬ間際に奈緒子にそう言った。

（真実がわかるわ）と殺人を犯した美幸も意味ありげにそうつぶやいていた……。

部屋に帰ってひとり、警察から持ち出してきた写真を見つめながら、奈緒子の頭の中には彼らの言葉が蘇《よみがえ》る。そのとき電話が鳴った。

「もしもし？」

「奈緒子か？」

声はまた剛三のものだった。

「いいかげんにイタズラは……！」

「どうしてわかってくれない……そうだ。昔みたいにおまえにひとつ手品を見せてやろう。いつも持ち歩いているトランプがあるだろう。目の前に置いてごらん」

奈緒子は言われた通り、かごからトランプを出してテーブルに置いた。

「一枚選んで」

右肩に受話器を挟んだ状態で箱からトランプを出し、適当に一回カットしていちばん上のカードを見る。スペードの3。

「それをよーく念じるんだ。お父さんに伝わるように……スペードの3。当たっているかい？」

「どこにいるの？　どこかで見てるのね？」

「見える場所なんてどこにもないよ」

「どこにいるの？」

「過ぎたことを探るのはもうやめなさい。私は霊能力者に殺された。お前が敵《かな》う相手じゃない……」

剛三の言葉の合間をぬって、受話器からジャーミーくんの歌声が聞こえてくる。この近くからかけているのだ。奈緒子は慌てて外に飛び出した。案の定、ジャーミーくんがアパートの外の道で夕涼みをしながらデタラメな歌を歌っている。キョロキョロと見回してみると、公衆電話の近くにろうそくを持った剛三が立っている。

「お父さん！」

奈緒子は駆け出した。

「来るな！」

剛三の声に奈緒子は足を止める。

「近づくんじゃない……」

剛三はふっと微笑《ほほえ》んでろうそくを消し、その途端に姿も消えてしまった。

仕方なく戻ってきてドアを開けると、上田が玄関口に座っていた。微笑みながら立ち上がった上田の手に花束が握られているのを見て、奈緒子は慌ててドアを閉めた。

「ちょっと待て……」

制止した上田の手は無惨にドアに挟まれた。

「ったく、どういうつもりだ。人がせっかくポケモン島のこと、調べてきてやったのに」

奈緒子は上田を部屋に上げ、テーブルを挟んで手に包帯を巻いてやっている。

「花束持ってきたから、てっきり結婚でも申し込みにきたのかと思って」

「バーヵ。あんな薬がそうそう延々と効いてるわけねえだろ！　これはね、カリボネという花だ。黒門島にだけ生息している、これが例の媚薬《びやく》の元になるんだよ」

奈緒子は鼻を近づけ、その強烈な香りに思わず「うっ」と顔をそむけた。

「匂《にお》いはかがない方がいいぞ。常人はこれだけで効いてしまう場合があるからね。へへへへ……」

上田は笑いながら自分で匂いをかいでみる。

「……YOUのとこの大家さん、よくみるとけっこう美人だよな」

「上田さん、まだバカ効きですよ」

「え？　俺ってうざい？　あ、フィールドワークしてる友人に聞いたんだけどね。ポケモン島では今、おかしな現象が起こってるらしいんだよ」

「黒門！」

「……島が、死にかけてるらしい」

「死にかけてる？」

「理由もないのに島の植物が枯れたり、岸壁が崩れて海に沈んでいったり……つい最近も科学者たちの調査団が島に入ったんだが、理由はまったくわからなかった。島の人たちの話では十何年か前にひとりの巫女《みこ》が島から逃げ出して、島の霊たちを怒らせたせいだというんだがそんなバカな話あるわけがない」

上田は花束を抱えて話しながら、ズリズリと座布団をひきずって奈緒子の隣に来る。

「……巫女？」

「どうだ、面白いだろ？　ＹＯＵ……おまえいい匂いだな。リンスは何だ？」

「上田！……さっき父が来てたんです。十六年前に死んだはずの父が」

「えーっ!?……って夢でも見たのか？」

「それが夢ならこれも夢です」

「写真のお父さんだったりしてな」

「しゃべってました」

上田は財布の中から五千円札を抜き出し、「いいか」と新渡戸稲造《にとべいなぞう》の顔を真ん中から折り曲げていろいろな角度から見せたり、パカパカと折ったり開いたりしてみせる。

「ほーら、泣いたり笑ったり、しゃべってるように見えるだろう」

「上田さん、やっぱり変ですよ」

「ほーら、見える見える。あははははあはははは」

「やめろ、バカ上田！」

奈緒子はお札を取り上げ、むきになって言い張った。

「でもあの声はたしかに父のものでした」

「おい、いいか。君が最後にお父さんの声を聞いたのはいつだ？」

「そのとき君はいくつだった？」

「十六年前」

「五、六歳……？」

「君がお父さんの声を正確に覚えてるはずがないんだよ」

「でも、写真をパカパカやってるようには見えませんでした。それに父はこう、ろうそくを持って」

「なんでわざわざろうそくなんか」


「父は、ここに立っていて、私は向こうに立っていた……あれ？　これ」

外に出て説明を始めた奈緒子は、公衆電話の真上の街灯がついていないことに気づいた。

「あー、消えてるな」

「おかしいな。昨日は確かに……」

「ハハーン。君が見たのはやっぱりただの写真だよ。ろうそくの火はちらちらと揺れる。明かりが揺れればただの写真でも生きて動いているように見える。そしてここに、蚊帳《かや》のような布を張っておく。さらに後ろを黒くし、ろうそくを吹き消せば、立っている人物は見えなくなる。そして君がいなくなった後、もろもろ外して逃げた。はははははは」

全身真っ黒な格好をした人物が剛三の顔写真を自分の顔の部分につけて、ろうそくを持ち、蚊帳の後ろに立っている。そして奈緒子が近づいてきそうになったので、ろうそくを吹き消して逃げていったというのだ。謎《なぞ》を解明した上田は得意満面で帰っていった。

「どうして、当たったんだろ……ん？」

なぜスペードの3だとわかったのだろう。布団に入り、仰向《あおむ》けに寝転がった奈緒子はトランプを広げてみていた。そして、あることに気づいた。


「やっぱりあなたたちだったんですね。父のふりして電話してきたの」

翌朝、黒津兄弟の部屋に向かうとふたりは並んで食事をしていた。簡易コンロにかけた鍋《なべ》で何やら郷土料理のような煮込み料理を作っていて、それをもくもくと食べている。

「電話の男は私に一枚のカードを選ぶように言いました。私はとっさにスペードの3を選んだ。男はそのカードを当ててみせた」

奈緒子はふたりの前に座り、トランプを出して説明を始める。

「このカード、すこしだけ折り曲げてありますよね。重ねるとそこだけ隙間《すきま》ができる。父からの電話で慌てていた私は、とっさにその隙間のところからカードをカットした。私がこのカードを選ぶ確率は高かった。カードを折り曲げるチャンスのあったのはあなたたちだけです。この前、私がここに来たときに」

三男が奈緒子の背後にぴったりと寄り添って話しかけてきたときに、かごからすっとトランプを抜き、スペードの3のはしをすこし折り曲げた……奈緒子はそう確信していた。

「くだらんね。第一、なぜ我々がそんな手間暇のかかることをせにゃならん？」

ピンクのポロシャツを着た次男が奈緒子を睨《にら》みつける。

「君のお母さんは何か隠していた。だから君はここにまた来たんだろ」

苛立《いらだ》った奈緒子は手に持ったトランプを床に投げつけた。

「母は島で何をしたんですか？」

「島から逃げたんだよ」

次男と三男は声を合わせて言った。「島」が「すま」になってしまう方言と、全体の妙なアクセントが、奈緒子に圧迫感を与える。

「三十年前、君のお母さんには決められた結婚相手がいた。だがその人間と結婚するのがいやで、島を逃げ出したんだよ」

「……アハハハハ！」

奈緒子は三男の説明を思い切り笑い飛ばす。

「何だ、そんなことか。そんなのあたりまえじゃないの。ほかに好きな人がいるなら逃げようが何しようが勝手じゃないですか」

「……カミヌーリって聞いたことあるかい？　島に代々伝わる巫女の家系だよ」

「母がそのカミヌーリの家系だったと？」

「君のお母さんが島から逃げ出した後、島は死に始めた。植物が枯れ、島も動物たちもいなくなった。岸壁は海に沈み始めた」

奈緒子ははっとして、昨夜の上田の話を思い出す。彼もまったく同じことを言っていた。

「でもね。問題はそんなことじゃない。もうすぐもっと恐ろしいことが起こる。島にはある伝説があってね。百二十年に一度、東の海よりシニカミが現れ災いをもたらす」

昨日と同じ野球帽に、黄色いポロシャツを着た三男は腕組みをしながらもっともらしく話す。奈緒子はバカバカしくなって、すっくと立ち上がった。

「ええかげんにさらせ！　おまえら『日本昔ばなし』か？」

「すこしは真剣に聞いたらどうだ」次男が奈緒子に言った。

「すこしは真剣に話したらどうだ」奈緒子が言い返す。

「ようするにあなたたちは私の母に島に戻ってその東の海からやって来るシニカミとかいうやつと闘えっていうわけですね」

「まさか。我々も今さらそんなことは言わない」

「だよなあ。えへへへへー」

「えへへへへ……」

次男たちも奈緒子と声を合わせて笑う。

「代わりに君に島に戻ってもらいたい」

「はい？」

「君にもカミヌーリの血は流れているんだ。お母さんと同じように霊能力がある」

「ないですよ」

「ある」

「ない」

「島に行けば否応《いやおう》なしに思い出す。ちょっとした儀式が必要だがね」

「儀式？」

「アナアキーの儀式といってね」

代わって三男が自分の頭をくるくると撫《な》でるような仕種《しぐさ》をしながら話しだした。

「頭にこう神の宿る穴をうがつというような意味がある。婚礼の折には必ず行われるんだ」

「誰か結婚するんですか」

「君さ」

次男がにっこりしながら言う。

「島に行って、ある人と結婚して欲しい。君の役目は島のためになるべくたくさんの子どもを産むことだ」

あまりに驚いて、奈緒子は黙って立ち尽くした。

「行きたいのか行きたくないのか、どっちだ？」

「行きたい……わけねえだろ、タコ！」

「タコ？」

「第一、私が今いなくなったら世の中大混乱ですよ」

「その点については僕たちもよく調べたよ。君がいなくなっても悲しむような人間も見当たらないんだ、これが」

三男がしみじみと言う。奈緒子は焦って言い返した。

「いますって」

「だから誰？」

「……大家さんとか」

「君が出て行くと聞いたら泣いて喜ぶよ」

「亀とネズミ……餌《えさ》あげないと」

「……もういい！」

苦しい反論をする奈緒子を次男が遮った。

「すこしは君にも人間の心があると思ったが……」

「兄さん、でもそれじゃ島は？」

「んなじょーぶ」

次男は「もういい」という意味の方言で答え、首を振った。

（すこしは君にも人間の心があると思ったが）……次男の言葉が頭の片隅にこびりついたまま、奈緒子はぼんやりとビルを出てきた。そして、隣のビルの入り口のところから、照喜名がこっそりのぞいているのに気づく。照喜名は慌てて姿を隠した。

「……あなたね？　ずっと私のこと調べてたの」

照喜名はさっと駆け出した。

「待って！」

必死で追いかけたが、ずんぐりむっくりした体の照喜名は意外に逃げ足が速く、すぐに見失ってしまった……。


その日のうちに長野に帰ってきた奈緒子は、実家の近くの坂を上ってくる途中、幼なじみの瀬田が選挙演説をしているのに出くわしてしまった。自転車に『瀬田一彦　瀬田彦一郎の長男』と書かれた顔写真入りのパネルをつけ、数人の小学生を相手に話している。奈緒子はそれを避け、まわり道をして山田家の門をくぐった。

「お母さん！」

里見はちょうど庭先でぬかみそをかきまわしていた。

「奈緒子、どうしたの？」

奈緒子は無言で上がりこみ、居間のテーブルの上で警察から隠し持ってきた資料を広げた。里見は表情を堅くした。

「今さらそんなもの見てどうすんの？」

「ちょっとね……お父さんの手品のこと、いろいろ知りたくて」

里見が出したきゅうりの漬物をポリポリ噛《か》みながら、奈緒子は必死で資料を見ている。

「あ！　あなたもしかしたら、あの変な男たちにまた会ったなんてことないわよね？」

「会ったよ。全部聞いた。カミヌーリの話も、お母さんがお父さんを好きになって島を逃げ出した話も、そのせいで島が死にかけてみんなお母さんを憎んでるって話も。だからお母さんは私が思ってるよりずっと素敵な人だったんだねって言いにきたの」

「え？」

「だってそうじゃない。どうして好きでもない人と結婚なんかしなくちゃいけないの。私だって同じことをしてた。お母さんくらい勇気があって、お母さんくらい好きな人がいたらだけど」

「……ごめんなさい。本当はお母さんが勇気があったんじゃないの。お父さんがいてくれたから」

　里見はようやく重い口を開き始めた。

「小さい頃からさんざん言い聞かされてきたの。おまえは巫女《みこ》としてこの島のために生きるんだ。決められた人と結婚し、決められた儀式を行うんだ。もしそれを破れば悪霊がお前を追ってくる」

「ウソくせー……」

「……いや、でも実際島ではそういう不思議なことがいろいろと起こってたのよ。で、お母さん、ためらっているうちに結局見知らぬ人と結婚することになってしまった。結婚式の日はね。島中の人たちが寄ってたかって、花嫁は『わらびー、なっしー。わらびー、なっしー』って言われながら酒をかけられる」

「ひょっとしてそこにお父さんが現れて？」

「お父さんが颯爽と現れてね。私の手を引いていっしょに逃げたの。だけど、追ってきた島の人たちに追い詰められて……私たちは仕方なく崖《がけ》の上からざっぶーんって海に落っこったふりをして、島の反対側の入り江からこっそり逃げ出したの。まさに世紀の大脱出。マックイーン……！」

里見は恍惚《こうこつ》の表情を浮かべている。

「そして、満天の星空の下でふたりは……あー……」

「お母さん！　半分ぐらい作ってない？　それ」

「ほぼ合ってるわよ」

里見はきゅうりを食べた。奈緒子は呆《あき》れて資料の続きを見る。ふと、参考資料として押収されていた剛三の残したノートに脱出用の鍵《かぎ》と錠前の絵が描かれていることに気づく。

「……お父さんは霊能力で殺されたわけじゃない。お父さんを殺したのはやっぱりあいつらよ！　見て、ほらここ」

奈緒子は興奮して、里見に脱出用の箱の写真を見せた。

「ここに何かついていた跡があるでしょ？　ここよ。お父さんの設計図によると、つまりこの脱出用の箱は、元々鎖で巻かれるようになっていて、お父さんはそれを中から外す鍵を持っていたのよ。これよ」

奈緒子は剛三のノートに残された錠前の絵を見せる。

「警察が調べたときには、鎖も錠前もなかった。誰かがこっそり錠前の止め具を外し、お父さんのポケットから鍵を盗んでおいた。お父さんは鍵が見つからなくて、それを捜しているうちに脱出が遅れてしまう。警察は間抜けな失敗だと勘違いしてしまう。つまり、この仕掛けの鍵を盗んだ奴《やつ》が犯人」

「……今さらそんなことがわかってどうなるの？　警察だって相手にしてくれないわよ」

「でもお母さん、あいつらのこと憎くないの？」

「お母さん昔のこと忘れたの……苦労してやっと忘れたの」

里見はため息をついた後ににっこりと笑い、きゅうりをポリポリと嚙んだ。

奈緒子は仕方なく蔵に向かった。ここに何か手がかりがあると考えたのだ。しかし、入り口の直前で里見に呼び止められる。

「そこは開けちゃダメよ！」

ふり返ると、里見が思いつめた表情をして立っていた。奈緒子はその言葉に従った。

そして夜、里見が眠るのを待ち、奈緒子は布団から立ち上がった。里見はなにやら黒門島の言葉で寝言を言っている。奈緒子は里見がよく眠っているのをたしかめ、蔵に忍び込んだ。裸電球をつけると、蔵の中が明るく照らされる。段ボール箱や昔使っていた扇風機などが積まれた中を歩いていくと、懐かしい木箱を見つけた。奈緒子の頭に幼い頃のシーンが蘇《よみがえ》る。

(これはね、おまえだけの秘密の箱なんだよ。好きな言葉を選んでおまえだけの鍵を作るんだ。はい)

ある日、剛三はそう言って下足番や傘立てに使われるような小さな木の鍵をたくさん広げてくれたのだ。それらの鍵にはひとつひとつひらがなの文字がついている。

(すけさんかくさん!)

(ん?)

(えへへへー)

奈緒子と剛三は笑いながら「す」「け」「さ」「ん」「か」「く」「さ」「ん」と箱の側面に鍵をセットして、宝の箱を完成した。

奈緒子はその通りに鍵をセットして、箱を開いた。中からはミニカーやおもちゃの楽器やこまごまとしたガラクタがたくさん出てきた。

「何で私、こんなもの隠しておいたんだろ……」

奈緒子は懐かしさに胸がいっぱいになり、ガサガサとガラクタの中を探った。

「……え?」と奈緒子は突然手を止めた。大きな鉄の錠前が出てきたのだ。それは、剛三のノートに描かれていた鍵と同じ形をしている。

(この仕掛けの鍵を盗んだ奴が犯人)

頭の中に、さっき自分が言ったセリフが浮かんでくる。

「どうして……」

今度は周りにある棚の引き出しや段ボール箱をあさる。そして引き出しの中から一通の古い封筒を見つけた。黄ばんだその封筒の宛名《あてな》は「里見へ」。裏返すと「剛三」と書いてある。

「奈緒子、何してるの？」

蔵の入り口に、寝巻き姿の里見が立っていた。

「何してるの、そんなところで？」

里見は奈緒子の手にしている手紙を見て、「なんでこんなものを！」と飛びかかってきた。

ものすごい形相で怒鳴りつける里見をつきとばし、奈緒子は蔵から走り去っていった。

「『里見へ
私はやがて殺されるだろう。私たちの最も愛した者の手で。それが彼らが私たちにしかけた復讐《ふくしゅう》の罠《わな》だ。彼らは幼い奈緒子の脳裏に何かをうえつけたのだ。あの子こそ島にとって一番大切な霊能力者なのだから……』」

奈緒子は手紙の内容をかみしめながら、ふらふらと夜道を歩いていた。

私が鍵を盗んだ……。私がお父さんを殺した……。奈緒子の頭の中には、(君にもカミヌーリの血が流れているんだ)と言った次男の言葉がこだましていた。

部屋に戻ってきた奈緒子は、手品の道具を乱暴に投げつけ、長押《なげし》にかけてあった舞台衣装を引き裂いていった。半狂乱になった奈緒子は両手で頭を抱え、悲鳴を上げた。

翌日、荷造りをした奈緒子が上田の研究室に入っていくと、上田はいつもの席に何故《なぜ》か上半身裸で座っていた。

「いたのか?」

「フン……YOUもスキモノだな」

「おまえに言われたくない。たまたま通りかかっただけだ。いると知ってたら来なかった。じゃあ帰ります」

上田の机の上にはWXYというローマ字をタテに並べ、女性のヌードのように見立てた落書きが置いてある。

「素直に自分の負けを認めろよ」

「負け?」

「僕の意見が正しかったわけだ。写真、ろうそく、蚊帳《かや》」

「ああ、あれ……もうどうでもいいですよ」

「何で? どうした? 悩んでることがあんなら言った方がいいぞ」

奈緒子は上田の机の前に座る。その途端に顔がくしゃくしゃになり、ついに両手で顔を覆って泣きだした。

「いい子だ、山田。泣きなさい。素直になりなさい。僕が助けてあげよう。YOU、人間というのはな、君が思っているほど信頼できないものじゃないんだ。ほーら、ブーブだよ。ほーらもう泣くのはおやめ」

「はい」

上田がおもちゃのミニカーを差し出すと、奈緒子は素直に泣き止んだ。

「あー、すっきりした。まあでも、私、上田さんといろんなところに行ったこと、後悔してないですよ。ほとんどなかったけど、楽しかったこともすこしはあったような……」

「……なーに言ってるんだ」

「ねえ、上田さん。今度もし上田さんの前に霊能力者が現れたら、追わない方がいいと思いますよ。そしたら私と上田さん、きっと敵同士になっちゃうし……」

「は？」

「上田さんの力じゃ解き明かせないことって、まだまだあるんですよ。解き明かしちゃいけないことっていうのも、たぶんあるんですよ。おまえみたいな青二才にはわからないだろうけど」

奈緒子は立ち上がって部屋を出て行こうとし、一瞬振り返ってえへへへーと笑った。

「黒門島のことか。あのことでYOUは何か……」

「そうですよ。上田さんがおもしろいって言ってた、あの死にかけの島です。上田さんがおもしろいと思うことって、その人たちにとってはちっともおもしろいことじゃないんですよ、きっと」

奈緒子は上田の目を見てうっすらと微笑《ほほえ》んだ。

「……あなたに会えてよかった」

「……おい！」

上田が立ち上がったときには、もう奈緒子の姿はなかった。

「やっと来てくれる気になったんだね」

三男が言った。黒津兄弟とは空港の近くの道路で待ち合わせをしていたのだ。

「三日後にシニカミは現れる。島を救いたまえ」

次男の言葉に、奈緒子はうなずきもせず、ただ強い目でじっと彼らを見据えていた。

2

「山田の奴《やつ》、昨夜っから帰ってないんですよ。ったくどこをほっつき歩いてんだか」

ハルに付き添われ、玄関で頭をぶつけ、鴨居《かもい》で再びぶつけ、上田は奈緒子の部屋に入ってきた。ジャーミーくんも心配そうにのぞいている。奈緒子の姿はなく、手品の道具や衣装が乱雑に床にぶちまけられていた。上田は床に転がった道具を手に取り、じっと考え込んだ。

「あれ？」

ハルがテーブルの上に置かれたメモを手に、上田に声をかけた。そこには『もうここには戻りません。亀とネズミのこと、よろしくお願いします』と書かれている。

「何よ、これ」

ハルは憤慨していたが、上田はすっかり意気消沈しがっくりと肩を落とし、部屋を出た。


「あなたは！」

上田がアパートの外に出ると、そこには里見がいた。

「奈緒子さんのお母さん？」

上田にきかれた里見は上田にボディブレードをしてみせた。


「ようこそ黒門島へ。ここが君の本当のふるさとだよ」

船着場に降り立った奈緒子に、麦藁《むぎわら》帽子の次男が言う。

青い空、紺碧《こんぺき》の海、むせ返るような、それでいてさらっとした南の島の空気……。奈緒子は無言のまま歩き出したが、なんの感情の動きもなく、見るものすべてに戸惑いを感じていた。それは……この島が死んでいるからだ。頭がくらくらしてきた奈緒子がしゃがみ込み、ふとそばにある枯れた植物を摑《つか》んだ。

「おまえは明日、この島で婚礼の式を挙げることになる。婚礼の儀式は島の言葉でアナアキーとも呼ばれる頭に神が宿るための穴をうがつという意味があるんだ」

次男は奈緒子の頭に手をかざした。

「熱があるな。大丈夫。カミヌーリの印だよ。神がおまえに乗り移ろうとしているんだ。百二十年に一度、東の海よりシニカミが現れる。島に伝わる伝説だ。まもなくそのときがくる。おまえはそれと対決するんだ」

「シニカミっていったいなんですか？」

「さあ……そのときになれば向こうからやってくる」

「でも、第一私にはそんな力は……」

「君の能力はただ無理やり封じ込められていただけだ。愚かな父親と母親によって。アナアキーによって全部蘇《よみがえ》る。お父さんを殺したときの思い出もいっしょにね」

次男の言葉に、奈緒子は剛三の死の間際の光景を思い出した。

「シノトプーリピティトゥ」

奈緒子は思わず未知の言葉が口をついて出てきた。その意味が自分でもわからず、はっとして口をとざす。ふと気づくと、手を触れていた植物が生気を取り戻していた。

「バカな！　山田がお父さんを殺しただなんて……それに彼女は霊能力者？」

「呼び捨てにしないでください。私たちにはたしかにそんな力があるんです」

日本科技大の研究室で、里見は上田に自分たちの素性と、剛三の死にまつわるすべての事実を説明した。

「僕は信じませんよ。この目でそれを見るまではね」

「……これ、なんて読むかわかりますか？」

里見は近くにあった紙に文字を書いて見せた。門がまえに「火」。

「こんな文字はこの世に存在しない」

「門の中に火がある。これは私たちにとって聖地を意味します。この文字はいろいろな災いを防いでくれました」

「そう見えるだけです。お祓《はらい》なんかと一緒だ」

「それにあの子と私は離れていても不思議と心が通じ合っていました。他にも説明できないことがあの島ではいろいろと起こっているんです」

上田は黙り込んだ。

「これでよかったのかもしれません……こうなる運命だったんです。無理にあの子の力を抑えつけていたのが間違いでした」

「バカなことを。こうなったら私があの島に行って無理にでも奈緒子さんを……」

「それはダメです。そんなことをすればあなたはすべてを敵に回すでしょう。奈緒子も、もしかしたら私も」

「……午後から授業があるんでどっちみち行けないんですけどね」

強い意志の宿った里見の目を見て、上田はすぐに前言を撤回した。

「かわいいおっぱいや」

一軒の民家に連れて行かれた奈緒子はあれよあれよという間に、紺絣《こんがすり》の着物の上に赤羽織を着た島の女たちに黒門島独特の花嫁衣裳《いしょう》を着せられた。赤い着物の上にさらに黒い薄絹の着物を羽織り、黒い笠《かさ》をかぶり、手を引かれて婚礼儀式の場所に連れて行かれた。とてつもなく広い民家の庭では祝詞《のりと》が唱えられていて、奈緒子が姿を現すと、おごそかな雰囲気の中で儀式が始まった。

花嫁が座る場所の前には強い香が薫《た》かれ、奈緒子は思わず咳《せ》き込んでしまった。島の女たちがさらに強く香を薫くので、奈緒子はだんだんと頭痛が強くなり、意識が朦朧《もうろう》としてきた。不気味な祝詞と香の匂《にお》いでついには幻覚まで見えてくる始末だ。

「神よ、この島に素晴しい嫁を与えてくださったことに感謝しています。おお神が……神が乗り移ろうとしている」

崇《あが》められている老婆が口を開くと、参列していた島の者たちがいっせいに感動の表情を浮かべた。その中からひとりの仮面をつけた中年男が進み出てくる。奈緒子の夫になる、黒津元男《もとお》……黒津家の長男で職業は漁師。そのせいか筋骨逞《たくま》しく、真っ黒に日焼けしている。元男は奈緒子の顔をじっと見つめた。

「代々カミヌーリの相手を務める黒津本家の元男さんだ。島でいちばんの大きな根っこを持つ男だよ。どうよ」

次男が奈緒子に言った。


「わらびー、なっしー！」

儀式が始まった。仮面をかぶった元男と、笠をかぶった奈緒子に、参列者たちが酒をかける。「わらびー、なっしー」は「童、生《な》せ」——里見が言っていたように「子を産め」「子を産め」と言っているのだ。そんな大騒ぎが数分で終わり、島の者たちが引き上げていくと、次は別室でのマグワーイの儀だ。すでに別室には床が用意されている。

「これより、ふたりには別室にてマグワーイの儀をとりおこなうこととなります」

今度は三男が言い、一同もみな納得の表情を浮かべる。

「マグワーイ？　まぐわい？」

奈緒子は顔をしかめた。元男はそんな奈緒子をさきほどから空虚な瞳《ひとみ》で見つめていた。

「上等にやってるかな？　今日はいい日だ」

島の者たちと『亀頭《きとう》』という地酒を飲みながら、次男は上機嫌だった。

「里見さん……！」

さきほど婚礼儀式が行われた庭に、里見が現れた。三十年ぶりに島に戻ってきた里見は島の者たちに無言でお辞儀をする。

「ほお、島を捨てた人間がよく戻って来れた。さすがのあんたでも娘の晴れ姿は見たかったか？」

次男は冷たい目で里見を見たが、里見は毅《き》然《ぜん》とした表情を崩さなかった。

「飲め」

布団の敷かれた別室では、元男が奈緒子に貝殻でできた盃《さかずき》を差し出していた。奈緒子は受け取って口に近づけたが、一瞬飲むのをためらってしまう。

「どうした。さっさと飲め」

仕方がないので奈緒子は一気に盃をかたむけた。それを確認した元男はふんどし一丁になり、奈緒子を押し倒そうとする。奈緒子は抵抗し、一瞬の隙《すき》をついて元男の急所を殴り飛ばした。

「……おい！　待てっ！」

布団にしりもちをついた元男の声を背中で聞きながら、奈緒子は外に飛び出して行った。

海辺の岩場にそっと姿を隠した奈緒子の目の前には照喜名がいた。

「……どこまでつけ回せば気がすむの？」あまりの驚きに隠れていることをつい忘れて照喜名を怒鳴りつけた。

「世話を焼かせるな。さあ戻れ」

　奈緒子は大声を出したせいで、次男たちに見つかってしまった。

「こいつは僕たちとは関係ないよ」

　三男が言う。

「名前こそ照喜名だけど、出身は愛媛県さ。ただの君のファンだ。それもたったひとりのね。調べたさー」

　その言葉を聞いた途端、照喜名は近くにあったはしごを担ぎ上げ三男たちに殴りかかった。

「こんな奴《やつ》らのものになるな！　早く逃げろ！」

　あっという間に島の者たちに取り囲まれ、ボコボコにされながらも照喜名は奈緒子を逃がそうと必死で闘ってくれている。照喜名の真剣な瞳を見て、奈緒子は全力で走り出した。

　海岸まで走ってきた奈緒子は突然背後から口をふさがれた。

「上田さん？」

　手の大きさから振り向くとそこには上田がいた。

「なんでこんな所にいるんですか？　道に迷ったとか？　あの、それとも私を連れて帰りに？」

「バカか、君は……って、言いに来たんだよ」

奈緒子は上田の顔を見上げる。

「お父さんを殺した？　霊能力者？　そんなこと本気で信じてんのか？　いつも偉そうなこと言ってたくせに、自分のこととなるとコロッと騙《だま》される。なんだ、その格好は？　越《えち》後獅子《ごじし》か、吉原炎上か？」

「でも全部本当なんです。私、ただちょっと怖くなっただけで……戻らなきゃ」

奈緒子は岩場から出て行こうとする。

「いいかげんに目を覚ませ！　行こう」

上田は奈緒子の手を取った。

「とりあえずここに隠れてろ」

上田は洞窟《どうくつ》のような場所で足を止めた。

「お父さんを殺したのはYOUじゃない。島が死にかけてるのもYOUやYOUのお母さんのせいじゃない。俺《おれ》は絶対にそれを証明してみせる。すこしだけ時間をくれないか？　実はここに来る前にね。事件のこと、もう一度調べてくれるように矢部さんたちに頼んでおいた」

「矢部さんって……あの人たちがまじめにやるとは思えませんけど？」

「『先生のためだったら、そらもう全力で再調査させてもらいますわ。ただ、明日から二週間ばかりバカンスなもんで、帰ってきてから……じゃけえのう』」

上田は矢部と石原の口調を真似て言う。

「それ、どう考えてもやる気ないですよ。それに見つかったら、上田さんだってただじゃすみませんよ」

「いいかげん俺という人間をわかったらどうだ。いざとなったら自分だけで逃げるよ。それに君だってあいつらのこと、すこしは疑ってるんだろ？　だから逃げたんじゃないのか？」

「本当はちょっと……あの薬の匂《にお》いがしたんです。ほら、上田さんがインチキ霊能力者が使う薬だって言って、私に飲ませようとした薬。お酒の中にあれが混じっていたんです。だからとっさに捨てちゃいました」

奈緒子は高分子吸収シートをくるんだティッシュを袖《そで》の中に隠し持ち、お酒を染み込ませたのだ。

「この島では幻覚を見せるためにいろいろな植物が使われているんだ。あちこちで薫《た》かれているあのお香もたぶんそうだ」

「来た！」

ふたりは息を殺し、身を寄せた。外の道を島民たちが通り過ぎていく。

「どうせいつか見つかっちゃいますね」

「ここにいろ。船を探してくるから。とにかく島を出なきゃ。あ、腹が減ったらな、いなりがここにある。それかその辺に生えている光苔《ひかりごけ》でもつまんで食ってろ。バイビー」

上田は手に持っていたビニール袋を奈緒子に渡し、入り江の方に向かって歩いていった。

「いやあ、いいすね、兄ィ。青い空、白い雲、ほいで珊瑚《さんご》の海じゃあ……」

「泳ぐぞ、仕事のことは忘れて」

「いつも忘れちょるけえのう」

矢部と石原は海辺でリゾート気分を満喫していた。

「でも兄ィ、この島なんじゃけど、どの観光案内にも載ってないけん、大丈夫ですかのう？」

「せやからこそええんやないか。誰にも荒らされてないきれいな海や」

「どこか泊まるところ、あるんですかのう？」

石原は観光ガイドを片手に不安そうに矢部の顔を見ていた。

「山田奈緒子は東京から来た学者と一緒らしい。どういうことかな？」

座敷に戻ってきた次男は里見に詰め寄った。

「山田奈緒子はどこにいますか？　あなたならわかるんじゃないですか？」

どんなに問われても、里見は口を真一文字につぐんだままだった。

「ないなあ……」

上田は、矢部たちのいる海沿いの道を歩きながら、船を探していた。矢部たちの姿には気づかないで通り過ぎてしまったが、そこで次男たちに発見されてしまった。

「上田先生ですねえ？　安心してください。事を荒立てるつもりはありません」

数名の島民を従えた次男はうっすらと笑う。

「島が死にかけていると聞いて、何人もの科学者がここに来ました。彼らが作ったのがあれです」

次男は巨大な白い機械を指す。

「風力発電機です。一見環境によさそうじゃが、電気を使うことで生態系が変わり、草や木はますます死に絶えました。かつてこの島は、いくつもの守護霊によって守られていました。近代化の名のもと、あなたたち科学者はことごとくそれらを壊していった。近代化の妨げになると言って、我々から言葉を奪った。学校では方言が禁じられ、それを使った子どもたちは廊下に立たされた。それでも我々には守りつづけてきたものがある。こっそりと、命がけで。それがカミヌーリ。あなたが奪おうとしている神聖な存在……この世にはね。汚しちゃいけないものがある」

「どうしても納得していただけないなら、その目で本物の霊能力を見てもらう以外ない。あなたなど簡単に殺せてしまう」

「霊能力なんかで人は殺せない」

次男は歩き出し、ある民家の入り口の前に立つと、扉を開けた。

そこには里見がいた。御神体がまつられた祭壇に向かい、髪形も沖縄風だ。

「お母様……」

上田は言葉を失っていた。

「どうしてここが……」

洞窟で上田を待っていた奈緒子の前に、元男が姿を現した。

「逃げたって無駄さ。この島のことはあんたより俺の方がずっと詳しい」

近くにあった石を投げつけたが、ひょいとかわされてしまった。

「やるな、おぬし」

「……逃げたきゃ逃げな」

口元に光苔をつけた奈緒子に、元男は静かに言った。

「見逃してやる。あんたはね、騙されてるんだ。分家の奴らに」

「分家？」

「あんたをここに連れてきた次男と三男だよ。同じ黒津でも俺は本家、奴らは分家。分家の奴ら、俺たちに代わって島を乗っ取ろうとしてるんだ」

「あなたが本家であっちが分家……？」

「そのためには俺とあんたが代々受け継いでいるものが必要なんだ」

「それが手に入ったら、あんたは殺される。俺もだ」

怯《おび》えたような元男の表情に、奈緒子は言葉が出てこない。

「この先に奴らも知らない秘密の入り江がある。そこにボートを停めてある。それで逃げろ。さあ来い」

「……ごめんなさい。待ってる人がいるんです」

「あの学者先生か……あの人ならもう戻っては来ねえ。今、分家の奴らと一緒さ」

「ウソ。絶対戻ってくる」

「どうなっても知らねえぞ」

元男はさらさらと地図を書き、奈緒子に渡した。

「船はここに停めてある。手遅れにならないうちに逃げろ。じゃあな」

「待って。どうして助けてくれるんですか？」

立ち去ろうとしていた元男は振り返った。

「あんたは本家の嫁には不向きだ。もうちっと美人で気立てがよくて、乳さ、大きくねえと。バイビー」

元男はそれだけ言って、さっさと元来た道を戻って行った。


「島に来れば、私もあなたの敵になると申したはずです」

例の座敷で、里見と上田は向かい合って座っていた。周りを次男たちが囲んでいる。

「脅されてるんですね、この人たちに」

「どれか好きなのを選んでください」

里見は上田に向かって、スプーンが五本入っている入れ物を差し出した。

「今でもすこしは力の片鱗《へんりん》が残ってるんです。もちろん、奈緒子ほどじゃありませんが」

里見は一本の鉄の棒を取り出した。それは上田の方からはたしかにまっすぐに見える。

「今からこの棒を曲げてご覧に入れます」

里見が念を込めると、上田の見ている前でみるみる棒は曲がっていった。

「今、私が送った念の力はあなたの方向では逆に働いています。あなたの持っているスプーンは伸びているはず」

上田は自分の持っているスプーンを横から見て、入れ物の中のほかのスプーンと比べてみた。上田が選んだスプーンは、たしかに伸びている。

「わかったら、もう私たちにはかまわないでください。さもなければ……次はあなたを呪《のろ》い殺すことになる」

「ハハハ……いやいや」

上田は笑いながら立ち上がった。そこに島の若い衆たちがかかってくる。上田は得意の空手と少林寺拳法《けんぽう》を繰り広げ、大勢を相手に闘い始めた。

元男が歩いていると、その前に三男と手下たちが立ちふさがった。

「あんた、俺たちを裏切る気じゃないだろうな」

「裏切る？」

「シニカミだよ。自分だけのものにしようとしてるんじゃないか」

「くすくどぅん」

元男は方言で「バカ言うな」と言う。

「だったら例のものをよこせ。あんたが代々預かってるもの」

「知らん。どこにあるのか俺にもわからん」

「あんたの家も蔵の中も全部調べた。それらしいものは何もなかった！」

「あんたたち、勝手に……」

「あんた、自分でそれ持ち歩いてんじゃないか」

三男はじりじりと近づいた。元男は三男を突き飛ばして逃げようとしたが、手下の若い衆たちが元男にかかってくる。

「おいっ、待て！」

しかしなんとか隙《すき》を見つけ、元男はダッと駆け出して行った。

「『上田さんへ　遅いんで私だけ逃げます。島にはいろいろと陰謀が渦巻いているらしいんで、気をつけてください』……と」

奈緒子は上田に書き置きを残していた。

「『遅いんで、泣く泣く私だけ』……これでいいか」

とってつけたように『泣く泣く』と書き足し、立ち去ろうとしたとき、振り返ると上田が立っていた。

「上田さん！　どうしたんですか？」

上田は肘《ひじ》に傷を負っている。

「なんでもない」

「もう、どれだけ心配したと思ってるんですか、今、捜しに行こうと思ってたんですよ」

「ウソつけ。『陰謀が鍋《なべ》巻いて』になってるぞ」

「だいじょうぶですか？」

上田に指摘され、奈緒子は慌てて書き置きを破り捨て、傷に手を当てた。

「何してる？」

「いえ……」

「さっきYOUのお母さんと会ったよ。念力だといって俺の前で鉄の棒を曲げたんだ。こう、手を触れずに」

「最初から曲がった棒を回転させてただけじゃないですか？　こんなふうに」

奈緒子はそばに落ちていた木の枝を拾い、手の中で角度を変え、上田に見せる。曲がっている棒も、別の角度から見るとまっすぐに見えるのだ。

「しかし、俺の持っていたスプーンまで曲がったんだぞ。その力の影響で」

「スプーンは元々曲がってますけど？」

「他のスプーンと比べたんだよ。たしかに俺のだけびろーんと伸びて」

「それは上田さんのじゃなくて、他のを全部曲げておいたんですよ。上田さんが見てない間に」

上田は、自分が鉄の棒を見ている隙に、入れ物に入っているスプーンがこっそり入れ替えられているのを想像した。

「でも変ですね。なぜそんな見え透いたこと、母はやったんでしょうか」

「知るかそんなこと……クソッ、島中の人間が俺たちを捜してる。なんとかしてここを出なきゃな」

「船ならある」

奈緒子は元男にもらった地図を見せた。


「あれ？　上田さん、傷だいじょうぶなんですか？」

秘密の入り江に向かう途中、奈緒子はふと立ち止まった。

「何が？」

傷はなくなっていたが、上田はまったく気にかけていないようだ。ふたりはまた走り出したが、海辺の道でバカンス真っ最中の矢部たちに出くわした。

「あ！　矢部さん！」

「あれ？　ふたりともなんでこんなところに？」

「よかった。助けてください。私たち、この島の人たちに追われてるんです」

「追われてる？　何言っちょるの？」

石原はまったく意に介していない。

「本当なんです。あ、それから例の件、調べてもらえました？」

今度は上田が矢部に問いかけた。

「いや、私たち今休暇中ですからね。仕事するわけにはいかないんですよ」

「そんなこと言ってる場合じゃないです」

「バカンスはバカンス。仕事は仕事。あなたはあなた。私は私」

そう答える矢部の胸ぐらをつかみ、奈緒子はいきなり海に突き落とした。

「……兄ィ？」

「行きましょう」

奈緒子は上田の腕を摑《つか》み、走り出した。

「兄ィ……！」

水面に、矢部のかつらだけがくらげのようにプッカリと浮き上がっていた。

「元男さん……」

入り江にたどり着くと、岩の下に隠れた元男が待ち構えていた。

「ちゃんと逃げたか心配で見にきた。そしたらまだボートがあったもんで……学者先生には出会えたのかい。よかったな、待ってて」

書き置きを残して逃げようとしたとは言えず、奈緒子は黙り込んだ。上田は入り江に着いて安心したのか傍らで立ち小便をしている。それを見て、元男も並んで立ち小便を始めた。

「……ちょっと、ふたりとも！」

奈緒子が声をかけたが、ふたりは呑気《のんき》に放尿している。そして得意げに横を向いた元男は、思わず目を見張った。

「……どうしました？」

上田が尋ねたが、元男の目は一点に釘付《くぎづ》けになっている。

「じゃ、世話になった」

小便を終えた上田は、元男に挨拶《あいさつ》をして船に乗り込もうとした。

「あ、待ち、待ち。あんたを真の男と見込んで頼みがある。これ、あずかっておいてくれないか？　分家の奴《やつ》らがこれを捜してる」

元男は木でできた札の束を差し出した。

「これと、あんたが持っているものが合わされば、シニカミの秘密がわかるはずだ」

元男は次に奈緒子を見てそう言った。

「シニカミってなんなんだ？　何が海から現れるんだ？」

上田が尋ねる。

「島の者たちは怪物だって言ってる。でも俺はそうは思わねえ。次男たちは島を自分のものにするためにそいつを欲しがっている。シニカミが何か知ってるんだ。あいつらに渡しちゃいけねえ」

「君が持ってるものって何だ？　心当たりはないのか？」

上田は今度は奈緒子に尋ねるが奈緒子には思い当たる節がない。

「幼い頃に見たものとか聞いた言葉かも知れんぞ」と元男が言うと、上田が「うーん、幼い頃に見たもの……」と考え出す。

「上田さんが考えてどうすんですか？」

「君はなぜ考えない」

「うーん」と考え込む奈緒子の隣で札をいじっていた上田は、ふと手を止めた。

「待てよ……」

上田は札を一枚一枚地面の上に置いた。

「何してる？　早くしねえと」

「そうか！」

元男を無視して札を並べ終えた上田は、何かに気づいたようだった。

「どうするつもりです。あの学者を説得するはずが結局逃げられた」

次男に問い詰められた里見はいきなり笑い出し、香炉の前に向かった。

「あなたたちが欲しいのは、奈緒子じゃなくて奈緒子の頭の中にあるものなのでしょう？　それなら最初に私に聞いていただければよろしいものを」

「ようやく答える気になりましたか」

「炎には不思議な力があるのはご存知ですよね。昔から火は神が宿る神聖なものとされてきました。人々を守ったり、ときには人を惑わしたり」

里見は一同の前に香炉を運んできて、何かをさっと投げ入れた。その途端に立ちのぼってきた匂《にお》いに、その場にいた全員がゲホゲホとむせる。

「里見さん……あんた……」

次男も匂いをかいでくらくらしているようだ。

「十六年前、あなたたちは私の夫を殺した……十六年間、かたときも忘れたことはないっ！　アカヌユースター！」

苦しんでいる一同を尻目《しりめ》に、里見は「ざまあみろ」という意味の言葉を残しさっさと座敷を出て行った。


「じゃ、気をつけて。それ、絶対にあいつらに渡すんじゃねえぞ」

元男はボートに乗り込んだふたりに念を押した。

「でもこんなことして、あいつらにバレたら元男さんも……」

「大丈夫だ。もうひとつ持ってるんだ。こっちは偽物だがね」

元男はズボンの中に手をつっこみ札の束を出す。

「昔からこれをめぐって本家と分家は仲が悪かった。もしものときのために用意してあるさ。じゃ、元気でな」

「あのときはごめんなさい……逃げ出したりして、あなたに恥かかせて」

「あんたも水くさい女だな」

神妙なおももちで謝った奈緒子に向かって、元男はにやにやと笑う。

「え？」

「俺のじゃ物足りないなら、はっきりそう言ってくれればいいものを」

「は？」

「島でいちばんの大きな根っこの持ち主だなんてうぬぼれていた自分が恥ずかしい。世間にはもっとすごい人がたくさんいるんだってわかったよ。えへへへへー」

「何の話ですか？」

上田が問う。

「ふたりとも、とぼける年でもないだろうに。はははは……。二度とこんな所、来るんじゃねえぞ！」

何のことかわからずにキョトンとしているふたりを乗せたボートを、元男は海に押し出してくれる。上田はそのボートを漕《こ》ぎ出した。だんだんとボートが小さくなっていき、笑顔だった元男も寂しげな表情になってくる。殺気を感じて振り返ると、そこには三男たちが立っていた。

「道路工事じゃないよ」

スコップを手にした三男はニヤリと笑った。頭には海藻で作った即席のかつらを載せ、股間《こかん》は草で隠している。

矢部は岸壁でかつらを干していた。

「見るなよ！」

『陣内』とプリントされたTシャツの石原を制し、矢部はかつらの乾き具合を入念にチェックしていた。


「ねえ、上田さん」

その海原を漂っていた奈緒子は上田に声をかける。

「やっぱり戻りましょう」

「何、言ってんだ？」

「母は私たちに言いたかったんですよ。あいつらはインチキだって。それに気づいてって。もしかしたら母はひとりで何かしようとしてるのかもしれない」

「考えすぎだ」

「それに父を殺した犯人のこと、すこしも解決してないじゃないですか。このままじゃ、みんなうやむやになっちゃう」

「あいつらだよ。あいつらがお父さんから鍵《かぎ》を奪って……」

「でもどうして私の秘密の箱に入れておけたんですか？　あれは私しか知らないもので……」

上田は黙り込み、ボートの向きを変えた。

「で、どうする？　あいつらの所に行ってむざむざ捕まるのか？」

元の入り江に戻ってきたが、奈緒子には具体的な考えはなく、とぼとぼと歩き出した。しばらく歩くと、誰かが倒れているのが目に入る。

「……元男さん？　元男さん！」

抱き起こしてみるが、既に息はない。

「どうして……？」

「あいつらだ」

「何をしている！」

元男の死体を見ていた奈緒子が何かに気づいたのと、次男たちが声をかけたのは同時だった。

「おまえたち……！」

上田は次男と三男を睨《にら》みつけたが、三男は奈緒子の腕の中にいる元男に気づき、慌てふためいて駆け寄ってくる。

「元男さん……死んでるよお！」

「なんだって？　ああ、なんということだ！」

次男も来て、わざとらしく驚いている。

「あんたたちか。あんたたちがやったのか？」

奈緒子は三男に指をさされる。

「そうか、元男さんに見つかってしまったから、それで元男さんを殺して……」

「違います！」

「みなさん、たしかに見ましたね？　こいつらが元男さんを殺した」

次男にあおられ、島の者たちはみな奈緒子と上田を睨みつける。

「くるしー！　くるしー！」

ひとりの老人が突然わめきだした。

「くるしー！　くるしー！」

ほかの島の者たちも奈緒子たちを指して口々に囃《はや》したてる。

「苦しい？」

「来い！」

首を傾げる奈緒子たちを、次男たちは納屋に連れて行った。ふたりは縛られ、放り込まれる。

「このままじゃ本当に人殺しにされちゃいますよ」

「あの老人たち、くるしー、くるしーって言ってたよな。あれ、いったいなんなんだろう？」

「ショックで呼吸ができなくなったんじゃないですか？」

「でも俺たちの方、指してたぞ……そうか！　あいつらが何をしようとしてるのかわかったよ。この島の方言なんだ。神が乗るからカミノリ。それがカミヌーリになった。穴を開ける儀式だからアナアケ。それがアナアキーに。つまりこの島の言葉では母音のオはウに、エはイに変わる。タケノコはタキヌク。上田次郎はウイダジルウ。つまり、あの人たちはクルシーと言ってたんじゃない。『コロセー』と言ってたんだ。俺たちのことを」

「……でもそれがわかって何かの役に立つんですか？　この状況で」

「ちょっとはすっきりしたろ？……待てよ。ということはシニカミは……シニカミじゃなくてセ……ニ……」

「東京からなんてな。観光客なんてめったにないもんで、これで民宿というか、うちはただの民家で……」

三男に案内されながら、矢部と石原は黒津の分家に入ってきた。

「助かります。ご親切に」

「こういうアットホームな雰囲気が、金では買えない贅沢《ぜいたく》ですけんの」

「海に落ちたんですって？　流されなくてよかったですね、それ」

三男は矢部の頭を指した。

「これ？　いやこれはもう頭からじかに生えてるもので、流されるなんてことは……」

「ズレてますよ」

三男に指摘され、矢部は慌ててかつらのズレをチェックした。

「でも兄ィ、この島は本当にいい所じゃのう。最後の楽園ちゃうか」

「実は私たちも近々まとまった金が入る予定がありましてね。そしたらペンションでもと思ってたところなんですよ」

三男はニヤリと笑った。


「失礼します」

妙に礼儀正しく、次男が納屋に入ってきた。

「ご相談したいことがあります。本家の元男さんを殺されたことで、島の者たちの怒りは抑えきれないほどになっています。私も立場上、こちらの方を生かしておくわけには参りません。しかし、あなたのことなら助けることはできる」

奈緒子だけは助けられると、次男は言った。

「あなたが受け継いでいるものを私たちに見せていただきたい」

「知らねったら、知らねぇんだよ！」

「思い出せないのなら思い出していただくだけです」

次男は奈緒子の前に古い巻物を広げた。

「爪《つめ》はぎ、はりつけ、釜《かま》ゆで、鋸引《のこひ》き……って、これ江戸時代の拷問じゃないですか」

「お好きでしょう、時代劇。どれでもお選びください。どうぞ」

「……じゃあ、ぬるめの釜ゆで」

「そういうわけにはいかない。死ぬのは学者先生だけだ。この人がそんなに大切なのか？」

そう言われて、奈緒子はふと元男の死体を抱き起こしたときのことを思い出した。

「……俺のことだったら気にしなくていいぞ」

「そうですね。じゃあしゃべります」

上田は慌てふためいている。

「そのかわり、みんなの前で」

「いいですよ。えへへへー」

次男はしてやったりといった表情で出て行った。上田は不安そうに奈緒子を見ていたが、奈緒子の胸の中にはひとつの確信があった。


里見はひとり、海を望む聖地にいた。火を焚《た》き、里見は一心に何かを思っていた。

「さあ、話しなさい。あなたの知っていることを」

島の者たちの前に引き出され、その場で奈緒子は次男に問われた。

「百二十年に一度、東の海よりシニカミは現れる。シニカミというのは怪物でも神でもありません。シニカミはこの島のもともとの言葉で、ゼニカメ。ゼニの入ったカメ。つまり財宝を意味しているんです」

「そんな強引な」

島の者たちの中から声が上がる。上田がその話を引き継いだ。

「日本科学技術大学助教授の上田です。二十一世紀、すなわち一年後には教授になります。文献に拠《よ》れば、平安時代以降、この島の近くでは多くの海賊が出没し、財宝を奪った。その集められた財宝が近くの海に隠してあるというんです」

「偉い学者先生が言うならたしかかも知れんぞ」

島の者たちがざわめきたつ。今度は奈緒子が上田に代わって話し出す。

「あなたたちも知っていたじゃありませんか？　次男さんに三男さん。島には密《ひそ》かに伝わる何枚かの札があるはずです。札をある順番に並べると地図になるんです。財宝のありかを示す地図に。札は元男さんの家が代々伝えているはずでした」

「それならここにある」

次男が札の束を出した。

「裏に模様が書いてありますね。模様はそれぞれある文字の一部です。きちんと文字が形作られるように札を並べると、一枚の地図になるんです」

「何という文字か？」

三男が先を急いで奈緒子を問いただす。

「口にしてはならない文字。この世には存在しない文字」

奈緒子は砂に門構えに『火』という字を書いて見せた。

（……門の中に火がある。これは私たちにとって聖地を意味します。この文字はいろいろな災いを防いでくれました）

上田にそう言ったのは里見だ。

奈緒子たちにはわからない方言で話しながら、三男たちは札を裏返しに並べていき、その文字を作った。「これを裏返せば地図ができるというわけか」と次男が札をひっくり返そうとする。

「ちょっと待たんかい。あなたはこの札をどこから手に入れたんですか？　元男さんを殺して奪ったんじゃないですか？」

「バカなことを言うな。これは私が本家からずっと前にあずかって保管していたものだ」

奈緒子に指摘された次男は焦って言い訳をする。

「おまえたちのやったことは、全部お見通しだ！」

「何時代の人か？」

奈緒子の言葉を聞いた島の者たちは当惑した表情を浮かべている。

『津《つ》愚《ぐ》緒《お》斗《と》巳《み》津《つ》尾《お》弐《に》子《こ》呂《ろ》左《さ》零《れ》田《た》野《の》出《で》須《す》』

奈緒子が札をひっくり返すと、元男が残したダイイングメッセージが出てきた。次男と三男は真っ青になり、一同は騒然とする。

「おまえさんたちが元男さんから奪ったのは偽物だよ。本物はこっちだ」

奈緒子は上田が元男から預かった札を出した。

「おまえたちはこれを手に入れるために私を騙《だま》してここに連れてきた。島の人たちを災いから守るためじゃない。財宝をひとりじめするためだ。そのために元男さんまで殺したんだ！」

「次男、三男……おまえたちという奴《やつ》は……」

老婆はわなわなと震え、島の者たちも怒りと軽蔑《けいべつ》の目で次男たちを見ている。

「観念しろ！」

奈緒子のひとこえに島の者たちは「時代劇みたいだ！」と声を上げる。

「ええい、もはやこれまで」

次男も時代劇のセリフのような言葉を吐き、三男とともにその場から逃げ出そうとした。しかし、上田があっさりとふたりを倒してしまう。次男がなおも抵抗しようと立ち上がったところに「待て待てーい！」と声がして浴衣《ゆかた》姿の矢部たちが入ってきた。

「話はそこの陰から全部聞かせてもらった。無駄な抵抗はやめろ！」

「あんたたち……なんで？」

宿泊客だったふたりが突然出てきたので三男は驚いている。

「おうおうおう、これが目に入らないか！」

石原は警察手帳を掲げた。

「……と、東京警視庁！　なんで？」

「島の伝説にかこつけて財宝をひとりじめにしようとしたおまえらの悪事、しかと見届けた！」

なぜか矢部まで時代劇の口調になり、ふたりに詰め寄っていく。次男たちは罪を暴かれた悪代官のように、がっくりと膝《ひざ》から崩れ落ちていった。

「やあ、さすがは先生。我々も潜入捜査をしたかいがありました」

「はい？」

上田が呆《あき》れていると、「島はどうせ死んでいく。救えるもんなら救ってみろ！　風力発電機、護岸工事……次は何を造る？　何を壊す？」手錠をかけられた次男が笑いながら去って行った。一同はしばらく無言で立ち尽くしていたが、上田はふと物陰に立っている里見の姿を発見した。

「……里見さん！」

上田と目が合った途端に去っていこうとした里見を、上田は駆け寄って呼び止める。

「もしかしたら、あなた……」

「あ、上田さん、どこ行ってたんですか?」

里見と話した上田は、奈緒子のいる場所に戻ってきた。

「うん。ちょっとね……もう何も気にするな。君のお父さんを殺したのはこの島の人たちだ。あとのことは警察が全部やってくれる」

「あれ? それにしてもうちの母、どこ行ったんでしょうね」

「ああ、里見さんならさっきそこで会ったよ。書道教室があるから先に帰るって」

「え、何考えてんだか……」

「たいへんだ! 宝を探さないと」

「宝って、あのシニカミだかゼニカメだか? あれ、とっさの作り話じゃないんですか?」

「本当の話だよ」

本物の札の裏にはちゃんと聖地に×印がほどこされた地図が描かれている。

「いいか、この島にはここを中心として三つの聖なる地がある。北、西、南。でも東にだけない」

上田は地図を指しながら説明する。

「海の上ですもんね」

「そうだ、海の上なんだよ」

翌日、ふたりは漁師の漕《こ》ぐ舟に乗り、海原を漂っていた。

「百二十年に一度、月と惑星の並び方の関係で、その日だけ潮が引き、陸地が現れる。そこが東の聖なる地。もうすぐ見えてくるはずだよ」


「やーい、落選しやんの!」

「うるさい! おまえたちが投票しないからだ!」

山田家の門の前で、瀬田が小学生たちに取り囲まれている。里見は穏やかな表情を浮かべ、門の中に入っていった。

「先生、こんにちは。こんにちは!」

「こんにちは。ちょっと待っててね」

もうすぐ書道教室が始まる時間だ。里見は玄関の鍵《かぎ》を開け、子どもたちを迎え入れた。

(もしかしたら、あなたはこうなることがわかっていたんじゃないですか?)

里見の頭の中に、上田の言葉が蘇《よみがえ》る。

(いいえ、全部あなたが仕組んだことだ。島の伝説を打ち壊すために……十六年前、島の人たちはあなたからご主人を奪った。あなたはそのときからただその復讐《ふくしゅう》のために生きてきた。そのためにあなたは娘さんまで利用した。鍵を隠しておいたのも、剛三さんの残した手紙を彼女に見せたのもあなたがわざとそうしたことじゃ……？）

（何、言ってるんですか？　復讐？　私にそんな力があるわけないじゃありませんか）

「お母さん、お母さん？」

ぼんやりと考え事をしていた里見に、瀬田が声をかける。気がつくと、生徒たちが心配そうに里見を見ていた。

「文字には不思議な力があります。心を込めて書けば、どんな願いも叶《かな》えてくれる。さあ、みんなでもう一回書きましょう」

里見はにっこりと微笑《ほほえ》んで言った。


ひょっこりと海原に顔を出す陸地に、船はようやく到着した。ふたりは漁師にお礼を言って降り立ってみる。

「……どこに財宝が？」

「焦るな。どこかに必ずある」

「上田さん……今度のこと、私なりにいろいろと考えてたんですけど、上田さん、強いんだったら最初から腕力で私のこと助け出してくれたらよかったじゃないですか？　頭を使うからダメなんですよ。上田さんは体だけ使っていればいいんです、何すればいいかはその都度私が指示しますから」

「いいから早く探せ。俺は君を助けに来たわけじゃない。最初から宝が目的だったんだ」

ふたりはふと砂浜の一部が盛り上がっているのを見つけた。

「これ？」

「おおっ！　山田、掘れっ！」

ふたりが必死で砂を掘り出すと、中から男性器をかたどった黒い石碑が顔を出した。

「『後世の者たちへ　宝は争いの元になるのですべて処分せしものなり。貧しくとも清く生きろ。この言葉こそ真の宝なり』……？」

「……何ですか、これ。宝ってこれ？」

「……まあいいか。百二十年に一度、たった三時間しか現れない陸地に俺たちは立つことができたんだ」

「三時間？」

「ああ、感動的だろ」

「……っていうことはもうすこしで私たちは海の中？」

「え？」

ふたりは慌てて漁師の船を呼び戻そうと、波打ち際に駆け出し、手を振った。

「本当に楽しそうじゃの、あのふたり」

漁師も手を振って応《こた》える。漁船はどんどん遠ざかっていった。

　実はこのとき、奈緒子を救おうと果敢にも照喜名が泳いで渡って来ようとしていた。だが、潮に流されて、一向にたどり着く気配はない。

『山田　上田　HELP』

　石碑を引きずって、上田が砂浜いっぱいに書いてみたが、陸地はどんどん沈んでいく。果たしてこの文字を誰が見るというのか。

「……まずいぞ」

「だから頭は使うなって言ったんだ。上田！」

　気がつけば、大海原のまん中に二人は立っていた。空も海も、能天気なほど青く澄んでいる。この広い世界に、今はたったふたりきりだった。

――end――

P116　フレミングの左手の法則　電流の向き、磁界の向きと、はたらく力の向きの関係を覚えやすくしたもので、磁力が働いている場所（磁界）に電流が流れる時に発生する電磁力の方向を示す法則。左手の親指を中指、人差し指のそれぞれに対して直角に開くと、中指→電流の向き、人差し指→磁界の向き、親指→力の向きを表す。

P187　高村光太郎「道程」　詩人・彫刻家として活躍した高村光太郎が1914年に発表した詩集。氏の代表作といえる格調の高い口語自由詩。

P191　相対性理論　ニュートン力学が前提とした「絶対空間」や「絶対時間」を否定し、時間や空間、重力、エネルギーなどの物理量が相互に関係しあっていると主張した理論。

P213　根付　江戸時代、印籠《いんろう》や煙草入れなどを持ち歩く際に帯から吊《つ》るす留め具代わりに使われたもの。凝った彫刻が施され、骨董《こっとう》的価値も高い。

P217　慣性の法則と遠心力　動いている物体は外から力が加わらないかぎり、いつまでも一直線に同じ速度で動き続け、静止している物体は外から力がかからないかぎり永遠に静止しようとすることを慣性の法則といい、車が直線運動をしていてカーブを曲がる際、乗っている人間の体はそのまま直線運動を続けようとするため、カーブと反対方向に体が傾く。この場合の力を遠心力と呼ぶ。

P225　ニュートリノ　電気的に中性（すなわち電荷ゼロ）で、物質を素通りする重さがほとんどゼロの粒子。

ＴＲＩＣＫ　用語解説

Ｐ７　ハリー・フーディーニ Harry Houdini (1874-1926)　20世紀初めに活躍した伝説的な魔術師。主に「脱出術」(エスケープ) を見せる芸を売り物に大変な人気を博した。

Ｐ56　ベルヌーイの定理　流体力学の定理。水が流下する途中で、他にエネルギーを失うことがないとすれば、位置、圧力、流速がそれぞれに形を変えるとしても、エネルギー保存の法則によって、その総和は常に一定でなければならない。これを流れの法則、またはベルヌーイの定理という。空気の流れでも同じで、空気の流れが速いところは圧力が低くなり、空気の流れが遅いところは圧力が高くなる。車が走るとき、流速が速いウィング下面の空気は圧力が低く、流速の遅いウィング上面の空気は圧力が高くなる。この圧力差がダウンフォース (車を地面に押さえつける力) となる。

Ｐ78　エントロピーの法則　外部とエネルギーや物質の出入りがない系 (孤立系) のエントロピーは決して減少する事はない (多くの場合増大する)。平たくいうと、熱というものは熱い方から冷たい方に向かって流れて、逆はないという当たり前のこと。この場合上田は水道管の中を毒が広がっていく様子を彼なりの描写であらわしている。

Ｐ88　トポロジーの問題　位相幾何学の概念。空間内の幾何図形の性質のうち、まげても、ねじっても、ひきのばしても、そのほかどのように変形しても不変にたもたれるのはどのようなものであるかを研究する。ただし、ちぎったり、ちがう点をいっしょにする、などのことはしないことが前提である。それによると、あるロープとほかのロープが偶数回交わっていたらそのロープは引っ張ってはいけない、らしい。

Ｐ92　フェルマー　「$n \geqq 3$である整数nに対し、$x^n + y^n = z^n$ を満たす自然数の解x, y, z は存在しない」といういきわめて高度な数学の定理を発見しておきながら、「証明を書くには余白が足りない」という数学史上最大の謎を残して死んでしまった、(おそらく) 偉大な数学者。近年、この定理も証明された。

Ｐ111　「ハイサイおじさん」　沖縄出身のバンド、喜納昌吉&チャンプルーズの1977年に発売されたメジャーデビュー曲。日本の音楽シーンに大きな衝撃を与え、沖縄旋風を巻き起こした名曲。

ドラマ「トリック」

Staff

脚本＊蒔田光治／林　誠人

演出＊堤　幸彦／保母浩章／大根　仁／木村ひさし

音楽＊辻　陽

主題歌＊「月光」鬼束ちひろ

プロデュース＊桑田　潔（テレビ朝日）／蒔田光治（東宝）／山内章弘（東宝）

制作協力＊オフィスクレッシェンド

制作＊テレビ朝日／東宝株式会社

Cast

山田奈緒子――――――仲間由紀恵

上田次郎――――――阿部　寛

矢部謙三――――――生瀬勝久

池田ハル――――――大島蓉子

石原達也――――――前原一輝

瀬田一彦――――――遠藤直哉

照喜名保――――――瀬戸陽一朗

ジャーミー君―――アベディン・モハメッド

山田剛三――――――岡田眞澄

山田里見――――――野際陽子

＊このドラマはフィクションです。

本書は2000年７月７日から９月15日まで全10回放送されたテレビ朝日系連続ドラマ「トリック」を元に、小説化したものです。小説化にあたり、若干の変更がありますことをご了承ください。

本書は平成十二年十月、小社より単行本として刊行されました。

TRICK
トリック the novel

蒔《まき》田《た》光治《みつはる》/林《はやし》 誠人《まこと》
監修:堤《つつみ》 幸彦《ゆきひこ》

角川文庫 12274

平成十三年十二月二十五日　初　版　発　行
平成十八年　六　月　十　日　二十五版発行
発行者——井上伸一郎
発行所——株式会社角川書店
東京都千代田区富士見二—十三—三
電話　編集(〇三)三二三八—八五五五
営業(〇三)三二三八—八五二一
〒一〇二—八一七七
振替〇〇一三〇—九—一九五二〇八
印刷所——暁印刷　製本所——本間製本
装幀者——杉浦康平

ま 22-1　ISBN4-04-362301-1　C0193

角川文庫発刊に際して

角川源義

第二次世界大戦の敗北は、軍事力の敗北であった以上に、私たちの若い文化力の敗退であった。私たちの文化が戦争に対して如何に無力であり、単なるあだ花に過ぎなかったかを、私たちは身を以て体験し痛感した。西洋近代文化の摂取にとって、明治以後八十年の歳月は決して短かすぎたとは言えない。にもかかわらず、近代文化の伝統を確立し、自由な批判と柔軟な良識に富む文化層として自らを形成することに私たちは失敗して来た。そしてこれは、各層への文化の普及滲透を任務とする出版人の責任でもあった。

一九四五年以来、私たちは再び振出しに戻り、第一歩から踏み出すことを余儀なくされた。これは大きな不幸ではあるが、反面、これまでの混沌・未熟・歪曲の中にあった我が国の文化に秩序と確たる基礎を齎らすためには絶好の機会でもある。角川書店は、このような祖国の文化的危機にあたり、微力をも顧みず再建の礎石たるべき抱負と決意とをもって出発したが、ここに創立以来の念願を果すべく角川文庫を発刊する。これまで刊行されたあらゆる全集叢書文庫類の長所と短所とを検討し、古今東西の不朽の典籍を、良心的編集のもとに、廉価に、そして書架にふさわしい美本として、多くのひとびとに提供しようとする。しかし私たちは徒らに百科全書的な知識のジレッタントを作ることを目的とせず、あくまで祖国の文化に秩序と再建への道を示し、この文庫を角川書店の栄ある事業として、今後永久に継続発展せしめ、学芸と教養との殿堂として大成せんことを期したい。多くの読書子の愛情ある忠言と支持とによって、この希望と抱負とを完遂せしめられんことを願う。

一九四九年五月三日